Une fille en danger

Cara Vitto

Impression à la demande

ISBN :978-2-9545396-1-4

Prologue

Monsieur Coutard,

Je vous envoie ce message comme on jette une bouteille à la mer et je prie de toutes mes forces pour que vous le receviez.

Le temps me manque et j'ai peur de ne pas trouver les mots. On m'a parlé de vous, quelqu'un de confiance qui connaît Dieudonné et, si je m'adresse à vous aujourd'hui, c'est avant tout parce que vous êtes un père et que vous comprenez ce qu'on peut ressentir quand on assiste, impuissant, à la tragédie qui s'abat sur son enfant.

Vous êtes l'unique personne capable de sauver ma fille et je vous supplie de bien vouloir accepter ma requête. J'ai tout tenté, j'ai fait ce que j'ai pu, croyez-moi, mais maintenant, je ne suis plus que le spectateur épouvanté de son grand malheur.

Vous êtes mon seul et ultime espoir.

Quand vous la verrez, vous comprendrez à quel point elle est vulnérable. Aucun enfant ne mérite d'être abandonné au milieu d'une tempête. À quoi ressemblerait l'humanité si on ne prenait pas sous nos ailes les êtres les plus fragiles ?

Cher monsieur, j'implore votre secours et je vous supplie encore une fois d'accepter ma requête. On m'a dit que vous aviez fait le serment de sauver les filles et les fils, les pères et les mères qui souffraient de drames et de grands malheurs, d'enlèvement, de disparition ou de toutes ces choses horribles qui détruisent les familles. Il ne reste pas grand-chose de la mienne et ma descendance, aussi singulière soit-elle, ne survivra pas sans vous.

Je vous la confie. Vous la reconnaîtrez facilement.

Dites-lui que je l'aime.

PARTIE 1 – JAMAIS SANS MA FILLE

Chapitre 1

Aléna patienta quelques secondes devant la porte. Elle avait attendu longtemps et elle n'avait plus le choix : elle devait régler la succession, se débarrasser des affaires, et vendre l'appartement si elle ne voulait pas se retrouver accablée par les dettes. Son notaire lui avait fermement conseillé de solder une bonne fois pour toutes les problèmes liés au décès son père.

Elle glissa la clé dans la serrure et tourna doucement jusqu'à ce que sa main exécute le petit mouvement brusque indispensable pour déverrouiller la porte. Son corps reproduisait avec précision des gestes accomplis une multitude de fois et qu'elle avait pourtant oubliés. Elle ne s'encombrait pas avec de vieux souvenirs et puis personne ne prêtait attention à ce genre de détails.

Mais elle réalisa soudainement que des pensées fourbes profitaient de leurs aspects insignifiants pour sauter à la gorge de leurs propriétaires au moment où ils s'y attendaient le moins. Elle reconnut alors le claquement métallique du barillet et la porte s'ouvrit.

Cet appartement avait été le sien, quelques années auparavant. Elle y avait grandi seule, longtemps. Beaucoup trop longtemps. Une prisonnière enfermée dans un appartement moderne de Levallois-Perret qui regardait par la fenêtre ses copains aller au collège. Quant au lycée, elle n'avait jamais pu y mettre un pied.

On l'avait cachée comme un monstre qu'on ne voulait pas montrer. Oui, elle avait connu la honte, la peur et le manque. Le manque de tout. D'amour, d'affection, de contact, et surtout le manque de se sentir vivante. D'accord, elle avait dû calmer ses pulsions et faire un effort pour se maîtriser. Mais, pour y parvenir, elle avait mis ses désirs en berne et bâillonné son envie de crier. Neuroleptiques, antipsychotiques, on l'avait gavée de molécules chimiques jusqu'à ce qu'elle ne soit plus qu'une poupée obéissante.

Heureusement, elle avait repris son destin en main.

L'appartement était bien rangé. Normal. Connaissant Tomi, il n'avait rien laissé traîner. Sûrement qu'en le quittant il savait qu'il ne reviendrait pas. Il n'avait même pas envoyé une lettre, un mail, ou un message. Il avait choisi de rester silencieux, de ne pas lui avouer son cancer, sa propagation, ni sa virulence soudaine. Dix mois fatals. Il lui semblait tout de même que cette maladie aurait pu marquer une trêve dans leur mésentente. Mais Tomi était buté. Encore plus qu'elle.

Elle entra dans le salon et chercha du regard l'ordinateur. Il devait certainement contenir une copie de l'acte de propriété. Mais où Tomi rangeait-il ses papiers ?

Elle s'approcha du buffet et tendit instinctivement sa main vers la coupelle en verre de Murano jaune et rouge pour y déposer ses clés. Elle était aussi belle que le jour où ils l'avaient rapportée de Venise, le seul voyage jamais fait ensemble. Elle avait dit à son père que Venise était l'endroit au monde qu'il était impératif de visiter avant qu'il ne soit trop tard. Personne n'aurait juré, à l'époque, qu'elle s'en sortirait aussi bien.

Elle remit les clés dans son sac et remarqua un petit papier blanc posé à côté de la coupelle en verre de Murano.

Monsieur Baou
Grand médium africain
Membre de l'ordre des marabouts de l'Afrique, initié
aux maniements des plantes, très connu dans la
grande forêt sacrée de l'Afrique, spécialiste diplômé

Une ombre apparut derrière elle. Aléna se retourna et reconnut la gardienne, celle qui lui donnait des bonbons en cachette quand elle venait nettoyer l'appartement. Elle était encore là, quinze ans après, la même blouse boutonnée jusqu'au cou, la même tête ronde aux yeux plissés et rieurs, le même grain de beauté qui se terminait par un poil noir et dru sous sa joue gauche. Elle n'avait pas changé.

— Bonchour ma petite Aléna ! Ch'est bien toi ! Il y a tellement longtemps…

Madame Farrita avait toujours eu un problème avec certaines consonnes qu'elle prononçait difficilement. Aléna trouvait que cela rendait les phrases mélodieuses et chaleureuses, et puis cela la mettait à l'aise, elle ne se sentait pas la seule à être différente.

— Bonjour madame Farrita. Oui, eh bien, voilà, je suis là.

— Che chuis chinchèrement désolée pour ton pauvre papa.

Aléna ne savait pas si elle devait la remercier, ne rien dire, ou s'il existait une formule de politesse toute prête pour ce genre de circonstance. Elle n'avait jamais été confrontée à un décès et il lui apparaissait encore surréaliste que son père ne soit plus vivant.

— Il faut que je vide l'appartement.

— Bien chûr. D'ailleurs che commenchais à m'inquiéter, che ne voyais personne venir.

— Cela n'a pas été facile.

— Ma pauvre petite. Cha fait si longtemps que che ne t'ai pas vue ! Comme che suis contente. Che me faisais du chouchi pour toi. Ton papa ne voulait rien dire quand che lui pochais des questions. Du coup ch'ai imaginé le pire, ch'ai même cru que tu étais morte !

— Non, je vais bien. Enfin, je crois. C'est juste que…. on était un peu fâchés, enfin, disons qu'on était en froid.

Aléna s'avança vers le salon. Elle aimait bien parler avec madame Farrita, mais elle luttait pour chasser de son esprit le souvenir de son père et de sa vie passée. Elle n'était plus la petite fille qui acceptait en cachette les bonbons et les câlins.

Elle jeta un œil à la gardienne. Quel âge avait-elle ? Il lui semblait qu'elle avait toujours été vieille. Cette femme l'avait enveloppée d'une protection d'amour presque maternel quand elle était petite, elle avait diffusé sa gentillesse avec constance, même quand les crises les plus terribles l'avaient transformée en une personne laide et mauvaise. Madame Farrita n'avait pas changé, elle ressemblait toujours à la solide campagnarde aux bras puissants qui ne montre jamais de signe de dégoût, d'impatience ou de rejet face à un être différent. Comme elle avait aimé se réfugier contre cette consistance protectrice, cette montagne de roches douce et indestructible. Madame Farrita avait été sa grotte secrète pendant si longtemps…

Et pourtant, pas un instant elle n'avait pensé à la gardienne durant ces longs mois où elle avait décidé de ne plus parler à son père. Elle ne savait pas quand, comment ni pourquoi la retenue s'était installée entre elles. Madame Farrita respectait les signes qu'Aléna envoyait malgré elle. La concierge aurait pu l'embrasser, la prendre dans ses bras, elle n'attendait qu'un petit encouragement, un sourire ou un mouvement de cils pour la bercer à nouveau. Mais peut-être qu'Aléna avait un peu trop bien assimilé les codes sociaux : madame Farrita était la gardienne, Tomi un des propriétaires, il n'y avait pas de place pour de la familiarité.

Ou alors, elle se méfiait de sa propre réaction en cas de surcharge d'émotions. Elle ne maîtrisait pas encore tout.

— Je ne sais pas par quoi commencer en fait, dit Aléna en parcourant des yeux la bibliothèque du salon. Je vais donner tout ça.

— Tu ne veux rien récupérer ? Le canapé, quelques meubles ?

— Au diable les meubles !

Non, elle ne devait pas laisser la colère l'envahir. Elle se retourna, inspira profondément, plaqua sa main contre son cou pour chasser l'abcès agressif et continua :

— Mon appartement est trop petit, je n'ai pas la place. Non, je vais me débarrasser de tout ça.

— Tu es toute tranchpirante Aléna, cha va ?

— Oui, c'est juste que je ne sais pas par quoi commencer.

Une baisse de tension l'entraîna loin derrière. Elle s'assit sur le sofa. L'appartement rétrécissait, la pièce se refermait sur elle, le canapé l'avalait comme si elle s'était retrouvée sur la langue d'un caméléon. C'était gluant. Non, elle ne voulait pas rester collée contre les murs de cet asile. Tomi n'était plus là, elle était capable de gérer sa vie toute seule, elle devait partir avant qu'elle ne se fasse absorber par ce lieu gorgé de sales souvenirs.

— Est-ce que vous connaissez quelqu'un qui serait intéressé par tous ces meubles, madame Farrita ?

— Oui, Le bon coin. Écoute Aléna, tu sembles épuichée, rentre chez toi, che m'occupe de vendre ce que che peux : les meubles, les livres, les vêtements. Che te mettrai le reste dans un carton, d'accord ?

Aléna acquiesça d'un signe de tête. Il fallait qu'elle parte rapidement, qu'elle respire. L'appartement n'avait pas été aéré depuis longtemps, l'air y manquait. Ella se leva, ajusta son sac et, sans réfléchir, prit madame Farrita dans les bras. Sans un mot, elle sortit, oubliant ce pour quoi elle était venue, les papiers, l'ordinateur, ne pensant qu'à retrouver un fragment de vie où rien d'autre que la Aléna d'aujourd'hui existait.

Chapitre 2

— Comment ça, le sorcier blanc ?

— Beh oui, les gars vous appellent comme ça.

— Mais pourquoi ?

— Ils disent que quand vous allez dans la succursale du Congo, vous revenez toujours un peu, comment dire…. un peu différent.

— Et alors quoi ? Ils pensent que je me transforme en sorcier ? Moi, un marabout africain ! Non, mais il faut arrêter avec ça !

— Je sais, c'est stupide, c'est ce que je leur dis à chaque fois.

Gérard s'empara de l'enveloppe que son adjoint venait de lui apporter. Il n'aimait pas entendre ce genre de bêtises. Les gens n'y connaissaient rien et s'imaginaient toutes sortes de choses invraisemblables dès qu'il s'agissait de l'Afrique. Alors qu'en définitive, ce n'était guère différent d'ici.

Il avait ouvert Coutard Consulting Brazzaville deux ans auparavant, en plus de ses bureaux parisiens. Les affaires foisonnaient. Le développement économique du continent africain était en pleine expansion et les entreprises avaient besoin d'experts en sécurité comme lui. Même le ministre de la Forêt avait fait appel à ses services pour une sombre histoire de corruption. Bien sûr, à 57 ans, il était moins pimpant qu'avant et les nombreux allers-retours entre les deux agences le fatiguaient.

Paris – Brazzaville, deux agences, deux continents que tout oppose et des enquêtes qui finissaient toujours par se ressembler : il surveillait et traquait, pour le compte de ses clients aussi bien des corrompus qui s'étaient fait enrôler par des entreprises concurrentes que des individus jugés suspects et même, de temps à autre, des femmes infidèles.

Il admettait avoir accumulé trop de nuits blanches ces derniers temps. Mais de là à le taxer de détective décrépit qui se transforme en vieux marabout à chaque fois qu'il prenait l'avion pour le Congo, c'était exagéré ! La fatigue avait laissé les cernes s'incruster au-delà du raisonnable. Par moment, les poches semblaient se dédoubler pour retomber jusque sous ses joues. Bref, une sale gueule. Mais peu importait, ses agences, les affaires, c'était toute sa vie.

— Vous avez vu ? Ça vient de la DGSI.

Gérard reconnut la couleur marron foncé caractéristique des missives envoyées par les services secrets. Son plus gros client à Paris.

Il décacheta l'enveloppe et tomba sur la photo : une jeune femme qui dégageait une étrange impression de force et de fragilité à la fois.

— C'est pas comme si on était déjà tous débordés.

Léopold sortit sans attendre de réponse. Il savait que son patron allait le rappeler quelques minutes plus tard pour lui présenter le dossier.

Gérard reposa la photo. Le cliché n'avait pas été classé correctement et s'était agglutiné sur le premier feuillet du rapport. Il la décolla et découvrit l'affaire.

Paris, 18ᵉ arrondissement, rue Ganneron. Le corps sans vie de Kevin Houmi, un des plus gros caïds des banlieues, avait été retrouvé suspendu à six mètres de hauteur, empêtré dans les branches d'un marronnier, les membres désarticulés et la peau transpercée de plusieurs dizaines de plaies. Son sang s'était déversé sans retenue le long de l'arbre jusqu'à former une mare sur le trottoir, provoquant l'étonnement puis la frayeur des passants.

Il avait fallu faire venir un élévateur pour décrocher le corps et prélever les indices. De mémoire de policier, on n'avait jamais vu une telle scène de crime.

Le médecin légiste avait indiqué que 90 % des os avaient été brisés. Il avait également découvert de nombreux hématomes, des lésions profondes qui ressemblaient à des morsures dont une ayant sectionné la veine jugulaire, un traumatisme du thorax, une perforation du poumon droit, et enfin, une fracture nette de la nuque ayant entraîné une mort brutale.

Une violence extrême qui avait semé la confusion au sein de l'équipe scientifique : un seul individu était-il capable d'infliger autant de blessures ? Comment s'y était-il pris, et avec l'aide de quel instrument ? Les experts n'avaient pas pu répondre à ces questions.

Les agents avaient récupéré, emmêlé entre les branches et accroché dans la main du cadavre, un blouson de type féminin. Dans une des poches, la brigade criminelle avait découvert un ticket de pressing qui, après vérification, se révélait appartenir à une femme : Aléna Tanaka.

La section scientifique avait relevé les empreintes digitales déposées sur le blouson ainsi que sur les vêtements de la victime : elles étaient inconnues du fichier automatisé des empreintes digitales. Ceux qui avaient mis à mort le malfrat n'avaient donc jamais commis de crime sur le territoire français avant celui-ci. Ou alors, ils ne s'étaient jamais fait prendre.

Le magistrat en charge de l'enquête avait très rapidement classé le dossier dans la catégorie « À surveiller de près ». Le mode opératoire déconcertant du meurtre l'inquiétait et il craignait que des émeutes n'éclatent en représailles. Il avait exigé qu'une enquête commence au plus vite afin de récolter tous éléments susceptibles d'apporter des éclaircissements sur les motivations, les intentions, les armes et les technologies utilisées par les gangs actifs et en particulier par le clan de Kevin Houmi.

Gérard reposa le dossier et ouvrit son ordinateur portable pour se connecter sur le site Internet « Beauregard Photos » qui présentait les photographes de l'agence. Il trouva rapidement un visuel d'Aléna : on la voyait debout, un appareil photo à la main, discutant avec une jeune mariée. Elle était blonde, plutôt grande, mince, voire frêle.

Il observa son visage : joli et vulnérable à la fois. La rondeur de sa figure procurait une première impression de douceur, mais distillait ensuite un sentiment de malaise comme si elle criait, cachée derrière une délicate impassibilité, un appel au secours. Il examina l'image avec plus d'insistance, plongea dans son regard et réalisa qu'elle avait une manière très particulière d'observer la mariée et tout ce qui l'entourait : avec une profonde intensité.

Il était indiqué que l'homme avait été assassiné le samedi 13 mai 2017 à environ 13 h. Gérard vérifia son calendrier : c'était samedi dernier.

Il retira ses tongs et s'allongea sur le canapé bleu pétrole de son bureau. La position parfaite pour téléphoner. Surtout qu'avec Ducro, il fallait s'attendre à tout. Ducro. Le coordinateur le plus psychorigide de la DGSI, celui qui s'occupait de la plupart des missions confiées aux privés. Et visiblement, il n'aimait pas ces derniers : pas assez respectueux des coutumes de la maison, avait-il l'habitude de répéter à qui voulait bien l'entendre.

— Bonjour, Ducro, c'est Coutard, je viens de lire le dossier.

— Il vous plaît ? J'ai tout de suite pensé à vous quand il est tombé sur mon bureau. Les affaires surréalistes, c'est votre domaine, non ?

— Vous mélangez tout, Ducro. Je suis expert en culture africaine, pas spécialiste en improbabilités.

— Les sorciers africains, les guérisseurs et tous ces trucs baroques que vous avez l'habitude de fréquenter, c'est du surnaturel. On va dire que là, c'est un peu pareil, c'est du bizarroïde. De toute façon, il n'y a personne d'autre pour assurer la surveillance. Alors, vous êtes commis d'office. Et puis, soyez content d'avoir obtenu l'affaire, rappelez-vous que j'étais à deux doigts de vous radier de nos listes de prestataires après votre dernière mission.

— Bon, vous me parlez du dossier ou on continue de tourner autour du pot ?

— Ne faites pas le malin, Coutard, je vous ai à l'œil. Revenons-en à notre cible : Aléna Tanaka, mêlée à l'assassinat de Kevin Houmi.

— Pourquoi est-ce que vous ne l'interpellez pas directement ? Cette fille ne me paraît pas bien méchante. Elle a certainement dû se trouver au mauvais endroit et au mauvais moment. Elle a pris la fuite en s'apercevant qu'un règlement de compte se déroulait sur le même trottoir et elle a perdu son blouson dans la panique.

— Nous on ne croit pas à la théorie du hasard. Si la fille était là, c'est qu'elle est liée d'une manière ou d'une autre au clan Houmi. Si on l'interroge maintenant, on n'obtiendra rien, alors que si on la surveille, on remontera la filière à travers ses contacts.

— À votre avis, qu'est-ce qui s'est passé sur la scène du crime ? Comment le gars s'est-il retrouvé dans cet arbre ?

— C'est bien pour ça qu'on fait appel à vous, on n'en sait foutrement rien ! Ici, on n'aime pas employer ce terme, mais il y a bien quelque chose de surnaturel là-dedans. Ce corps, là, tout mordu de partout et empêtré dans un arbre… on comprend pas. Comment vous dites déjà ? Ah oui, y a une couille dans le potage. Voilà, y a une sacrée couille dans le potage, et on compte sur vous pour nous débroussailler tout ça. Alors, vous commencez tout de suite. Comme d'habitude, vous nous faites un rapport quotidien et au moindre mouvement suspect, vous nous prévenez sans attendre. Inutile de vous rappeler que vous n'êtes pas autorisé à improviser des initiatives personnelles, n'est-ce pas, Coutard ?

— Bien reçu, Ducro.

— On veut un prélèvement ADN de la fille. Vous nous faites parvenir un fragment de quelque chose lui appartenant dès que possible. Ah, et puis, bien entendu, la direction exige votre entière implication sur le dossier. On veut pouvoir vous joindre 24 h/24 h. Pas de voyage en Afrique pendant cette affaire.

— Pas de problème, je préviens Léopold immédiatement.

Une douleur surgit soudainement du milieu de son ventre. Il allait devoir trouver une solution pour son rendez-vous fixé avec le ministre de la Forêt du Congo. Et sa femme allait le haïr.

Chapitre 3

Elle dormait. Le sommeil lui était indispensable. Elle devait dormir longtemps pour se remettre de ses émotions envahissantes.

Et, tout en dormant, elle se rendait compte que son organisme se régénérait, reprenait des forces et retrouvait peu à peu de sa vigueur.

Son corps était encore endolori, il avait été malmené, martyrisé. Que s'était-il passé ? Une bagarre. En plein Paris. Pour le moment, peu importait qui ou pourquoi. La seule urgence consistait à réparer les dommages physiques et psychologiques qu'elle avait subis. Donc, à ne rien faire d'autre que dormir.

Dormir et oublier. Demain sera un autre jour. Demain, toutes les traces de cette infamie auront disparu.

Mais alors qu'elle sombrait de nouveau dans un profond coma, l'image du roux réapparut. Il se tenait devant elle, le teint blanc comme un cochon malade, la tête bouffie d'orgueil et de suffisance. Ses lèvres s'entrouvrirent comme pour vomir un aliment avarié ingurgité par goinfrerie. L'odeur nauséabonde de la putréfaction pénétra dans ses sinus. Elle voulut s'en débarrasser, l'expulser, mais son corps refusait d'effectuer le mouvement nécessaire pour cracher. Elle était paralysée.

Elle n'allait pas laisser ce minable prendre possession de son âme.

Il la regardait en ricanant. Un liquide transparent et visqueux suintait de ses tempes où des mèches frisées s'étaient collées. Il suait la lâcheté et la peur d'avoir échoué. Oui, il n'avait pas réussi à l'attraper et elle aurait très bien pu le massacrer. Elle l'avait épargné, par manque de temps, mais pas seulement, par surprise aussi, elle ne s'attendait pas à ce qu'un autre homme l'espionne plus loin. Et quand elle l'avait vu au moment où elle s'enfuyait, elle avait tout de suite su qu'il allait la poursuivre obstinément et la persécuter jusqu'au bout. Même dans son sommeil.

Elle se fraya un chemin à travers les plis de ce visage immonde et atteignit l'étrange lueur qui émanait de ses yeux. Alors, elle comprit. Plus que tout, il voulait la dominer, la soumettre, la dompter comme un animal. Et à ce moment précis, il jubilait de se tenir debout au-dessus d'elle. Ce minable profitait de son sommeil pour l'humilier. Il agitait les bras, mais elle ne parvint pas à voir ce qu'il faisait : sa tête était bloquée sur le visage du harceleur.

Elle entendit un bruit particulier et eut subitement envie d'aller faire pipi. Non, ce n'était pas elle qui urinait, c'était l'homme qui se soulageait, juste à côté de son visage. L'odeur âcre de ce répugnant déchet organique se répandit autour de sa bouche et des éclaboussures piquèrent sa joue.

Il ouvrit ses lèvres en arborant un air de victoire :

— Je pisse sur ta carcasse inutile, et bientôt je te punirai.

Elle se débattit, poussa de toutes ses forces, insulta ses membres qui refusaient de bouger, mais rien n'y faisait, elle était clouée sur son lit, attachée à ce rêve infernal.

— Les vilaines doivent être enfermées. Je te mettrai dans une boîte, je la visserai et ensuite, je te regarderai pourrir à l'intérieur.

Elle voulut crier, mais aucun son ne sortit. Elle ouvrit grand la bouche, pressa de toute sa rage sur sa gorge qui s'obstinait à demeurer désespérément muette.

Puis, l'homme devint flou et se désintégra en une multitude de particules qui se dissipèrent dans la pièce.

Elle tuera ce roux. Elle le tuera avant que lui ne la torture et ne la découpe en rondelles.

Chapitre 4

Gérard se décida à abandonner son canapé pour ouvrir la porte de son bureau et passer la tête dans la pièce attenante. Les locaux de Coutard Consulting occupaient le cinquième étage d'un immeuble haussmannien de la rue Montmartre. Gérard aimait les parquets qui grincent, les grosses poignées dorées, les cuisines qui donnent sur de minuscules cours d'où l'on entend les voisins crier et les histoires qui circulent depuis des générations d'un appartement à un autre.

Son bureau se trouvait dans la plus grande pièce, et ses collaborateurs travaillaient dans les deux autres pièces qui avaient été des chambres autrefois, avant que les locaux ne soient transformés en bureaux. Léopold, lui, était installé dans le salon, juste à côté. Gérard n'avait qu'à ouvrir la porte pour tomber sur lui.

— Léopold, tu viens, on a une nouvelle surveillance.

Le jeune homme leva le nez. Caché derrière son ordinateur, il semblait aussi fragile qu'un petit garçon assis au premier rang de la classe. Il avait tellement l'habitude de camoufler ses remarquables aptitudes qu'il lui arrivait de paraître chétif. En réalité, son collaborateur était non seulement très doué en techniques de recherche d'informations, mais également très bien entraîné physiquement.

L'adjoint se faufila jusqu'à la table de réunion où étaient étalées les feuilles du dossier. Sans un bruit, il s'assit et commença à examiner les documents pendant que Gérard se réinstallait dans sa position idéale : allongé sur le canapé. Il n'avait rien trouvé de mieux pour réfléchir et se concentrer

Il jeta un œil en direction de Léopold : il était resté figé dans la même position. Même ses yeux parvenaient à lire sans bouger. Gérard ne se lassait pas d'admirer l'incroyable capacité de son adjoint à se fondre dans le décor. Un vrai miroir qui avait le don de disparaître derrière l'image qu'il reflétait en quelques secondes et quel que soit l'endroit où il se trouvait.

Il avait pris la bonne décision en l'embauchant, deux ans auparavant. Il l'avait sélectionné parmi la centaine de candidatures reçues. Lors de leur premier entretien, il avait tout de suite remarqué que l'aspect timide et réservé du jeune homme masquait en réalité un talentueux jeu d'acteur. Il savait se tenir en retrait sans que personne ne s'aperçoive de sa présence, il était doué pour se cacher derrière les traits d'un type que l'on ne voit pas, que l'on ne repère pas. C'était le genre de personne à qui une serveuse pouvait amener chaque jour le même plat sans le reconnaître, l'individu que l'on croise tous les jours et qui reste dans la catégorie des anonymes, des sans visage, de ceux qui ne sont pas concernés. Le profil du détective parfait. Et surtout, Gérard avait détecté chez lui une immense bienveillance. Il lui avait donné son contrat de travail immédiatement. C'était son poulain, son mini Gérard, lui en moins baraqué, en moins gros et en plus jeune.

Léopold leva la tête et s'exclama :

— Mais c'est une surveillance totale patron ! Comment on va faire ? On est déjà au taquet ! On met qui sur le coup ?

— Sylvain et toi pour les filatures de jour, Pierre pour la nuit.

— Et on fait comment pour les autres dossiers en cours ?

— Haut les cœurs, mon petit Léopold, enlève ta coquille de Caliméro et en avant ! Ce n'est pas la première fois qu'on jongle avec les enquêtes, mais celle-ci est prioritaire, alors tu mets le reste en suspens et tu gonfles le torse.

Gérard entendit un bruit derrière la fenêtre. Son Pappy venait lui faire sa visite quotidienne. Il aimait ce matou rayé de noir et de gris qui se frottait contre lui en ronronnant bruyamment.

— Bon, tu as vu le profil de la cible ?

Léopold plongea la tête dans le dossier et répondit, tout en observant du coin de l'œil le mammifère qui filait en direction du canapé :

— 28 ans, corpulence fine, 1m72, cheveux châtain clair, tirant sur le blond, yeux en amande de couleur verte.

L'animal sauta sur le sofa en émettant des râles qui ressemblaient à des protestations, se roula en boule à côté des pieds de Gérard puis lui adressa un long miaulement.

— Sinon, t'as lu le rapport du médecin légiste ? T'as vu comment l'homme a été tué ? C'est bizarre quand même, non ? Personne n'a la force physique pour faire ça.

— Franchement patron, j'en sais rien. Depuis que je travaille ici, plus rien ne m'étonne.

— Bon, quoi qu'il en soit, on commence la surveillance au plus vite. Regarde bien son visage, tu vas devoir la repérer dès demain. Tiens, prend la photo avec toi.

Léopold s'approcha du canapé pour récupérer le cliché, mais Pappy se plia brusquement en deux, arrondit le dos en hissant l'intégralité de ses poils et cracha dans sa direction.

— Excusez-moi, chef, mais je trouve quand même que ce chat est bizarre.

— Bah, c'est rien qu'un chat de gouttière qui s'agite le poil pour faire de l'exercice. Il se boulotte toutes les croquettes que les mémères du quartier lui refourguent alors forcément, quand il voit un jeune mâle, ça l'énerve. Bon, allez, on s'active, on n'a pas de temps à perdre. Termine de lire le dossier et dis-moi si tu ne comprends pas quelque chose.

Gérard colla la plante de ses pieds contre le chat qui se mit à ronronner immédiatement. Pendant une seconde, il hésita à attraper l'animal et à le poser contre son ventre pour tuer les élancements qui ne cessaient de le torturer. Il souffrait et il savait que rien n'y ferait. Même les ronronnements de Pappy.

— Avec moi, il préfère ronronner tranquillement. Le charme de la maturité, on va dire et puis il m'aide à réfléchir.

Léopold ne répondit pas. Il avait fait le choix de ne jamais prêter attention aux excentricités de son patron pour se concentrer uniquement sur son travail. Il s'était étonné, au début, de le voir porter des tongs plutôt que des chaussures fermées et des chemisettes bariolées au lieu de la traditionnelle chemise blanche ou bleu clair. Et puis, à force, il avait oublié, préférant ranger ces étrangetés dans la catégorie des détails sans importance. Il avait mieux à faire : examiner la photo d'Aléna avec soin, en repérer chaque trait caractéristique afin de l'intégrer dans sa mémoire et la pister correctement. C'était un taiseux. Il communiquait par son silence : ne rien dire sans hocher la tête signifiait qu'il approuvait, qu'il comprenait, du moins, qu'il était prêt à poursuivre et à écouter la suite. Par contre, s'il penchait ne serait-ce que légèrement le menton vers la droite, cela voulait dire qu'il émettait une réserve. Il releva les yeux et se leva.

— C'est bon patron, j'ai tout lu, je demande à Sylvain de poser les mouchards dans son appartement et de récupérer des cheveux sur sa brosse pour l'ADN. Moi, je commence les recherches tout de suite pour vous dégoter tout ce que je peux, comme d'habitude. J'ai déjà repéré le nom de sa boîte mail, je vais retrouver l'adresse IP de son ordinateur pour m'introduire à distance dans sa bécane. On saura bientôt beaucoup de choses sur elle.

— Parfait, Léopold, tu peux y aller dit Gérard en grimaçant sous l'effet d'une violente remontée d'acidité.

Léopold s'arrêta sur le seuil de la porte en penchant légèrement le menton vers la droite et demanda :

— Il y a quand même quelque chose que je ne comprends pas, chef, vous croyez vraiment qu'elle était là par hasard, cette fille ? Et si elle était beaucoup plus impliquée dans cette affaire qu'il n'y paraît ? Peut-être même que c'est elle qui a commandité le meurtre, non ? Ça serait une piste en tout cas.

— C'est bien Léopold, tu commences à mettre de la créativité dans les enquêtes, c'est bon ça, c'est de cette manière que les plus grandes énigmes sont élucidées. Mais là, je ne pense pas. Elle n'a pas le profil. T'as pas vu ? Elle est toute fragile. Ce n'est qu'un élément fortuit de la scène du crime, un grain de sable poussé par un vent indifférent et égoïste qui l'a déposée au mauvais endroit et au mauvais moment.

Chapitre 5

Aléna recompta le nombre de gélules restantes dans le flacon. Mais pourquoi avait-elle ingurgité cette surdose de calmant ? Elle vérifia rapidement l'heure sur son réveil : 16 h

Quelle gourde ! Elle avait fichu en l'air son sevrage. Toutes ces pilules lui perforaient le ventre et l'assommaient. D'ailleurs fallait voir combien d'heures elle avait dormi simplement en avalant quelques comprimés de ces satanés médicaments ! On prétendait la soigner, mais ces substances chimiques la rendaient malade, oui, complètement malade ! Elle devenait toute molle, aussi molle que le docteur Colon et elle ne voulait pas lui ressembler, ah ça non, pas question de se transformer en asperge toute flasque. Et puis, merde, elle avait 28 ans, elle voulait savoir ce que c'était que d'être une femme, au moins une fois, elle voulait découvrir à quoi ressemblait une libido, une vraie, celle qui n'est pas anesthésiée par les drogues, le vrai désir, la vraie vie, quoi ! Elle avait bien fait d'arrêter ses traitements. Elle aurait dû prendre cette décision bien avant.

Son cerveau se brouilla. Elle avait encore besoin de dormir. Elle reposa la boîte de médicaments, se tourna de l'autre côté et se réinstalla dans ses rêves.

Elle, en train de prendre des photos. Elle, à l'autre bout du monde, aux commandes d'une voiture sillonnant les pistes d'une zone tropicale. Le Brésil, son dernier voyage. L'orphelinat. Les enfants. Elle shoote tout ce qu'elle peut, veut tout ramener, immortaliser les regards, les espoirs, les expressions. Elle, dans sa vie de photographe, sa vie de femme normale et autonome, comme elle s'était bâtie. Libre. Sauvage. Une porte vint s'interposer. Celle de l'appartement de son père. Celle qu'elle avait ouverte, la veille. Elle fit disparaître cette image et revint dans son village brésilien. Elle est à côté de Diégo, son guide. Il parle avec un fort accent. Il lui explique qu'il vaut mieux faire un détour et passer par une route en meilleur état et loin des félins. Elle lui dit qu'elle n'a pas peur des jaguars, que ces bêtes sont très belles, que ce sont ses amies. Il fait chaud. Une odeur sucrée émane de Diégo. Sa peau caramélisée doit être un délice à caresser. Elle se sent bien. Elle se dit que sans ses médicaments, elle aurait fait l'amour avec lui, en tout cas, elle aurait aimé le faire, mais encore une fois, ses traitements l'avaient empêchée de vivre sa vie.

Elle retourne au milieu de la végétation, s'éloigne de ses mauvais souvenirs, de ses médicaments, et elle roule seule, libre, heureuse. Elle arrive à l'orphelinat « Brasil Infância ». Elle rencontre les enfants, les prend en photo. Voudrait tous les embrasser. Elle dit au revoir, prend une dernière photo, mais on ne veut pas qu'elle regarde. Il y a quelque chose de caché, là, juste devant l'orphelinat. La sensation est désagréable. Une jeune femme qui ne devrait pas être là, qui s'éloigne et qui, avant de disparaître, tourne la tête en révélant un sentiment de danger imminent.

Est-ce que cette fille existait vraiment ou bien venait-elle de l'inventer ?

Soudain, le souvenir de la veille lui revint avec la violence d'une gifle : elle était allée chez son père pour récupérer les papiers, elle avait croisé madame Farrita, des sueurs froides l'avaient envahie et un vieux cri resté coincé dans ses poumons l'avait à moitié étranglée. Alors, elle avait fui en laissant derrière elle les documents nécessaires pour régler la succession.

Zut ! Elle avait échoué ! Son notaire allait encore lui rappeler à quel point il était urgent qu'elle se débarrasse des affaires et qu'elle vende l'appartement au plus vite. Elle devait se comporter comme une fille normale et faire face, sans se poser de question : retourner dans l'appartement et récupérer les papiers, tout simplement.

Pas maintenant évidemment, elle n'était pas en état. Plus tard. Demain peut-être. Ou la semaine prochaine. Ou jamais. Elle ne voulait pas y retourner.

Et si elle demandait à madame Farrita de lui amener l'ordinateur de Tomi et les papiers ? Elle accepterait certainement. Elle n'avait qu'à l'appeler et lui demander ce service et tout serait réglé très rapidement. Oui, voilà, elle avait trouvé la solution, elle appellerait madame Farrita dès qu'elle aurait retrouvé son téléphone et la faculté d'articuler correctement. Sa langue était encore bien trop pâteuse.

Elle se mit sur le dos, bien à plat, et respira profondément. La rue. La longue marche en sortant de chez Tomi. La sensation de se retrouver coincée à l'intérieur d'une boîte et de ne pas parvenir à en sortir. Se concentrer pour oublier l'ancienne Aléna et redevenir celle qu'elle aimait. Puis, des ombres. Une chute. Des mouvements brusques. On l'agrippe, on l'entraîne. Elle ne voit rien. Un homme lui cache les yeux. Elle veut crier, mais elle ne peut pas. Une main est plaquée contre sa bouche. Tout à coup, elle voit : plus loin, un homme la regarde. C'est le roux de son cauchemar. L'homme est répugnant, il arbore stupidement un air narquois. Mais derrière ce regard benêt se cache un pervers qui, à la moindre occasion, se délectera de lui planter des aiguilles, des lames ou tout autre objet douloureux dans le corps. Elle ne se laissera pas entraîner. Elle ne laissera personne l'immobiliser et la cloîtrer à nouveau. On ne l'internera pas. Elle résiste, se retourne, se débat, mord, bondit, perd son blouson et part en courant.

Elle se redressa paniquée, le souffle court et les battements de son cœur cognant violemment contre sa poitrine. Que s'était-il passé la veille en rentrant de chez Tomi ?

Rien de grave. Non, tout allait bien. Si elle était présente dans cette pièce, dans sa chambre, sur son lit à ce moment précis, c'était que rien d'important n'était arrivé. Elle devait se ressaisir et réfléchir calmement.

Elle avait été prise dans une bagarre, avec des voyous qui traînaient là et qui avaient sans doute voulu lui voler son sac. Voilà ce qui se passe quand on a l'air dans les vapes dans une rue déserte de Paris : on attire l'attention ! Vraiment, elle avait bien fait d'arrêter les médicaments. Elle aurait été en bien meilleure forme si elle s'était débarrassée de ces drogues avant. Et là, elle s'était bien défendue, mais elle avait perdu sa belle veste en cuir. Mince, elle l'adorait, c'était sa préférée.

Et si elle avait simplement rêvé de tout ça ? Et si c'était son cauchemar qui avait pris toute la place ? Pas étonnant avec la quantité de somnifères qu'elle avait avalée, ça la faisait délirer. Saloperie de pilules. Elle se leva, essuya un vertige et se précipita dans l'entrée où étaient suspendus ses manteaux. Son blouson n'y était pas. Elle regagna sa chambre, ouvrit son armoire, passa en revue tous ses vêtements. Pas de blouson. Elle regarda dans le salon, sur le canapé, le fauteuil, par terre. Rien. Peut-être l'avait-elle oublié chez son père ? C'était peu probable. Elle n'aurait pas laissé d'affaires chez Tomi.

Elle fouilla son sac, en sortit son téléphone et chercha nerveusement le numéro de la gardienne :

— Madame Farrita, c'est Aléna.

— Aléna ? Tu as une drôle de voix.

— Oui, je suis un peu malade.

— Tu parles tout douchement, qu'est-ce qui che passe ? Cha ne va pas ?

— J'ai un rhume, rien de grave. Madame Farrita, je suis désolée de vous déranger un dimanche, mais je crois que j'ai oublié mon blouson hier, pouvez-vous me dire s'il est chez mon père ?

— Mais Aléna, on est lundi, pas dimanche !

Bon sang, mais elle avait dormi combien de temps ?

— Ah oui ! Bien sûr, on est lundi, j'avais zappé. Bon, pour le blouson, vous pouvez me dire ?

— Ben, faudrait que j'aille voir parce que là, che ne sais pas.

— Je ne sais pas, je ne sais pas, va dans la pampa voir si le pipa n'y est pas !

— Tout va bien, Aléna, tu as l'air un peu... contrariée ?

Aléna raccrocha et se rallongea, épuisée. Elle s'enfonça quelques instants loin dans le matelas, attirée par un fond noir et apaisant où aucune pensée n'existait. Elle se sentait bien, elle ne sentait rien, elle flottait au milieu d'un océan bleu foncé opaque. Il fallait qu'elle tienne, il fallait qu'elle dorme suffisamment pour reprendre le contrôle de son mental.

Son attention se déplaça vers une lumière toute nouvelle. Il faisait jour, elle était dans sa chambre et elle se réveillait. On était au mois de mai, il faisait bon, elle avait certainement eu trop chaud sur le chemin du retour et elle avait enlevé sa veste sans s'en rendre compte. Il n'y avait pas eu de bagarre, elle avait imaginé la scène. C'était tout. Elle était encore fragile, elle devait se ménager et oublier tout ça. Tans pis pour sa veste. La succession attendra encore un peu. Plonger dans le passé ne lui réussissait visiblement pas. C'était fâcheux, mais rien de grave n'était arrivé.

Le téléphone sonna.

— Aléna, ch'est madame Farrita. Che chuis chez ton père, mais che ne vois rien.

— Vous êtes sûre ?

— Abcholument, le bloushon n'est pas là et maintenant que ch'y repenche, che me chouviens très bien t'avoir vue partir avec.

Aléna bredouilla un remerciement, de vagues excuses et raccrocha sans même aborder le sujet des papiers à récupérer et de l'appartement à vendre. Elle n'avait aucun souvenir précis de son retour chez elle. Mais jusqu'où était-elle allée ?

Elle vérifia rapidement que ses affaires éparpillées sur le sol étaient au complet : sa chemise, son pantalon et ses sous-vêtements gisaient depuis la porte de sa chambre jusqu'à son lit. Au moins, elle ne s'était pas déshabillée en pleine rue comme la fois où Tomi l'avait retrouvée nue dans le parking de l'immeuble en train de chanter *Atomic*, la chanson de Blondie.

Elle demandera à madame Farrita de lui amener les papiers et l'ordinateur plus tard. Pour l'instant, elle reprenait sa vie. Tout allait bien, oui, tout allait bien. Elle pouvait se recoucher. Dormir. Oublier. Dormir encore.

Chapitre 6

Léopold était sorti du bureau sans un bruit, en utilisant son don inné pour demeurer discret en toute circonstance.

Gérard en profita pour fermer les yeux. Quelques minutes. Le temps de faire le point et de penser à son verre de whisky qu'il ne prendra pas. Ou peut-être un peu, mais plus tard, quand le bureau se sera vidé de tous les collaborateurs. Il avait promis à sa femme d'arrêter. Du moins, de diminuer. Il tenait bon et ne buvait jamais en public, ce qui limitait considérablement les possibilités.

Il rouvrit les yeux. Le blanc des murs lui brûla les pupilles. Il n'arrivait pas à s'habituer à cette clarté. Il préférait l'ancienne décoration, quand il y avait de la moquette bleu marine agrafée jusqu'au plafond et des doubles rideaux en velours rouge bordeaux. Il aimait quand le désordre et la poussière régnaient en maître, quand les fibres de laine absorbaient les chocs et que l'obscurité favorisait la réflexion.

Mais sa femme lui avait affirmé que ce type de décoration ne se faisait plus. Elle lui avait conseillé de rénover ses locaux afin de les rendre plus professionnels. D'autant plus que son apparence pouvait surprendre.

Alors, il avait dû faire un effort pour paraître propre et moderne aux yeux de ses clients et de la dizaine de collaborateurs qu'il avait récemment engagés. Son épouse s'était chargée d'arranger les lieux : elle avait enlevé la moquette, peint les murs, remplacé les rideaux par des stores gris et racheté des bureaux laqués beige clair chez Ikéa. Elle avait tellement modernisé les locaux que le bar qui renfermait ses plus belles bouteilles avait disparu.

Gérard avait découvert à la place une bibliothèque avec espace intégré pour le café.

Il se tourna vers le chat qui s'était réveillé et qui s'étirait de tout son dos en bâillant sans aucune réserve.

— Je sais Pappy, je ne vais pouvoir partir pour le Congo vendredi.

En Afrique, il avait fait le choix de ne jamais frayer avec le milieu politique. Dans ces zones chaudes et humides, les coups d'État sanguinolents n'étaient pas inhabituels.

Mais il avait tout de même accepté l'affaire, une aubaine si on peut dire, une lueur d'espoir : il avait l'opportunité de se rapprocher d'une des rares personnes ayant l'autorité suffisante pour sauver le village de Dieudonné.

Le ministre avait reçu l'ordre de faire le ménage dans ses équipes pour se débarrasser publiquement des corrompus. Le pays s'était engagé dans une démarche internationale de Développement durable et devait montrer patte blanche avant de pouvoir adhérer aux organismes concernés. La mission confiée à Coutard Consulting Brazzaville consistait à traquer ceux qui s'étaient laissés aller avec la comptabilité. Mais Gérard n'avait qu'un seul objectif : montrer au ministre que l'atlas forestier congolais récemment établi était truffé d'erreurs, que le village de son ami était mal positionné, et que le projet de construction de la route nord-sud passait juste au-dessus. Un coup de fil du ministre à la Société des Travaux Forestiers pour qu'ils dévient leur trajectoire et le village était sauvé.

Il se leva et s'avança vers l'un des masques africains accrochés au mur, son préféré. L'entrevue ne sera pas simple, mais il avait beau retourner le problème dans tous les sens, se tordre le cerveau à s'en rendre fou, il ne trouvait rien d'autre : Simpliste était le seul à pouvoir assurer l'entretien à sa place.

Il sursauta en s'apercevant qu'il avait posé le front contre le masque. Il caressa la joue de bois sombre striée de lignes blanches tout en humant l'odeur de bois fumé. Que de secrets étaient cachés dans les nervures sculptées de ce masque.

Le chat descendit du canapé, passa devant le détective en jetant un regard de dédain et sortit par la fenêtre restée entrouverte.

— Tu as raison, Pappy, il faut que je prévienne Martha, maintenant. Elle est prête depuis plusieurs jours, elle a préparé ses valises de médicaments, de couches-culottes, de stylos, de cahiers et de saucissons pour son association.

Et surtout, elle avait longuement insisté sur le fait que, s'il le fallait, elle s'attacherait à la première paillote du village pour faire barrage aux bulldozers. Elle non plus, n'allait pas apprécier le report du voyage.

Il frotta machinalement le haut du masque et se décida à appeler :

— Martha ?

— … tro.

— Je n'entends rien, où es-tu ?

— … tro. Tu m'entends ? Je suis dans le… tro.

— Tu es dans le métro ?

— Oui, je t'é…

— Bon, j'ai un problème au cabinet Martha, je vais devoir reporter le voyage.

— Tu v… ter du fromage ?

— Comment ?

— Tu veux acheter du fromage ?

— Mais non, pas acheter du fromage, reporter le voyage !

La conversation commençait mal. Les problèmes de surdité de sa femme ne s'arrangeaient pas, surtout dans le métro. Il se garda bien de lui en faire la remarque, le sujet étant sensible entre les époux. Elle n'entendait plus, mais refusait de l'admettre. Elle affirmait que le problème venait des autres, de lui qui n'articulait pas suffisamment, du téléphone qui grésillait, ou des chaînes de télévision qui trafiquaient le son pour baisser le volume en dehors des publicités.

Elle refusait d'aller consulter comme il le lui avait suggéré, et changeait de conversation dès qu'il abordait le sujet. Mais ce qui l'inquiétait le plus, c'était l'étrange faculté de son épouse à considérer sérieusement les affirmations absurdes qu'elle entendait. Pourquoi lui dirait-il qu'il voulait acheter du fromage ? C'était ridicule.

— Rép... je suis dans le mét... Je n'ai pas entendu.

— Je ne peux pas partir vendredi pour Brazzaville.

Un silence entrecoupé de grésillement s'annonça comme un lourd reproche.

— Tu es là Martha ?

—... même.

— Pardon ?

— Je te disais... vais quand même.

— Je ne t'entends pas bien Martha, je ne comprends pas ce que tu as dit. On ne peut pas partir vendredi !

— J'y vais quand même, je partirai toute seule. J'arrive à la station gare de Lyon, ça va couper.

Il s'y était mal pris. Sa femme était une vraie tête de mule et il doutait fort que la ligne ait été coupée à cause d'une mauvaise connexion. Y aller toute seule était dangereux. Le Congo demeurait un pays instable depuis que le Président avait été réélu à 99 % des voix et que la plupart des opposants avaient été retrouvés égorgés dans la forêt.

On toqua à la porte. Gérard reconnut la sonorité particulière émanant de la frappe de Léopold : discrète et efficace.

— Entre, Léopold.

— Il y a du nouveau, chef. Un deuxième corps a été découvert.

Chapitre 7

Aléna s'était remise en boule sous sa couette quand elle réalisa subitement que Joachim l'attendait depuis le matin pour un shooting. Elle envoya valdinguer les draps, s'extirpa hors du lit et se précipita sur son téléphone :

— Joachim, je suis désolée ! Je viens de me réveiller, j'ai eu une sorte de grosse grippe, je suis restée dans le coma toute la journée.

— Tu me prends pour un con ou quoi ?

— Je t'assure que je n'ai pas pu faire autrement !

— Et tu penses que je vais gober cette histoire de grippe ?

— Quoi, qu'est-ce qu'elle a ma grippe, tête à pipe, elle ne te plaît pas ?

— Non, elle ne me plaît pas ton excuse bidon. C'est du pipeau ! T'es allée chez Tomi samedi pour faire le tri, hein ? Et t'as eu une crise.

— …

— Bon sang, Aléna, mais fais-moi confiance ! Si ça ne va pas, tu me le dis, pas la peine de me raconter des salades !

— Excuse-moi, Joachim, c'est vrai, j'ai eu un petit coup de mou, mais, ça va mieux maintenant.

— Tu reviens quand ?

— Demain.

Joachim avait raison, elle n'avait pas besoin de mentir. Il avait toujours été à ses côtés. Elle raccrocha et enfila rapidement son peignoir. Elle avait perdu son dimanche, mais il lui restait encore une bonne partie de la journée pour travailler ses photos du Brésil et surtout, elle voulait vérifier la photo de son rêve prise à l'orphelinat. Elle tituba jusqu'à la cuisine et se versa un jus d'orange qu'elle but d'une traite.

Du jaune sur les murs, de l'orange dans son verre, du calme dans sa gorge. Elle reprenait vie. Elle était chez elle. Ici, rien ne pouvait lui arriver.

Depuis la porte de la cuisine, elle contempla la sérénité de son salon. Beige, cotonneux, rien n'était laissé au hasard. Chaque objet et chaque couleur avaient soigneusement été sélectionnés afin de favoriser un environnement émotionnellement acceptable. Elle s'était bâti une tanière loin du grondement des hommes et elle n'invitait jamais personne à venir s'y reposer. Domaine privé. Espace réservé.

Elle avait aménagé son bureau dans un coin de son salon, à côté de la fenêtre. Elle s'y installait généralement pour travailler sur ses photos tout en observant le mouvement des pigeons et autres oiseaux qui se plaisaient à survoler le toit des immeubles parisiens. Elle aimait se sentir en hauteur et avait choisi cet appartement pour son remarquable positionnement au-dessus de la crête des immeubles d'en face.

Elle avait déjà commencé le tri de ses mille photos prises durant son séjour au Brésil. Ce travail fastidieux l'apaisait. Chaque cliché lui appartenait, comme mille secondes d'une vie qui n'existaient que pour elle, mille regards, mille lieux, mille détails qui lui prouvaient que sa vie était réelle, qui lui montraient à quoi ressemblait le monde. Elle collectionnait les images et tentait de comprendre la réalité à travers elles. Et aussi, elle regardait les visages, fascinée par ce qu'ils racontaient, à la recherche d'un message, d'une expression, d'une explication : comment faisaient-ils pour accepter ? L'expression des femmes l'intéressait particulièrement. Espèce dominée dans la plupart des pays, elles souffraient en silence, enduraient avec constance, et portaient en elles le poids de la descendance : pourquoi continuer à perpétuer autant de blessures ? Et pourtant, la plupart souriaient. Aléna s'accrochait à cet éclat, car bien plus que des réponses, elle était en quête de réconfort. Elle s'alliait à d'autres histoires pour partager avec elles le courage d'avancer.

Elle s'installa à son bureau et rechercha le dossier qui contenait les photos de l'orphelinat « Brasil Infância ». Qu'y avait-il de particulier sur celle qu'elle avait prise avant de quitter l'établissement ? Elle avait rêvé de quelque chose de caché, quelque chose devant la maison qu'elle n'avait pas vu et qu'elle aurait dû remarquer. Elle retrouva le fichier retravaillé. Elle s'en souvenait à présent : elle avait supprimé la femme qui marchait à l'arrière-plan pour ne laisser que la petite fille sur le visuel. Son rêve lui suggérait de vérifier ce qu'il y avait devant l'orphelinat. Il fallait qu'elle reprenne la photo initiale, brute de toute retouche. Aléna fouilla encore et ouvrit le bon fichier. La voilà, la femme de l'arrière-plan qui marchait le long de la bâtisse en regardant dans la direction de l'objectif.

Elle zooma et observa attentivement sans comprendre ce qu'elle voyait.

Elle devait se tromper, ce n'était pas possible. Pourquoi n'avait-elle rien remarqué avant ?

Elle agrandit encore un peu et fut prise d'un vertige. Non, elle n'était pas folle, il y avait forcément une explication.

Mais qui était cette femme qui lui ressemblait autant ?

Chapitre 8

Léopold tendit l'enveloppe à Gérard.

— On vient de la recevoir. Alexis Ducro nous l'a fait parvenir à l'instant. On a découvert un deuxième corps. Il était de l'autre côté du mur qui longe le cimetière Montmartre. La date du décès a été identifiée au samedi 13 mai, comme pour l'autre homme et il présente les mêmes traces de coup : multiples morsures et nuque brisée.

— T'as vérifié la hauteur du mur ?

— Trois mètres. Selon les experts, l'état du corps laisse penser qu'il aurait été violemment propulsé depuis l'autre côté du mur. Mais l'homme était déjà mort au moment où il est tombé à terre. Le rapport précise que vu l'état des os cassés, l'homme a accusé une chute de plus de trois mètres, ce qui veut dire qu'il aurait d'abord été lancé avant de retomber de l'autre côté du mur.

Un rire nerveux apparut comme un hoquet, puis Gérard ne put réfréner un imposant spasme qui aurait pu passer pour de l'hilarité si Léopold n'avait pas deviné que cela cachait en réalité, un état de confusion extrême. Il se ressaisit et reprit :

— On a des infos sur cette deuxième victime ?

— Il fait partie de la bande à Houmi. Comme lui, il était originaire de la ville d'Argenteuil et il était connu pour travailler avec divers malfrats, dont certains appartenant au grand banditisme.

— Il y a d'autres empreintes, d'autres indices retrouvés sur place ?

— Les mêmes que celles retrouvées sur Kevin Houmi. A priori il s'agirait du ou des mêmes meurtriers… ou quelque soit la chose qui l'a tué. Et puis, chef, il y a ça aussi : l'homme avait dans sa poche une seringue de

Pentobarbital chargée avec une quantité suffisante pour assommer un individu. Il s'apprêtait à commettre un coup et à kidnapper quelqu'un.

Gérard reprit la photo présente dans le dossier et l'accrocha sur le grand tableau blanc qui servait d'aide visuelle pour les enquêtes, puis il traça quatre colonnes : Travail, Vie sociale, Vie amoureuse et Famille.

— Vas-y, Léopold, tu te mets au tableau.

Le jeune homme se positionna à côté du mur où s'étalait un grand panneau blanc, face à son patron, prêt à inscrire lisiblement les renseignements récoltés. Il souriait, très légèrement, c'était à peine perceptible, mais Gérard avait très bien remarqué que Léopold savourait cette partie minutieuse du travail : formaliser les morceaux du puzzle et en analyser tous les détails. Il ne voulait rien laisser passer, tout comprendre, tout expliquer, tout maîtriser. Léopold se limitait au tableau, mais s'il avait pu, il aurait utilisé tous les murs pour schématiser l'affaire.

— Nous savons qu'Aléna Tanaka habite au 102 rue des Dames dans le 17e arrondissement. J'ai également identifié son lieu de travail : l'agence « Beauregard Photos ». Question milieu familial, son père s'appelait Tomi Tanaka. Il était franco-japonais et sa mère, Tatiana Tanaka née Leclerc, était française.

— Pourquoi « étaient » ? Ils sont morts ?

— Sa mère en 1992 et son père en mars dernier. Je n'ai pas d'autres informations précises pour le moment.

Léopold indiqua dans la colonne Famille « Père : Tomi Tanaka — mars 2017 », « Mère : Tatiana Tanaka née Leclerc — 1992 » et en vert « Cause Décès ? » puis, il continua :

— Aléna Tanaka est née dans la ville de Pau le 10 janvier 1989. Ils y ont vécu jusqu'en 1997, date à laquelle ils ont déménagé à Levallois-Perret.

— Sa mère était déjà morte, n'est-ce pas ?

— Oui, Aléna avait trois ans au moment du décès de sa mère et huit ans quand elle a déménagé à Levallois.

Gérard vérifia rapidement que sa main ne tremblait pas. Il sentait la crise venir. Beaucoup pensaient qu'il avait la maladie de Parkinson combinée à d'autres affections contractées lors de ses escapades dans la brousse congolaise, mais personne ne savait de quoi il souffrait exactement. Gérard ne pouvait leur expliquer que ces troubles étaient causés par les trop nombreuses boissons préparées à base d'herbes hallucinogènes qu'il avait ingurgitées au fin fond de la forêt primaire.

— Bien, répondit Gérard, n'oublie pas de compléter le tableau.

Léopold s'exécuta et poursuivit :

— Elle a fréquenté le collège Danton à Levallois jusqu'en 2003. Ensuite, elle a suivi des cours par correspondance.

— Arrête de me parler en dates, Léopold, je n'y comprends rien. Bon, donc, elle a arrêté d'aller au collège vers 14-15 ans. Qu'est ce qu'il s'est passé ? Elle est tombée malade ?

— Je l'ignore.

— Est-ce que tu peux rapidement vérifier quelles recherches elle effectue sur Internet ?

— Pas de problème, dès que j'aurai pris le contrôle de son ordinateur, d'ici peu de temps.

— Indique en rouge dans la colonne Famille « Enquête Tomi ». Je veux en savoir plus sur lui, et je veux connaître les causes exactes de son décès.

— Très bien, répondit Léopold qui s'était emparé du feutre rouge. Il ne savait pas comment son chef parvenait à pointer du doigt des éléments qui s'avéraient être primordiaux pour la suite de l'enquête. Il faisait mouche à chaque fois. Et dès qu'il utilisait le feutre rouge – c'est-à-dire quand il ne l'aurait pas fait naturellement lui-même, mais à la demande de Gérard –, des informations importantes finissaient par en sortir.

— Est-ce que Sylvain a commencé ?

— Il se prépare et il sera devant chez elle d'ici peu de temps. Pierre prendra le relais cette nuit et moi, je m'y colle demain, comme prévu.

— Parfait. Tu te chargeras également de l'enquête de proximité, histoire de savoir comment ses voisins la perçoivent.

Léopold acquiesça, reboucha le feutre et regarda sa montre, signifiant ainsi à son patron qu'il était temps pour lui de partir. Son épouse l'attendait.

Léopold appartenait à la nouvelle génération : il consacrait du temps à sa famille. Gérard respectait les contraintes horaires de son adjoint même s'il regrettait l'époque où l'on s'investissait entièrement dans son boulot. Lui n'aurait jamais imaginé quitter le bureau avant 19 h alors qu'une nouvelle enquête commençait. Quand il était dans les Forces spéciales, il lui arrivait même de partir plusieurs mois sans pouvoir communiquer avec sa femme et son fils. C'était une autre époque. Un autre temps. Pas forcément une réussite. Léopold avait peut-être raison, finalement.

— À demain, Léopold, mes amitiés à Marie.

Léopold le salua et se glissa à l'extérieur aussi rapidement et aussi discrètement qu'un mollusque muni de bras à ventouses cherchant à atteindre son refuge.

Chapitre 9

Elle avait examiné la photo encore et encore, sans comprendre. Sans dormir. Et toujours aussi abasourdie.

Les heures avaient filé à toute vitesse sans lui accorder l'ombre d'une explication. Elle avait assisté, impuissante, au glissement de la nuit qui l'avait irrémédiablement amenée vers le jour suivant.

5 h. Elle n'avait toujours pas d'explication. Ce n'était pas en demeurant bêtement assise en se répétant en boucle que tout ceci était impossible qu'elle allait résoudre cette énigme.

Elle devait agir. Son agence possédait des ordinateurs bien plus puissants que le sien. Elle devait s'y rendre immédiatement.

Elle se décida, enfila à la hâte un jean et un tee-shirt, et dévala les sept étages de son immeuble.

Il faisait encore sombre, le jour ne s'était pas encore annoncé. Même les merles restaient silencieux. Dans les rues désertes du 17e arrondissement, les lumières des cuisines et des chambres à coucher des immeubles n'étaient pas encore allumées. Tous dormaient. Elle en profita. Pas le courage de se contrôler, pas envie de se réfréner. Elle accéléra sans un bruit et se laissa bondir, discrètement, en accompagnant chacun de ses gestes d'un mouvement d'apparence lent afin de ne pas susciter l'étonnement d'un passant ou d'un chauffeur de voiture qui passerait au loin. À cette heure, il n'y avait guère que des taxis à la recherche d'un dernier client avant de rentrer chez eux. Ils ne faisaient généralement pas attention aux ombres qui palpitaient sur les trottoirs, des souris ou des rats certainement, des bestioles de la nuit qui, en zone urbaine et hostile, se faisaient discrètes en se fondant dans le décor.

Elle savourait cette sensation de transpercer l'air, comme si elle volait entre chaque foulée et qu'elle se servait de l'asphalte comme d'un trampoline. Elle fonçait aussi vite qu'une mobylette silencieuse, souple et robuste, mais elle savait qu'elle pouvait vrombir très fort et marcher encore beaucoup plus vite. Elle devait faire attention. Ne pas dépasser une certaine limite. Ne pas effrayer les sans-abris. Ne pas éveiller les soupçons. Ne surtout pas se faire surprendre. Elle pouvait s'occuper d'un curieux un peu trop insistant, mais le plus grand danger résidait dans les téléphones portables. N'importe qui pouvait la filmer et l'exhiber comme un animal de foire sur les réseaux sociaux si elle n'y prenait garde.

Arrivée rue de Rivoli, elle dut ralentir. Le centre de la capitale ne connaissait pas de temps mort. L'agitation régnait, même à l'heure où les fêtards rentraient chez eux. Elle cala son rythme sur ceux des autres.

Mais au moment où elle tourna rue du Temple, juste après le BHV, elle aperçut la devanture du magasin destiné à la clientèle masculine et elle fut frappée par l'affiche géante où un homme exhibait un sourire arrogant.

Le sourire méprisant du roux. Le rictus de l'homme qui voulait lui fracasser le crâne à coup de marteau. Celui qui aurait aimé lui enfoncer quelques vis géantes sur le front, rien que pour rigoler, rien que pour lui faire mal. Elle s'arrêta et se frotta vigoureusement la tête pour contrer la douleur. Mais la céphalée persistait. Elle s'accroupit, enfouit la tête entre ses bras et laissa un gémissement s'échapper.

Qui était cet homme répugnant ? Un vieil infirmier qui refaisait surface dans sa mémoire ? Un des hommes qui l'avaient attaquée ? Elle n'arrivait pas à se défaire de l'odeur infâme qu'il avait projetée sur son lit. Elle avait tout lavé, les draps, la couette, l'oreiller et elle avait frénétiquement désinfecté tous les objets de sa chambre. Plus aucune particule odorante n'aurait dû y échapper. Et pourtant, cette odieuse fragrance continuait de la poursuivre. Elle releva la tête, renifla sa main. L'odeur n'y était pas.

Un homme et une femme s'étaient arrêtés quelques mètres plus loin. Ils la regardaient inquiets, gênés par la situation, se demandant s'ils devaient intervenir ou la laisser tranquille. La femme s'approcha, mais avant qu'elle n'ouvre la bouche, Aléna se releva brusquement et partit en courant.

Son agence n'était plus qu'à une centaine de mètres. Elle s'engouffra dans les bureaux et s'installa sur l'un des ordinateurs derrière la salle de shooting. Elle inséra sa clé USB contenant toutes ses photos du Brésil et ouvrit celle qui l'intéressait.

Chapitre 10

— Comment ça, elle fait des bonds ?

— C'est comme je vous le dis monsieur Coutard, elle a fait des bonds de plusieurs mètres quand elle est partie de chez elle ce matin. Mais je crois qu'elle se cache pour faire ça, car c'était la nuit et dès qu'une voiture approchait ou qu'un piéton apparaissait, elle arrêtait. J'ai eu un mal fou à la suivre, elle va très vite et j'ai couru pendant tout ce temps. Vous me connaissez, je suis entraîné pour le triathlon, eh bien là, c'était limite, elle allait plus vite que moi. J'ai même failli la perdre plusieurs fois. En tout cas, c'était surréaliste, je n'ai jamais vu ça, ce n'est techniquement pas possible de faire des bonds comme ça.

— Est-ce que tu peux préciser quel type de bond elle fait, parce que là, j'ai du mal à comprendre.

— Et bien, c'est comme si elle s'envolait de deux à cinq mètres à chaque enjambée. Elle reste très proche du sol, mais elle ne le touche pas. Du coup, si on ne regarde pas attentivement, on pourrait croire qu'elle court vite, surtout que son corps ne bouge quasiment pas, si bien qu'elle reste très discrète, on ne la remarque pas, mais ce n'est pas normal ce qu'elle fait, ce n'est pas naturel. Vraiment bizarre.

— Elle est allée directement à son agence comme ça ?

— C'est exact. À un moment, elle s'est arrêtée et elle s'est accroupie, comme si elle avait mal au ventre. Et puis, elle est repartie jusqu'à la rue du Temple.

— Est-ce que Pierre a inspecté son appartement ?

— Affirmatif. Les micros sont posés et il a prélevé des mèches de cheveux sur sa brosse. C'est parti chez Ducro.

— Très bien. Merci Sylvain. Tu restes en place jusqu'à ce que Léopold te remplace. Bon boulot. Tu me rappelles s'il y a quelque chose.

Gérard raccrocha, perplexe. Sylvain était en effet très bien entraîné et il était surprenant qu'il se fasse distancer. Et puis cette histoire de bonds était tout de même assez confuse. Il n'était pas le seul à avoir besoin de vacances, son équipe commençait sérieusement à fatiguer.

Chapitre 11

Mais pourquoi n'avait-elle rien remarqué avant ? Au fur et à mesure qu'elle zoomait, scrutait, vérifiait et agrandissait encore l'image jusqu'à ce qu'elle ne soit plus que des pixels, la vérité s'imposait comme une évidence : la femme qui se trouvait sur la photo était son sosie parfait.

Comment était-ce possible ? Elle n'avait pas de sœur, pas de cousine, le cliché venait de son propre appareil, le dernier Nikon D5 qu'elle ne prêtait à personne et puis, de toute façon, jamais elle ne porterait de pantalon à fleurs. Non, la fille de la photo n'était pas elle, il s'agissait bien d'une autre personne.

Elle vérifia tous les clichés pris devant l'orphelinat, ainsi que l'intégralité de ses photos du Brésil, mais elle ne vit pas son autre « moi » ailleurs. Le sosie n'apparaissait que sur une seule image. Et dire qu'elle était passée à côté de cette femme sans la remarquer !

Elle entendit un bruit et sursauta. Joachim Beauregard venait d'arriver et se tenait derrière elle.

— Joachim, c'est toi, tu m'as fait peur ! Tiens, puisque tu es là, regarde cette photo.

Le photographe s'approcha de l'écran.

— Et alors ?

— Qu'est ce que tu vois ?

— Ben, pas assez de lumière, c'est en contre-jour et ce n'est pas du tout cadré. Bref, à revoir complètement.

— Oublie la technique. Dis-moi juste ce que tu vois sur la photo.

— Pourquoi ?

— Regarde, c'est tout ! Et réponds-moi, je t'expliquerai après.

— Une petite fille, derrière elle, un bâtiment et plus loin, une jeune femme.

— Regarde bien la femme. Il n'y a rien qui t'interpelle ?

— Et bien, la photo n'est pas de bonne qualité alors… je ne sais pas, la jeune femme te ressemble, c'est toi ?

— Bingo ! Et voilà, justement, ce n'est pas moi !

— Comment ça ?

— J'ai pris cette photo, donc, la jeune femme est quelqu'un d'autre.

Joachim plissa les yeux pour observer davantage.

— C'est curieux en effet Aléna, mais, en même temps, l'image n'est pas très nette, on ne voit pas très bien. Où a été prise cette photo ?

— À l'orphelinat « Brasil Infância » à Uruarà.

— Ah bon ?

Le photographe garda les yeux ouverts pendant un temps qu'Aléna considéra comme trop long. Enfin, il bougea les paupières :

— Je ne sais pas quoi dire, se contenta-t-il de répondre.

Il était perplexe. Elle n'aurait pas dû lui montrer la photo. Il avait beau être compréhensif et connaître la plupart des troubles dont elle souffrait, elle ne devait pas dévoiler des signes susceptibles d'être interprétés comme une rechute.

— Ou bien c'est un bug avec le Nikon. J'ai déjà entendu ça, le reflet d'une image sur une autre, il paraît que ça peut arriver, même avec le numérique. Pas grave.

Mais quelle idiote, elle n'aurait pas dû lui en parler ! Heureusement, le téléphone de Joachim sonna, éloignant le photographe du sosie d'Aléna.

Et s'il pensait qu'elle faisait une rechute ? Elle l'observa en train de téléphoner à côté de la fenêtre. Ses postures la rassurèrent : pas de rapide coup d'œil dans sa direction pour vérifier un éventuel signe de crise, pas de dos voûté trahissant la naissance d'un doute. Elle en profita pour se replonger dans la photo.

Elle l'avait prise à l'orphelinat « Brasil Infância », un orphelinat ressemblant aux autres qu'elle avait visités dans la région : perdu dans la campagne traversée par une piste qui menait droit dans la forêt amazonienne. Les bâtiments en pierre étaient recouverts de chaux et les toits de briques défiaient une nature en expansion permanente. La photo était sombre. La journée avait été marquée par des nuages menaçants, mais il n'avait pas plu. Néanmoins, Aléna se souvenait avoir eu très chaud.

La directrice de l'ONG qui l'avait accueillie s'appelait Rosetta Bowling. Maintenant qu'elle y repensait, cette femme avait eu un comportement étrange lors de leur rencontre, comme si elle avait été contrariée. Oui, Aléna se rappelait très bien avoir chassé un sentiment de malaise.

Elle avait l'habitude de ressentir des émotions disproportionnées par rapport à la réalité — en tout cas, c'était ce que les médecins lui disaient – alors, elle n'avait pas prêté attention au fait que Rosetta Bowling la regardait d'une drôle de manière. Elle semblait en colère, contrariée, son attitude était contradictoire avec les excellentes relations que les deux femmes avaient entretenues par mail.

Elle avait écarté ce sentiment machinalement, comme on lui avait appris à le faire et s'était débarrassée de la pensée parasite pour se concentrer sur son seul objectif : les photos.

À son arrivée, la directrice lui avait affirmé que l'orphelinat n'était pas accessible à cause d'un cas de méningite découvert quelques heures auparavant. Elle l'avait alors emmenée dans un dispensaire pour enfants malades à plusieurs kilomètres de là. La journée avait été intense. Aléna avait pris des photos magnifiques. Malgré le peu de temps passé sur place, elle avait été subjuguée par ces enfants : ils rayonnaient de gentillesse alors que la vie avait été si injuste envers eux. Rosetta lui avait expliqué que les membres de l'orphelinat pratiquaient l'amour inconditionnel, c'est-à-dire qu'ils leur présentaient des marques d'affection même quand les enfants se montraient difficiles, et ceci, surtout avec les adolescents.

Elle les avait pris en photo et leur avait montré leur portrait. Pour certains, c'était la première fois qu'ils se découvraient en dehors d'un miroir. Aléna se souvenait avoir été particulièrement troublée par la fillette qui se trouvait être au premier plan de la photo : elle avait conservé toute la journée un sourire éclatant.

À la fin de la visite, Rosetta avait pris la petite fille dans la voiture. Aléna n'avait pas très bien compris pourquoi l'enfant avait réintégré l'orphelinat le soir même alors que la photographe n'avait pas pu y mettre un pied. Aléna fit un effort pour se souvenir du moment précis où elle avait pris la photo : juste après leur retour du dispensaire, sur le parking de l'orphelinat.

« Voilà Aléna, j'espère que la journée s'est bien passée. Je vous dis au revoir », avait dit Rosetta en lui tendant la main. Aléna l'avait remerciée, puis s'était tournée vers la fillette en lui demandant si elle était d'accord pour une dernière photo.

La petite fille qui ne comprenait pas un mot de français avait laissé ses yeux s'éclairer à la vue de l'appareil et avait approuvé de la tête.

« Voilà, tu te mets juste ici », avait dit Aléna en positionnant la fillette devant l'orphelinat et en prenant le cliché.

Ensuite, Rosetta s'était fâchée et avait dit quelque chose du genre « S'il vous plaît, Aléna, ça suffit les photos, Maria doit rentrer à présent », avant d'entraîner la fillette et en marmonnant un « Au revoir » autoritaire. L'accueil était loin d'avoir été chaleureux.

Pourquoi Rosetta Bowling avait-elle eu ce comportement agressif ? On ne l'avait jamais congédiée de cette manière à la fin d'une visite d'orphelinat. C'était généralement le contraire : on l'invitait pour prendre une dernière boisson, on prolongeait la conversation et, très souvent, on lui proposait de rester dîner et de passer la nuit. Les enfants aimaient la compagnie et les éducateurs s'intéressaient au travail d'Aléna : une exposition de photos permettait de sensibiliser le public au fonctionnement de ces structures et ils avaient tous besoin de financement.

Aléna sortit brutalement de ses souvenirs : Joachim avait terminé sa conversation téléphonique et revenait précipitamment vers elle. Il avait l'air soucieux et lui dit d'une traite :

— Aléna, c'est Tomi qui m'a donné l'adresse de l'orphelinat pour que tu y ailles.

— Mais de quoi parles-tu Joachim ? Qu'est ce que Tomi a à voir là-dedans ?

— Il ne t'en a pas parlé ?

— Parlé de quoi ?

— Je ne sais pas, moi ! De l'orphelinat, de pourquoi il voulait que tu ailles là-bas, de ce qu'il y avait à découvrir sur place !

— Mais pourquoi t'a-t-il donné cette adresse à toi et pas à moi ?

— Je n'en sais rien ! C'est ton père après tout ! Tu dois bien avoir une idée, non ?

— Je n'y comprends rien, Joachim ! Sois plus clair parce que là, je suis complètement perdue. Comment, pourquoi t'a-t-il donné cette adresse ?

— Bon, je vais essayer de reprendre depuis le début. Même si je ne comprends pas bien, moi non plus. Tomi était malade. Son état s'est dégradé très soudainement, tu le sais bien. Bon sang, je ne réalise toujours pas ce qui s'est passé ! Il avait ce fichu cancer, mais il se soignait. La chimiothérapie se passait bien, il aurait dû s'en sortir ! Un jour, il m'a appelé. Il m'a dit qu'il n'en avait plus que pour quelques jours, qu'avant de partir il voulait me communiquer une adresse où tu devais aller, que c'était important, qu'il ne pouvait pas m'expliquer pourquoi, mais qu'il fallait juste que tu y ailles. Ça tombait bien, on était en train de sélectionner ta prochaine destination et le Brésil faisait partie de la liste. J'ai inséré l'adresse de l'orphelinat avec les autres et, quelques jours plus tard, Tomi mourrait.

— Pourquoi tu ne me l'as pas dit avant ?

— Tout s'est passé tellement vite ! Et puis, je pensais que tu avais eu une dernière conversation avec lui, qu'il t'en avait parlé. Je ne voulais pas rajouter une couche à ton deuil.

— Il ne m'a rien dit. En fait, je ne l'ai pas vu avant son décès. J'ai appris sa mort par le docteur Colon qui l'a accompagné les derniers jours.

Aléna baissa les yeux, la gorge serrée, troublée par ce souvenir et une multitude de sentiments qui s'entrechoquaient dans ses muscles. Colère et culpabilité tournoyaient au-dessus de ses pensées.

Elle lui en voulait. Il aurait dû la prévenir, lui expliquer et alors, elle aurait baissé les armes. Elle aurait dû l'accompagner à l'hôpital et lui tenir la main sur son lit de mort. Mais c'est le docteur Colon qui avait assumé cette tâche. Elle n'avait pas pu lui dire au revoir.

Une émotion lointaine, puissante surgit du fond de ses entrailles. Elle n'avait pas pleuré quand on lui avait annoncé la nouvelle, elle n'avait pas pleuré à l'enterrement, elle n'allait pas craquer maintenant.

Chapitre 12

Gérard reconnut, soulagé, le numéro de la succursale congolaise s'afficher sur son téléphone.

— Enfin, Simpliste, j'ai bien cru que tu ne me rappellerais jamais !

— C'est que, Gérard, depuis que j'ai eu ton message, là, je ne me sens pas bien. Je ne vais pas pouvoir aller au rendez-vous avec le ministre de la Forêt.

— Je sais, c'est difficile, mais on n'a pas le choix, tu es le seul à pouvoir assurer l'entrevue correctement.

— Mais enfin, ce Téké, là, il va me désintégrer, me taper avec un crocodile affamé ! Il va me rôtir, moi, ma mère, ma tante, mon oncle, et ensuite, il va nous manger. Vraiment Gérard, c'est pas réjouissant tout ça, ah non, vraiment, ça ne me fait pas plaisir. T'as pas bien évalué la situation.

— T'as juste besoin de lui déposer le dossier qu'il avait commandé et ensuite, tu en profites pour lui montrer la carte avec le positionnement du village et le projet de route qui passe par dessus. C'est tout.

Gérard cala le téléphone entre sa joue et son épaule afin de se masser le ventre. Des petites décharges électriques le malmenaient et la douleur remontait le long de son œsophage. Il poursuivit :

— Tu connais le dossier par cœur, tu sauras exactement quoi dire. On a ce qu'il veut : la liste des corrompus au sein de son ministère et ça, c'est plus important que vos problèmes de tribus, car tu le sais bien, le ministre doit donner des noms au Président. T'as fait toute l'enquête, t'es au courant de tout, tu connais parfaitement bien l'affaire. Matonda sera soulagé d'avoir la liste et alors, la voie sera libre pour lui parler de notre problème.

— Comment je vais faire pour converser avec lui ? Il ne voudra même pas m'écouter ! Je suis Vili, et un Vili ne peut pas converser avec un Téké ! Surtout un Téké ministre ! Un Téké au-dessus d'un Vili, ce n'est pas possible, ah non, vraiment, il va vouloir me découper à la machette, me réduire en miettes et après, y aura plus personne pour palabrer !

— Alors tu lui montreras la carte sans lui parler ! Il faut gagner du temps, Simpliste, tu trouveras la force de surpasser les tensions tribales. Tu parleras à l'homme et pas au Téké. Tu le sensibilises sur le sujet et moi, j'arrive dès que je peux. On ne doit pas lâcher l'affaire avec le ministre, c'est notre seule chance de sauver le village. Une fois, juste une fois, Simpliste, fais-le pour le village, pour Dieudonné, pour toute la famille, pour nous, quoi ! Tu ne vas pas abandonner tout de même !

— Bien sûr que non, je ne vais pas laisser tomber. Ah ! Je sais ! Je vais demander à Dieudonné de me donner une herbe pour gonfler mon courage. Peut-être qu'il connaît un sort pour troubler sa vision et que le Téké ne me verra pas comme un Vili.

— Dieudonné est revenu de sa retraite dans la forêt ?

— Oui, et la première chose dont il a parlé de retour au village, c'est de toi. Il a demandé quand tu comptais revenir pour le dernier rituel.

— J'ai bien compris, mais l'urgence pour l'instant, c'est de sauver le village.

— Il est très mécontent.

— Fiche-moi la paix avec ça. Bon, Simpliste, tu travailles bien le dossier, tu te prépares, tu fais ce qu'il faut. Je te rappellerai avant le rendez-vous.

Gérard posa son téléphone et souffla un long moment pour évacuer son mal de ventre.

Il se dirigea vers son masque accroché au mur, caressa le front et souffla à l'intérieur des trous qui servaient de narines.

— Cela fait longtemps qu'on ne s'est pas vus, hein, Dieudonné ? Tu es revenu de la forêt et tu m'attends, je le sais. Mais ne vois-tu pas que le village est en danger ? Il faut évacuer cette menace avant toute chose. Et puis, il y a le problème Aléna. C'est toi qui m'a planté cette épingle dans le ventre ? Oui, ne t'énerve pas, j'ai compris ! Je t'ai entendu tout à l'heure. Tu te trompes, je ne redoute pas le dernier rituel. Non, non, non, ce n'est pas vrai ! Je ne suis pas en train d'esquiver ! Tu le sais pourtant que je vais au bout des choses !

Il se retourna, essuya une nouvelle secousse douloureuse qui remonta jusqu'au sternum et murmura :

— Je vais le faire ce rituel, Dieudonné, oh oui, je vais le faire, et je vais devenir encore plus fort que toi. Seulement, tu aurais dû me prévenir pour les séquelles. T'as vu à quoi je ressemble, maintenant ? J'ai l'impression de ne pas avoir été recollé comme il faut après avoir mis les morceaux à l'envers. T'as vu comment ma main s'agite. J'ai l'air de quoi ?

Il mit ses mains à plat bien droites devant lui et vérifia qu'elles ne tremblaient pas. On n'échappe pas à son destin. Un don doit être travaillé, sinon c'est lui qui domine, et pas forcément dans le bon sens.

Dieudonné lui avait dit : « tu possèdes quatre yeux, deux sont ouverts sur le monde réel et deux sur le monde parallèle. Tu as le don d'ouvrir les quatre, c'est très rare et tu dois le travailler, sinon c'est le monde parallèle qui te hantera. Tu peux devenir un grand Nganga, un formidable guérisseur, mais pour cela, tu devras suivre mon enseignement. Sept rituels sont nécessaires. »

Il en manquait un. Gérard avait suivi les six premiers en s'apercevant que c'était un peu plus éprouvant et effrayant à chaque fois. Dans le village, on le considérait déjà comme un sorcier capable de combattre les esprits les plus malfaisants. Il tenait bon, même si c'était douloureux, il finira bien le faire, ce septième rituel.

Léopold toqua et ouvrit la porte sans attendre la réponse.

— J'y vais, chef, je pars pour remplacer Sylvain. Mais je voulais vous dire avant, j'ai trouvé un truc : Aléna a déjà fait l'objet d'un internement pour troubles mentaux. L'hospitalisation a été demandée par un médecin psychiatre, et d'après ce que j'ai compris, il s'agissait d'une hospitalisation d'office, c'est à dire sans le consentement du patient. C'est du lourd. Faudra bien dire aux gars de faire attention en la suivant, elle est potentiellement dangereuse.

Chapitre 13

Une sonnerie retentit et lui fit l'effet d'un électrochoc.

— Le modèle vient d'arriver, le shooting débute dans 15 minutes. Viens, il faut préparer la salle, dit Joachim doucement. Ça va aller ?

— Bien sûr, j'arrive. On commence par quoi ?

— Un book pour une jeune mannequin. Son agent veut que tout soit prêt demain. Je vais la faire rentrer, pendant ce temps, tu installes les lampes et le rideau noir, comme d'habitude.

Aléna acquiesça et retroussa les manches de son chemisier, bien décidée à terminer le shooting au plus vite pour étudier à nouveau la photo.

— Fais voir tes bras, Aléna ?

— Qu'est ce qu'il y a ?

— Regarde, tu as des bleus énormes ! s'exclama Joachim en lui montrant ses poignets.

Aléna jeta un rapide coup d'œil sur ses bras et répliqua aussi sec :

— Je n'aurais pas dû lui demander les menottes hier !

Puis elle s'engouffra en ricanant exagérément dans la salle de shooting.

Dès que la porte fut fermée, elle examina attentivement les marques : des tâches bleu, marron et un peu jaune indiquaient qu'on l'avait violemment attrapée par les poignets. Que s'était-il passé ?

La bagarre. Samedi dernier. En rentrant de chez Tomi. C'était donc vrai ?

De vagues souvenirs aux contours flous se présentèrent. Sa gorge s'assécha, pétrifiée devant ces ondulations macabres. Cela s'était passé dans le18ᵉ arrondissement, dans la rue déserte qui longe le cimetière. Elle rentrait chez elle, il devait être tard, il lui semblait que c'était la nuit, mais elle ne savait plus trop, peut-être que l'obscurité ne provenait pas du ciel, mais de son appréhension à regarder la vérité en face. Elle avait entendu des pas pressés qui se rapprochaient. Il devait certainement s'agir d'un passant en retard, il y en avait tellement à Paris. Mais l'homme s'était mis à courir et les pas s'étaient multipliés. Ils étaient deux, ils étaient derrière elle, de plus en plus près et, avant qu'elle le comprenne, une main s'était plaquée contre ses yeux, une autre contre sa bouche, puis elle s'était sentie tomber à terre.

Ses agresseurs avaient pris la peine d'amortir sa chute. Petite attention qui n'avait pas suffi à amoindrir sa fureur. Les lâches. Ils ne savaient pas à qui ils avaient affaire. Elle qui faisait un effort constant pour maîtriser sa force, on lui servait sur un plateau une bonne raison de se défouler. Ils pensaient qu'une femme seule serait une proie facile pour un vol à l'arraché. Qu'est ce qu'ils croyaient ? Qu'ils pouvaient la dépouiller, la violenter ou pire encore, la violer ? Ils n'ont pas été déçus. Ces salopards n'ont rien vu venir.

Tout d'abord, elle avait joué, le temps de les observer. Elle les avait malmenés, en cassant un os, puis un autre, en mordant par petites touches, juste pour les tester, pour savoir jusqu'à quel point ils étaient mauvais. Elle avait regardé de quelle manière ils souffraient, comment ils tordaient leurs bouches, quel son en sortait et en se demandant ce qu'ils réclamaient à travers leurs cris : une grâce pour abréger leur souffrance, pour être toujours présents auprès d'un parent proche ou simplement pour conserver leur liberté de commettre d'autres sales actions. L'un d'eux émit un infime regret, une pensée fugace auprès d'un être cher, peut-être sa mère qui, malgré les coups reçus par un mari bête et stupide et qui l'avait abîmée au point qu'elle ne soit plus capable de penser, avait réussi à garder au fond d'elle un peu d'amour pour son fils. Celui-là, elle l'acheva en douceur, par égard envers cette femme qui souffrait depuis trop longtemps, par égard envers la femme qui ne souffrira pas auprès du jeune devenu débile. Le deuxième était plus coriace, plus buté, il n'avait reçu l'amour que d'un grand frère sadique qui lui avait appris comment s'attaquer aux petits vieux dans la rue : c'était facile, ils avaient tous peur et ils se pétrifiaient à la vue d'un simple couteau. Ils les dépouillaient et parfois aussi, ils les torturaient, juste pour le plaisir. Ils torturaient aussi leurs petits chiens, car les vieux, ils ont souvent des petits chiens avec eux pour leur tenir compagnie, et faire souffrir les bestioles comme ça, devant les petits vieux tremblotants, ils adoraient ça, çà les faisait marrer.

Alors, celui-là, Aléna s'en était délectée. Elle l'avait brisé. Elle avait anéanti l'agitation morbide qui motivait les muscles du colosse en les sectionnant un à un, d'un coup de dent bien tranchant et, à chaque morsure, elle vengeait l'offense faite à un petit vieux et à son chien. Elle avait rendu hommage à tous et elle avait savouré ce moment, il lui semblait qu'elle l'avait attendu depuis toujours.

Elle se ressaisit, chassa ce souvenir et rejeta la pulsion.

Mais bon sang, qu'avait-elle fait ? Elle était allée jusqu'au bout, elle ne s'était pas contenue ! Une odeur de vieille urine remonta du tréfonds de ses souvenirs. Le roux était là aussi, il s'était contenté de regarder la scène avec cet air d'arrogance et de mépris, sans intervenir. Ce n'était pas un simple passant qui s'était trouvé là par hasard et qui n'avait pas osé s'interposer. Il était de mèche, mais lui, il était bien trop lâche pour se battre. Il l'avait toisée, comme un maître maniaque savoure l'humiliation de son chien dressé à rester couché à ses pieds. Jamais, elle ne deviendrait son esclave.

La porte s'ouvrit brusquement et Joachim entra accompagné de la jeune modèle.

— Entrez, Clara, nous allons commencer. Cette tenue est parfaite pour une première série, il vaut mieux privilégier le sobre comme vous l'avez fait : pantalon et top noir. Ensuite, on pourra diversifier les couleurs pour les tester avec votre teint.

Elle avait tenu bon. La journée s'était déroulée sans incident et sans que Joachim aborde le sujet des bleus sur les bras ou du sosie de la photo. Elle avait bien joué le rôle de « celle qui va très bien » et elle avait même réussi à attendre l'heure habituelle pour partir.

À 18 h 30, elle sortit de l'agence et fila rue du Temple en direction du métro Hôtel de Ville. Elle descendit les escaliers et s'enfonça dans le quai.

Tout ce monde.

C'était l'heure de pointe. Elle détestait la foule et se maudissait de ne pas avoir fait le trajet à pieds. Un grand ver de terre surgit du trou béant et s'immobilisa devant elle. Des centaines d'individus entassés voulaient sortir alors que le même nombre trépignait pour rentrer. Elle inspira profondément avant de s'introduire dans le ventre du mollusque et trouva refuge près de la barre centrale. Elle s'y accrocha, sans penser à la quantité de bactéries qui y grouillaient. Tant pis. Elle résistait.

Elle crut distinguer une odeur. C'était curieux, elle la connaissait.

Arrivée à la station Charles de Gaulle-étoile, elle descendit, entraînée par le flot humain qui se déversait vers les couloirs du RER. Ils partaient tous vers la banlieue ou vers d'autres lignes de métro. Elle bifurqua et se dirigea vers la sortie. Elle étouffait.

Elle descendit l'avenue de Wagram et sentit encore l'odeur.

Une étrange odeur de résine de sapin. Chaude et sucrée.

Elle remonta la rue de Lévis et tourna à gauche dans la rue des dames. Elle était bientôt arrivée.

L'odeur la suivait encore. C'était entêtant.

Chapitre 14

Gérard aperçut Pappy : le félin avait poussé la fenêtre et se faufilait vers le canapé en dodelinant de la tête.

Il connaissait le secret de ce chat et s'il venait à cet instant précis, ce n'était pas pour faire une petite sieste, c'était pour laper en toute discrétion les quelques gouttes de whisky que Gérard lui servait.

Il se dirigea vers sa réserve secrète, ouvrit un des placards de la bibliothèque, poussa des dossiers et en sortit une bouteille de Jack Daniel's.

— Ce n'est pas aussi bon que du Pappy Van Winkle's, mais ça fera l'affaire, n'est-ce pas mon gros ?

La pupille du chat se dilata à la vue de la bouteille et il sauta en moins d'une seconde sur la table basse en faisant zigzaguer sa queue. Ses oreilles pivotèrent en direction de sa coupelle.

Gérard versa un peu de liquide ocre dans le bol du chat et une belle rasade dans son mug.

Un vieux souvenir fit soudainement son apparition. Un de ces souvenirs qui refait surface quand le regard croise une couleur particulière ou que le nez respire une odeur oubliée. Un flash de quelques secondes qui se prolongent sans avoir été invitées.

Cela datait de la période où il faisait encore partie des Forces Spéciales. Il était de retour à la maison après une mission difficile en Afrique et il dévorait une tartine avec une baguette bien fraîche et du vrai beurre. Martha lui avait alors raconté un rêve étrange qu'elle avait fait durant la nuit : quelqu'un était venu pour lui confier un enfant. Au début, elle en avait été contrariée : un autre petit à s'occuper, c'était du souci, du travail, elle avait autre chose à faire et en plus, ce n'était même pas le sien. Mais, un évènement imprévu était arrivé : elle avait regardé l'enfant et s'y était attachée, comme ça, d'un seul coup. Malgré la charge que cela représentait, elle s'en était sentie responsable et avait accepté de le garder, le reste n'ayant en définitive plus aucune importance. Gérard se souvint d'avoir été surpris — à l'époque — par cette réaction : se sentir responsable de quelqu'un à cause d'un sentiment d'attachement. Un simple sentiment. Rien de concret. Il ne l'avait pas compris. Lui ne se serait pas laissé encombrer d'un tel fardeau aussi facilement. Ce n'est que bien plus tard, après avoir bourlingué pendant plus de vingt ans, après avoir traversé des guerres, des tempêtes et des moments de grâce, après avoir reçu les rituels de Dieudonné qu'il intégra cette notion : le devoir de protéger.

Il s'empara de la photo d'Aléna et l'étudia attentivement encore une fois.

— Je ne sais pas qui tu es, mais je ne vais pas te laisser toute seule, petite Aléna.

Il reposa la photo et s'avança jusqu'à la fenêtre. Il devenait fou à force de tourner en rond dans son bureau. Il avait besoin de prendre l'air pour calmer la pression qui lui comprimait dangereusement les tempes.

Il enfila rapidement sa veste et sortit sans dire un mot à ses collaborateurs. Aujourd'hui, il n'avait envie de parler à personne.

La rue Montmartre était bruyante. L'agitation l'oppressait. Il bifurqua dans la Rue du jour qui enserrait entre ses façades claires un calme puissant. C'était le paradoxe de Paris : agité, turbulent et inspirant à la fois. En sortant de la ruelle, il reçut un appel.

— C'est Ducro. On vient de terminer l'analyse ADN, on a croisé avec notre fichier et il se trouve que c'est le même que celui retrouvé sur les corps des deux mafieux. Alors, ça change la donne, cette fille a participé aux meurtres. On met les bouchées doubles sur la surveillance, elle fait partie d'un réseau, on doit savoir lequel.

— C'est pas possible, Ducro, vous avez vu la tête de cette fille ? C'est rien qu'une gamine paumée, pas une cascadeuse dopée aux hormones. Non, quelqu'un a dû se tromper, ce n'est pas possible.

— Les preuves sont là, Coutard, l'ADN ne ment pas. Ce qui est bizarre, par contre c'est qu'on a pas retrouvé d'autres traces ADN sur la scène du meurtre. Et, vu l'état des corps, elle ne pouvait pas être seule. Il faut qu'on sache qui était avec elle. Vous ne la lâchez pas Coutard et je veux un rapport détaillé au plus vite.

Il n'y croyait pas. Aléna n'avait pas le profil d'une bouchère qui prend son pied en découpant de la chair. Non, ce n'était pas une tueuse. Les preuves pouvaient être discutées. Un enquêteur aguerri a pour mission de se méfier des indices trop flagrants déposés sur une scène de crime et se doit de chercher le véritable mobile du meurtre. La personnalité d'Aléna ne collait pas avec le milieu des petites frappes de banlieue. Aléna était une victime et on voulait la faire passer pour une meurtrière.

Il aperçut le café Saint-Eustache avec sa devanture rouge et ses tables bistrot qui se reflètent à travers les vitres. Il avait encore besoin de caféine. Mais avant d'ouvrir la porte, une crampe d'estomac l'immobilisa. Il dut faire un effort pour ne pas s'asseoir sur le trottoir comme Aléna l'avait fait le matin même. Il s'avança jusqu'à un banc public et s'y reposa. Saloperie de douleur !

Dès que la crampe fut partie, il rentra dans ses locaux et s'allongea sur le canapé, terrassé par la fatigue et l'anxiété. Il ne lutta pas, il avait besoin de dormir et sombra en quelques secondes dans un sommeil profond dénué de rêve.

Il fut réveillé en sursaut par la sonnerie du téléphone : Léopold l'appelait pour le prévenir qu'Aléna partait de son agence en direction de son appartement. Il vérifia l'heure. Ses collaborateurs quittaient progressivement les lieux et Pappy en profita pour se faufiler à l'intérieur de la pièce.

— Elle te plairait la petite souris, mon gros, dit Gérard d'une voix rauque et grave d'un vieux baroudeur qui se réveille difficilement, mais faudrait que tu fasses un peu de sport pour rivaliser, hein mon Pappy ?

Le chat répondit par un miaulement bref et directif.

— Te vexes pas, tu l'auras ta coupelle ! Qu'est-ce que t'en penses toi, de cette enquête ? Tu sais pas tant que t'as pas lapé, hein ? Tiens, voici ton jus. Qu'est-ce qu'elle vient faire là-dedans Aléna ? T'en sais rien, toi non plus, personne ne sait d'ailleurs, hein ? C'est énervant.

20 h. Aucune nouvelle de Léopold.

— Bon, allez Pappy, à demain, je file.

Martha lui avait donné rendez-vous à la brasserie de la République. Elle voulait passer un moment avec lui. Tous les deux. Rien que tous les deux. Elle lui avait expliqué à quel point il était urgent qu'il se nourrisse correctement et qu'il se repose. Elle n'avait aucune envie de le voir se dégrader physiquement, mais pas uniquement, elle se faisait beaucoup de souci pour son état psychologique également. Quand il restait tard le soir au bureau, elle savait qu'il grignotait des sandwichs, des gâteaux apéritifs ou des chips. Elle le savait, car elle avait vu les paquets dans son espace café du bureau et parce qu'elle avait demandé à Léopold s'il dînait avec des cacahouètes et des Curly, lui aussi.

En sortant de l'immeuble, il s'aperçut que les terrasses étaient bondées. Aux premières douceurs du printemps, les bordures de la rue semi-piétonne se tapissaient de tables, de chaises, et de Parisiens avides de dîner en plein air.

Martha ne s'était pas installée sur une des tables des bistrots installées sur le trottoir, elle savait qu'il préférait le calme et le confort des arrière-salles des grandes brasseries.

— Bonjour, m'sieur Gérard, je vous ai mis une andouillette 5A de côté. Vot' femme nous a prévenu, elle a bien fait, c'était la dernière. Tenez, vous êtes là-bas, au fond, vot' dame vous attend déjà.

Il aperçut une bouteille de bordeaux Cru Bourgeois 1992 posée sur la table. Elle avait tout prévu. Ce rendez-vous n'avait pas comme unique but de le faire manger correctement ni de se reposer. Elle manigançait quelque chose.

Il l'embrassa, prit place et l'écouta parler de la météo, de la couleur du papier peint du couloir et du nouveau producteur de vaches limousines dégoté par son boucher sans sourciller. Belle stratégie de diversion. Puis, au moment du café, elle passa aux choses sérieuses :

— Tiens au fait, tu sais qui j'ai eu aujourd'hui au téléphone ? Sylvestrine.

— Sylvestrine, ta coiffeuse ?

— Mais enfin Gérard ! Sylvestrine, la femme de Simpliste !

— Ah bon, mais pourquoi la femme de Simpliste t'a-t-elle appelée ? Il y a des problèmes avec Simpliste ? Il va bien ?

— Oui, oui, il va bien pas de souci, mis à part le problème pour le village, bien entendu. Ils sont tous très inquiets. Dieudonné invoque les esprits tous les soirs, tu sais.

— Les esprits ne pourront rien faire contre la Société des Travaux Forestiers.

— Bon, en tout cas, on a parlé du Congo, du nouveau Président et elle me dit, elle aussi, qu'il n'y a pas de souci en ce moment, que le pays est calme. Je lui ai raconté pour ton voyage annulé et pour le mien que je voulais maintenir, de ta peur de me voir partir toute seule et alors, on s'est mis d'accord : Simpliste m'accompagnera partout. Comme ça, avec lui, je ne risque rien. Pas mal non ?

La sonnerie du téléphone coupa net toute tentative de compréhension. Que voulait dire sa femme exactement à propos de Simpliste qui l'accompagnerait ? Elle ne comptait tout de même pas partir pour le Congo toute seule ? Léopold l'appelait. Il fit signe à Martha de patienter et décrocha.

— Oui, Léopold ?

— Chef, j'ai foiré.

Gérard écouta attentivement son adjoint, fronça les sourcils, afficha une mine contrariée que Martha avait rarement vue, et raccrocha sans un mot.

— Des ennuis ?

— Il va falloir que je remplace Léopold sur une filature demain.

Chapitre 15

Un peu de courage. Allez, la dernière fois !

Elle plaça ses doigts dans sa gorge, les fit descendre jusqu'à ce qu'elle sente la bile remonter et entraîner avec elle dans un spasme douloureux le peu de liquide qui lui restait dans le ventre. Voilà, elle s'était débarrassée des dernières toxines.

Elle s'écroula et sombra dans une matière sombre, compacte et insonorisée. Elle ne ressentait même pas le froid du carrelage.

Soudain, elle frissonna, rampa jusque dans son lit et s'enroula dans la couverture en tremblant. Elle n'y retournerait pas, elle avait déjà vomi tout ce qu'elle pouvait, aucun produit chimique ne pouvait résister à son traitement de choc. Ne pas se disputer. Elle devait être bienveillante envers elle-même. Ce n'était pas de sa faute si elle s'était bourrée à nouveau de pilules. Elle avait paniqué, elle avait voulu réagir suite à …. Mais pourquoi avait-elle fait ça ? Ne pas y penser. C'était fini. Tout était terminé. Cela n'avait pas eu lieu. Voilà, elle avait rêvé, un mauvais rêve.

Elle caressa les draps. C'était doux. Elle reconnut l'odeur et le toucher cotonneux du textile. Les rayons du jour traversaient les lamelles des volets et éclairaient discrètement le parquet. Elle était dans sa chambre, chez elle. Le bruit strident de son réveil tonnait dans le vide. Elle se redressa et regarda autour d'elle : tout était rangé, aucune trace de l'incident. Ça tanguait. La journée s'annonçait difficile. Un jour, ces drogues la tueront.

Elle chancela jusqu'aux murs jaunes de la cuisine et but son jus d'orange. Autant de rituels qui la maintenaient vivante. Mais aujourd'hui le jus de fruits n'y suffirait pas. Elle se prépara un café et se résolut à classer la journée dans la catégorie des « jours off ». Elle n'avait qu'une seule chose à faire : se mettre en mode automatique et faire acte de présence auprès de Beauregard. Elle ne pouvait pas prétexter une grippe, elle lui avait déjà fait le coup la veille et elle ne pouvait pas non plus lui avouer la vérité. Hier soir. L'incident. Avec cet homme. Mais non, elle ne devait pas y penser.

Elle s'habilla lentement en ayant l'impression de ne pas reconnaître ses membres. Une jambe, puis une autre dans le jean, pas de chemisier : trop de boutons à fermer, un tee-shirt fera l'affaire et sa vieille veste en velours côtelé cachera le tout. Pas sa veste en cuir, évidemment, celle-là, elle l'avait perdue. Mais non, elle ne devait pas penser à ça non plus.

Ne pas penser, ne pas réfléchir. Aujourd'hui, seul le corps fonctionnait, tout le reste était occupé à se débarrasser des vieilles substances chimiques qui circulaient encore dans ses veines.

Se préparer, sortir, prendre le métro, puis marcher, respirer, reprendre contact avec la réalité. La vie grouillait autour d'elle, elle reprenait des couleurs.

Beauregard ne remarqua rien. Ou alors, il mit sa mine déconfite sur le compte de ses mauvais jours. Quand elle ne parlait pas, qu'elle semblait bouder, qu'elle ronchonnait, marmonnait toute seule et qu'elle broyait du noir. Quand elle était là sans y être. Quand elle faisait de la présence et qu'il feignait de ne pas remarquer que ses démons la malmenaient.

Chapitre 16

— Bon, alors, maintenant, tu peux me dire ce qui s'est passé exactement ?

L'adjoint posa son ordinateur sur la table, mais resta debout, inquiet de voir son patron s'asseoir en face de lui au détriment du canapé. L'évènement d'hier avait vraiment dû contrarier son chef. Mais comment lui, Léopold, avait-il pu être aussi mauvais ?

— Elle m'a vu, le contact visuel a été établi. C'est foutu pour moi, répondit-il en s'appuyant sur le dossier de la chaise.

— Mais enfin, je ne comprends pas, comment as-tu pu commettre une bourde pareille ? Combien de temps t'a-t-elle vu ? Et arrête de faire le planton, assieds-toi !

— Assez pour me reconnaître, c'est mort, répondit Léopold en prenant place sur le bout de son siège.

— Allez, arrête les pleurnicheries et fais-moi disparaître ces yeux de cocker. On redresse le torse, on lève la tête et on enlève l'épi qui est au-dessus de sa tête. Tout problème a une solution, suffit de trouver la bonne méthode. Alors, tu vas prendre ton sac de camouflage-maquillage, tu te transformes et tu reprends la filature. Tu verras, il y a tout ce qu'il faut : costume de facteur, boulanger, charcutier, comptable… plus l'imitation renvoie à un code vestimentaire clairement identifié, plus le camouflage est efficace : on ne voit plus l'homme, mais la fonction. Je te garantis qu'avec une bonne transformation l'objectif n'aura aucun moyen de faire le rapprochement entre toi et l'homme qu'elle a croisé hier.

Léopold sentit son ventre se nouer. Il se demanda comment Gérard aurait réagi dans la même situation. C'était son patron, celui qui l'avait formé, il savait prendre les bonnes décisions quel que soit le contexte, il devait certainement savoir comment gérer ce type de contretemps. Mais il ne pouvait pas lui en parler. Trop délicat. Le mieux était d'oublier l'incident, d'oublier d'en parler tout court et surtout, d'effacer les écoutes micro.

— Non, chef, ça ne va pas aller. En fait, ce qu'il se passe, c'est qu'elle m'a entendu aussi.

— Comment ça, tu as causé avec elle ?

— Pas vraiment, mais j'ai dû dire quelque chose comme « pardon ».

— Nom d'un rat mort, cela ne te ressemble pas de te vautrer à ce point !

— Je sais chef, je suis désolé. Il vaut mieux éviter tout risque de contact visuel ou sonore pour le moment. Je suis navré. Je ne vais pas pouvoir continuer. Et puis, j'ai encore beaucoup de recherches sur Internet à faire, ce n'est pas plus mal que je reste au bureau, non ?

— Faudrait vraiment que t'arrêtes de dire des conneries aujourd'hui, car ça commence à me chauffer sérieux ! J'ai besoin de toi pour les filatures ! Tu étais censé la suivre discrètement. C'est ton domaine ça, la discrétion ! Tu ne rates jamais une filature, qu'est ce qui s'est passé ce coup-ci ?

— Je vous l'ai dit chef. C'était rue des Dames, elle rentrait chez elle. À quelques mètres de son immeuble, elle s'est retournée brutalement, a fait demi-tour, et m'a bousculé. Elle avait certainement dû oublier de faire une course au Monoprix, ou quelque chose comme ça.

— Et tu étais juste derrière ? Mais enfin, tu avais oublié ton cerveau dans ta baignoire hier ou quoi ? Tu n'avais pas laissé une distance de sécurité entre toi et la cible ?

— Si chef, bien sûr, mais cette femme marche vraiment très vite ! Elle a bondi vers moi sans que je m'y attende.

Gérard se leva et chercha le chat du regard à travers la fenêtre.

— Tu n'as pas vu Pappy, Léopold ?

— Ben non, vous n'étiez pas là aujourd'hui patron, répondit Léopold gêné de devoir rappeler à son chef qu'il avait dû s'absenter du bureau pour filer Aléna à sa place.

— Il ne vient jamais quand je suis absent ?

Léopold répondit négativement par un signe de tête, surpris par la question. Il lui semblait pourtant évident que l'animal n'apparaissait qu'en la présence de Gérard.

— Qu'as-tu fait après l'incident, Léopold ?

— J'ai continué mon chemin, comme c'est la règle. J'ai arrêté la filature pour éviter que l'objectif ait des doutes.

— Tu m'as dit que l'incident s'était produit à 20 h.

— C'est exact.

— Alors pourquoi as-tu attendu deux heures pour m'appeler ? J'ai reçu ton coup de fil à 22 h ?

— M'en parlez pas. J'ai vraiment joué de malchance. Mon téléphone n'avait plus de batterie. Et impossible de le recharger dans le métro. Je suis rentré directement chez moi. De toute façon, Pierre devait prendre le relais pour la surveillance de nuit, il est arrivé à 22 h 30, donc l'interruption a été de courte durée.

  — Il va quand même falloir que je mente à Ducro. Une bousculade, un contact visuel, un téléphone amorphe… Tu as commencé une collection de gaffes ou quoi ? Tu n'avais pas oublié ton pantalon au moins hier ? Si tu veux des vacances, dis-le-moi, mais faudrait voir à arrêter les nunucheries maintenant ! Qu'est-ce qui se passe exactement ? Tu as des problèmes ?

  Gérard s'assit sur le canapé, contrarié. Il n'arrivait à rien. Léopold s'était transformé en une huître tombée dans un pot de glu. Fossilisé, l'animal. Pétrifié. Qu'est-ce qui avait dérapé ? Il fixa le mur. Par endroit, la lumière faisait briller la peinture et laissait apparaître des reflets, des dessins et des formes qui évoluaient avec la lueur du soleil. Gérard ne pouvait s'empêcher d'observer le mouvement de ces ombres. Il distingua l'esquisse d'un chat assis. Il ressemblait à Pappy. Puis, celle d'un autre chat avec des lunettes pour se transformer en visage féminin. Les figures se formaient toutes seules, dansaient les unes avec les autres, s'entrelaçaient, se mélangeaient et, elles lui parlaient. Elles lui disaient que Léopold ne disait pas la vérité, qu'il avait honte et qu'il avait peur. Gérard le savait. Que s'était-il passé exactement ? Léopold était loyal et honnête, c'était une certitude inébranlable. Pourquoi mentait-il d'une manière aussi professionnelle, en dissimulant son affect, comme il l'aurait fait pour manipuler n'importe quelle cible ? Pourquoi ne se confiait-il pas ? Et pourtant, Gérard le sentait, Léopold avait besoin d'analyser et de nettoyer une partie de son cerveau qui l'accablait en ce moment précis. Il souffrait. Cela aurait pu être à cause de son erreur de la veille, la culpabilité d'avoir failli — pour un perfectionniste, cela pouvait être une cause de souffrance —, mais il y avait autre chose. De beaucoup plus fort. Quelque chose d'inhabituel chez un homme de sa trempe. Quelque chose qui touchait à son intimité. Il avait été bousculé dans son intériorité. Par la cible.

— J'avoue être un peu fatigué en ce moment, souffla Léopold.

— Marie accouche bientôt ?

— Dans un mois.

— C'est le quatrième ?

— Non, le cinquième.

— Vous êtes bien courageux. Mais pourquoi en faire autant ?

— Ma femme est catholique pratiquante.

— Je comprends.

Gérard connaissait l'épouse de Léopold. Il s'était fait inviter un dimanche midi chez sa nouvelle recrue, histoire de connaître un peu mieux l'individu. Il avait eu droit à un traditionnel gigot-fayots. Plusieurs gamins avaient participé au repas dominical, les enfants de Léopold et, d'après ce que Gérard avait compris, quelques cousins gardés pour le week-end.

La journée avait été plaisante. Le couple, aussi traditionnel que le plat, semblait uni, du moins, poli. Tous étaient calmes : parents et enfants. Aucun son n'était venu se percher dans une zone d'inconfort, les enfants demandaient la permission pour sortir de table, personne ne se coupait la parole, d'ailleurs, les conversations ne se bousculaient pas. C'était une famille transparente, neutre, dont on oubliait les visages à l'instant même où on les regardait. À l'image de Léopold.

Gérard comprit que l'embarras de son collaborateur était resté coincé dans la partie familiale de son cerveau. Peut-être avait-il des problèmes avec sa femme ? Après tout, cela ne le regardait pas.

— Bon, on passe en revue le rapport à envoyer à Ducro. Lis-moi ce que tu as rédigé. On doit tout envoyer avant 20 h.

— Début de la filature : lundi soir. Elle est restée chez elle jusqu'à 5 heures du matin, heure à laquelle elle s'est rendue à son agence à pied. Comme vous le savez, Sylvain a eu du mal à la suivre, elle marchait très vite en faisant des bonds. J'ai pris mon tour de filature à 12 h directement à l'agence « Beauregard Photos ». Elle y est restée toute la journée. Elle a déjeuné dans un restaurant thaïlandais au 35 rue du Temple, juste à côté de son agence. Elle était avec Joachim Beauregard, son associé et une jeune femme très jolie, une sorte de top model.

— Bien, tu préciseras tous ces détails dans le rapport. C'est le genre d'éléments que Ducro aime connaître. Surtout pour le mannequin. Sinon, comment se comportent-ils ensemble ? Ils sont amants ?

— Je ne pense pas, il est beaucoup plus âgé qu'elle.

— Bah, j'en connais beaucoup que ça ne gênerait pas. Alors, ensuite elle est retournée à son agence ?

— Oui, jusqu'à 18 h 30, heure à laquelle elle a pris le métro pour rentrer chez elle et que l'incident avec moi se produise.

— Bien évidemment, inutile de le préciser dans le rapport. Tu indiqueras qu'elle n'est pas ressortie de la nuit et que tu n'as rien noté de particulier jusqu'à ce matin.

— D'accord, merci. Et pour aujourd'hui, comme c'est vous qui l'avez filée, qu'est-ce que je note ?

— Elle est descendue de chez elle à 9 heures pour se rendre à son travail en métro et à pied, elle est uniquement sortie s'acheter un sandwich le midi et elle est rentrée chez elle à 19 h. Rien de plus. Et sinon, tu as pu faire l'enquête de quartier ?

— Oui, j'ai discuté avec la patronne du pressing à côté de chez elle. Je me suis fait passer pour un voisin admirateur secret de la jeune femme. Ça marche toujours le coup de l'amoureux timide qui ne sait pas comment aborder une fille. Donc selon cette femme, Aléna aurait un caractère particulier qui ferait fuir un troupeau d'éléphants en rut. Elle m'a aussi dit qu'un jour Aléna avait cassé la porte en l'ouvrant et qu'après elle était partie en courant.

— Comment ça « casser la porte » ? Comment a-t-elle fait ?

— Elle a poussé trop fort.

Pappy se faufila soudainement à l'intérieur de la pièce. Il se dirigea droit vers le canapé, visiblement pressé de retrouver sa place. En passant devant Léopold, il sursauta, fit un bond en arrière et cracha dans sa direction.

— Ok. Tu termines le rapport et tu l'envoies ce soir à Ducro. On se voit demain. Tu peux y aller.

Léopold ne se fit pas prier et sortit rapidement, laissant le détective et Pappy en tête à tête.

Gérard s'allongea sur le canapé et colla la plante de ses pieds sur le chat qui entama son ronronnement habituel. Il s'était débarrassé de ses mocassins et savourait le contact de ses orteils sur les poils de Pappy. Il réalisa alors à quel point il avait mal. Il haïssait les chaussures de ville, il détestait subir la compression de ses phalanges contre du cuir, même italien. Heureusement, les vibrations du félin l'aidaient à libérer les traumatismes subis. Il se serait presque endormi, mais la sonnerie de son téléphone le sortit de sa lente et douce descente vers le royaume des songes. Il se redressa, étonné.

— Martha ? On avait rendez-vous quelque part ?

— Mais non, je sais que tu es bien occupé en ce moment, j'avais prévu de dîner seule, j'ai encore beaucoup de préparatifs, répondit-elle d'une voix fluette.

— Tout va bien ?

— Oui, très bien. En fait, je voulais te dire que j'ai eu Simpliste au téléphone aujourd'hui, et donc tout est arrangé : il viendra me chercher à l'aéroport de Brazzaville vendredi.

— Quoi ? Tu l'as appelé ?

— Mais oui, je t'en ai parlé hier, au restaurant, tu ne t'en souviens pas ?

— Oui, non, peut-être, enfin…, je ne pensais pas que t'allais le faire sans qu'on en discute un peu !

— Et quand voulais-tu qu'on en parle ? Impossible avec ta nouvelle enquête…

— Bon, en tout cas, ça ne me plaît pas du tout, c'est une très mauvaise idée.

— Qu'est-ce que t'es macho ! Tu crois que je ne suis pas capable de me débrouiller ? De toute façon, c'est déjà organisé.

— Mais tu te rends compte que c'est extrêmement dangereux ?

— Comment ça, globuleux ?

— Pas globuleux, dan-ge-reux !

— Simpliste me servira de garde du corps et puis, redescends sur terre, je sais au moins aussi bien que toi comment me comporter dans ce genre de situation. Je resterai avec Simpliste et tout ira bien. D'ailleurs, il m'a raconté pour ton rendez-vous avec le ministre… comment il s'appelle déjà ? Ah oui, Matonda. Bon, alors voilà, j'ai eu une idée lumineuse et Simpliste est tout à fait d'accord avec moi : je vais aller au rendez-vous à ta place.

— Enfin, Martha, tu n'es pas sérieuse ?

— Et pourquoi pas ? Ne me dis surtout pas que je n'en suis pas capable ! J'ai l'habitude de négocier des fonds avec beaucoup de sociétés congolaises pour mon association et je commence à connaître du monde, figure-toi ! Je sais exactement ce qu'ils attendent et je ne vais certainement pas laisser Simpliste se faire massacrer par un Téké, surtout que cela risque de tout compromettre. Heureusement qu'il m'en a parlé ! Non, mais tu te rends compte ? Le laisser mener cette entrevue alors qu'il est Vili et que Matonda est Téké ! Tu as perdu la tête ? C'est notre unique chance de sauver le village et tu la places entre les mains de ce pauvre Simpliste qui se fera gober tout cru par ce dragon de Matonda !

— Je sais, Martha, mais Simpliste saura affronter ses peurs et ses colères, il y arrivera, il connaît très bien le dossier, il sait exactement comment réagir face au ministre…

— Et pas moi peut-être ? Mais quand vas-tu t'arrêter de me prendre pour une cruchiniole avec des bégonias sur la tête ? C'est énervant à la fin ! Bon, et puis Simpliste m'a aussi parlé de Dieudonné. Il a vraiment très peur pour le village. Il est parti voir les pygmées dans la forêt pour prier d'autres esprits plus puissants. Il dit aussi que tu dois venir au plus vite pour le dernier rituel. Apparemment, vous avez trop attendu et…

— Bon ça suffit, Martha, laisse-moi tranquille avec Dieudonné !

— N'empêche que j'ai remarqué que tu étais très agité la nuit en ce moment. Fais attention quand même. Tu devrais lever le pied et écouter Dieudonné. D'après lui tu n'ouvres pas les bons yeux. Les quatre, Gérard, les quatre.

PARTIE 2 – LA FILLE DE LA PHOTO

Chapitre 17

Le voyant lumineux de son radio-réveil affichait enfin un contour net. Le brouillard se dissipait. Son esprit s'éclaircissait. Elle allait pouvoir remettre de l'ordre dans sa tête et reprendre le contrôle.

Traiter chaque problème l'un après l'autre, méthodiquement, sans paniquer.

Ne pas demeurer dans la plainte.

Écouter Blondie et redevenir la femme puissante et libérée qu'elle était. Elle ouvrit une session sur YouTube et regarda la vidéo de la chanson Atomic. Combien de fois avait-elle visionné ce film ? Un jour, alors qu'elle était cloîtrée dans l'appartement de son père, elle était tombée sur ce clip, et depuis elle vouait un culte immodéré pour la force et la sensualité assumées de la chanteuse. C'était son modèle.

Elle examina le cliché grand format de son sosie. Elle l'avait imprimé à l'agence et l'avait accroché sur le miroir posé au-dessus de la cheminée du salon. Elle vérifia point par point la similitude des traits avec son propre visage. Sans comprendre. Abasourdie.

Elle devait fouiller l'appartement de son père pour trouver des explications. S'il l'avait envoyée dans cet orphelinat, c'était pour qu'elle découvre quelque chose. Il devait y avoir d'autres indices chez lui. Il fallait absolument qu'elle sache qui était cette fille.

Elle observa le soleil se hisser derrière les toits. Assise sur le dossier de son canapé, elle contempla le vol d'un pigeon au-dessus d'un conduit de cheminée et attrapa son mobile pour vérifier les actualités locales. Il n'y avait toujours rien. Était-ce bon signe ?

Elle se recroquevilla, loin du bourdonnement de la rue qui grossissait. Elle aurait aimé s'envoler, bondir sur la corniche d'en face, fuir sur la crête des immeubles, mais elle chassa cette image pour redescendre dans son salon. Elle reprenait possession de son mental. Elle relança le clip vidéo de la chanson Atomic et se répéta qu'elle ne devait pas paniquer. Une seule personne pouvait la renseigner : le docteur Colon, et même si elle n'avait aucune envie de voir cette asperge blonde atone, elle n'avait pas le choix, elle l'interrogerait à propos du sosie.

Elle se blottit une dernière fois dans son pull et respira lentement le calme de son salon. Elle s'était construit un nid protecteur et en temps de crise, elle avait du mal à en sortir. Pourtant, elle devait agir.

Elle regarda à nouveau le pigeon qui s'était posé sur une des cheminées. Il ne bougeait pas, il observait l'horizon. À quoi pouvait-il penser ? Planifiait-il son existence ou se contentait-il de vivre au gré du vent ? Il s'envola et disparut au loin.

Elle se leva, prit une longue douche très chaude, s'habilla, et vérifia que son aspect ne la trahissait pas : elle ressemblait bien à une femme normale. Elle attacha ses cheveux, enfila ses espadrilles, boutonna sa veste et glissa la photo dans son sac. Elle vérifia une dernière fois que les poches sous ses yeux n'étaient pas en train de gonfler et elle mit ses écouteurs. Cela faisait bien trop longtemps qu'elle n'avait pas invité Blondie à partager sa vie. Elle était prête, elle pouvait y aller.

Elle prit son inspiration et sortit.

Tonight,

Marcher. Écouter Blondie.

Uh-huh make me tonight,

Marcher sans courir. Ne pas céder à la panique, se concentrer sur la chanson.

Tonight, Make it right,

Sortir sa carte de métro de la poche, se caler sur le rythme des autres.

Tonight, tonight,

Poser la carte sur le portillon pour ouvrir les portes.

Oh, uh-huh make it magnificient

Avancer tout en maintenant une bonne distance avec les entités vivantes autour. Ne pas se sentir envahie. Non, ils ne grossissaient pas, non, ils n'allaient pas l'étouffer. Blondie la protégeait. Accélérer pour soulager ses jambes lourdes. Mesurer la vitesse pour ne pas dépasser un seuil critique. Elle maîtrisait, elle était forte.

Tonight, tonight, oh your hair is beautiful,

Continuer.

Ne pas laisser quelqu'un s'approcher de trop près. Descendre les escaliers. Ne pas courir, rentrer dans le wagon.

Ah, tonight. Tonight.

Une place était disponible. Elle s'y installa et se concentra sur sa respiration. Elle n'avait pas peur, elle ne paniquait pas.

Oh, oh Atomic,

Quatre secondes à l'inspiration, quatre à l'expiration. Le yoga l'aidait beaucoup. Elle pouvait affronter la foule, marcher au milieu d'inconnus. Elle maîtrisait son agoraphobie.

Oh, oh Atomic.

Elle arrêta la musique. Quelque chose clochait.

Elle sortit son livre de son sac et fixa son regard sur les pages qu'elle venait d'ouvrir. C'était juste pour lui donner une contenance, ses yeux ne lisaient pas : ils observaient ce qui se passait autour. Ils tentaient de comprendre d'où venait l'anomalie. D'où, de qui ? Un homme pressé, inquiet, agité, s'était assis juste en face d'elle. Il pensait à son travail, ses dossiers et ses collègues. Il se releva, il voulait être prêt à sortir pour ne pas perdre une seconde. La femme assise à sa droite ruminait une récente dispute. Sa contrariété s'évaporait dans tout le wagon. Sa voisine d'en face se demandait pourquoi l'univers était en expansion. L'homme debout contre les portes organisait mentalement sa prochaine soirée avec sa nouvelle conquête. Un autre, derrière elle, l'observait.

Atomic.

Elle ne le voyait pas, il était derrière, plus loin. Elle sentait sa présence et son attention dirigée vers elle, même s'il ne la regardait pas, même s'il restait caché. Elle percevait sa détermination et sa force. Il était puissant, potentiellement dangereux, le premier loup d'une meute. Celui qui repère, qui suit, qui épie, pour mieux rapporter aux autres.

Oh, uh-huh make it magnificient

Mais pas celui qui attaque. Non, celui-là ne faisait pas de mal. L'homme était bien attentionné. Pourtant il la suivait. Elle en était certaine. Il ne s'agissait pas d'une sensation ou d'une paranoïa, ce n'était pas dans sa tête ou quelque chose qu'elle imaginait. Il l'observait. Depuis longtemps déjà. Depuis qu'elle était partie de chez elle.

Ah, tonight. Tonight.

Et l'autre alors ? Non, elle n'avait pas rêvé. Évidemment que non. Comment pouvait-elle se voiler la face à ce point ? Elle devait assumer ses actes.

Tonight, Make it right,

La fourmilière était passée.

Oh, oh Atomic,

Et elle avait adoré.

Oh, oh Atomic,

Non, elle ne devait pas.

Oh, oh Atomic, ho, ho, ho,

Non, il ne fallait pas.

Tonight, Make it right,

Chapitre 18

Quand il arriva au pied de l'appartement, Gérard trouva Pierre recroquevillé entre deux entrées d'immeuble, une couverture sur les genoux et un bonnet sur la tête. Un parfait sans-abri. Seul Gérard pouvait remarquer l'oreillette qui sortait de son pull et qui retransmettait les sons captés par les mouchards cachés chez Aléna.

— Il n'y a pas eu un seul bruit jusqu'à 1 h du matin et depuis, elle parle toute seule, souffle, soupire beaucoup, s'injurie elle-même ou insulte d'autres personnes imaginaires. Et encore, je n'ai pas tout compris. Elle dit des mots vraiment bizarres.

— Merci, Pierre, tu peux rentrer, je prends la suite.

Gérard se camoufla à son tour sous la couverture et le bonnet, laissant son autre tenue de profilage – costume et chaussures à lacets – prêt à être révélé à la minute où la jeune femme sortirait de l'immeuble.

Une heure plus tard, elle surgit comme une fusée en phase de décollage, un véritable boulet de canon qui fonçait tête baissée en direction du boulevard des Batignolles. Elle semblait bien plus dynamique que la veille, quand il l'avait filée au pied levé pour remplacer Léopold.

Il jeta la couverture et le bonnet dans une poubelle et courut pour rattraper la distance. Il comprit rapidement qu'elle se dirigeait vers la station de métro Villiers. Il jeta un œil à ses chaussures. Elles lui faisaient mal. Déjà !

Aléna, par contre, semblait très à l'aise dans ses espadrilles compensées qu'elle faisait bondir comme s'il s'agissait de baskets montées sur ressort. Il ne savait même pas que ce type de soulier existait.

Elle filait à plus de 9 km/heure. Mais comment était-ce possible ? Lui, était obligé de courir pour maintenir la distance.

Elle s'engouffra dans les escaliers, aussi déterminée qu'une lionne à qui on aurait chapardé un de ses petits, poussa les portiques et descendit jusqu'au quai comme si elle volait au-dessus des marches. C'était invraisemblable. Et personne ne semblait remarquer l'incroyable rapidité de la fille. Elle déployait une telle agilité dans ses mouvements qu'elle ne laissait aucun courant d'air prévenir de sa présence. Elle dépassait, invisible, les troupeaux d'usagers parisiens, qui pourtant, marchaient tous très vite.

Une fois entrée dans le wagon, elle se précipita sur l'un des sièges vides et se mit à lire, comme si rien d'autre n'existait, indifférente aux mouvements des passagers qui entraient, sortaient, cherchaient une place, se levaient, ou s'asseyaient en serrant les jambes pour ne pas se cogner contre les genoux des voisins.

Il s'était posté à quelques mètres de distance, debout près de la porte et il l'observait, prêt à sortir au moindre de ses mouvements.

Arrivée à la station Ternes, elle sortit du wagon juste avant que les portes se ferment et parcourut les trente mètres du quai en quelques enjambées.

Elle gravit les escaliers qui débouchaient sur le boulevard de Courcelle sans effort. Lui, par contre, commençait déjà à s'essouffler et il s'aperçut dépité qu'une ampoule se formait à l'arrière de son pied. La fourbe se préparait à le torturer. Il avait échangé ses tongs contre des chaussures plus traditionnelles pour se fondre dans la foule en oubliant un principe essentiel : toujours privilégier le confort pour assurer correctement une filature.

Aléna dépassait les autres piétons et évitait les collisions avec ceux venant d'en face en ne déviant pas de sa trajectoire. Elle fonçait, déterminée et inébranlable, à tel point que tout semblait s'écarter sur son passage. Comment se faisait-il que lui devait péniblement slalomer entre les passants qui ne le laissaient pas avancer en ligne droite ? Il avait perdu de son agilité. Il ne lui restait qu'une désagréable sensation d'être pataud, lourd et maladroit derrière l'aisance effroyablement efficace de la jeune femme.

Elle s'arrêta au croisement de la rue Poncelet. Une voiture s'entêtait à vouloir passer, malgré le marché qui occupait une partie de la rue devenue piétonne pour l'occasion. La jeune femme s'était immobilisée instantanément, sans ralentir. Une image collée à une autre, sans réalité : Aléna marchant, Aléna statique.

Gérard en profita pour rattraper la distance. Il fit mine d'admirer la devanture d'un magasin puis elle traversa.

Et si la rapidité extrême de la jeune femme venait de ses espadrilles compensées ? Peut-être que les semelles avaient été trafiquées pour les rendre bondissantes ? L'idée était loufoque, mais peu importait, il ne devait réfréner aucune hypothèse. Bien au contraire. Il savait que bien souvent, les explications qui semblaient être les plus invraisemblables se révélaient in fine, les bonnes. Il savait qu'il ne fallait surtout pas fermer son esprit, qu'il devait rester ouvert à tout, que l'imagination était indispensable, que face à une aberration pareille, les pensées non cartésiennes pouvaient fournir des éléments de réponse, car il était bien évident que la jeune femme bénéficiait d'une aide certaine pour avancer à cette allure.

Il tenta d'observer plus soigneusement les semelles de la jeune femme, mais son attention fut attirée par un petit bout de chair qui s'était manifesté, discret, caché derrière une mèche de cheveux dépassant de son chignon : la partie haute de son oreille avait bougé. C'était imperceptible, invisible, seul Gérard pouvait comprendre : Aléna l'avait repéré.

Comment avait-elle fait pour percevoir sa présence ? Le détective laissa davantage d'espace entre lui et la jeune femme, au risque de la perdre. Il ne pouvait pas se permettre de se faire repérer. Il entendait le bouclier que la jeune femme tentait de dresser entre elle et son adversaire. Cela allait bien au-delà des signes habituellement rencontrés : mouvement de mâchoires, seconde d'hésitation, visage légèrement tourné qui indiqueraient que l'ouïe cherche à en savoir davantage. La femme ne cillait pas d'une mèche, elle ne laissait rien paraître. Elle continuait du même pas décidé, sans exprimer le moindre soupçon apparent ou la moindre crainte. Non seulement elle l'avait repéré, mais elle voulait aussi se débarrasser de lui. Il ralentit le pas. Priorité : sortir de la zone de détection.

Elle filait trois cents mètres devant, hors de son champ visuel. Ce n'était plus qu'un point. Une brindille s'échappant à travers la foule.

Elle finit par s'arrêter au 180 avenue des Ternes et s'introduisit dans l'immeuble carré et austère. À côté de la porte, une plaque en laiton abîmée par la corrosion était accrochée. Gérard lut : « Dr COLON ».

Il attrapa son téléphone et composa le numéro de Léopold, mais tomba sur la messagerie. Curieux. Léopold devrait être au bureau à cette heure-ci, pourquoi ne décrochait-il pas ? Gérard laissa un message : « Léopold rappelle-moi. ». Il attendit quelques minutes et rappela à nouveau. Encore la messagerie. « T'es parti en croisière ou quoi ? Tu me rappelles fissa. »

Chapitre 19

Colon ne pouvait pas tout résoudre, elle le savait bien. Son syndrome était complexe et en évolution constante. Si seulement cette maladie avait été observée chez d'autres humains, elle aurait pu se raccrocher à la souffrance de ses confrères, rentrer dans le club privé des victimes d'un agresseur commun, le combattre ensemble. Mais il n'existait pas de cas similaire, elle était unique dans sa configuration corporelle et neurologique. Il s'agissait d'un assemblage de symptômes et de troubles dont, si certains avaient été clairement identifiés, d'autres demeuraient difficiles à diagnostiquer, voire totalement incompréhensibles. Le docteur Colon avait affectueusement baptisé cette maladie : le syndrome Aléna.

Elle monta les escaliers en laissant derrière elle Blondie.

Ils n'avaient pas changé. Cela faisait vingt ans. Vingt ans qu'elle les gravissait à la moindre alerte. Vingt ans qu'elle tentait de faire illusion, qu'elle s'adaptait au monde en écrasant un sentiment de décalage permanent. Vingt ans qu'elle subissait les invasions de ses troubles.

Le premier souvenir lucide de son anormalité remontait au jour où, à huit ans, elle vit des poils apparaître sur son ventre. C'était le matin au moment de s'habiller avant de partir à l'école.

Elle avait enlevé sa chemise de nuit et avait découvert le pelage. C'était de couleur claire, de la même tonalité que sa peau, ce qui, si la fourrure n'avait pas été aussi épaisse, aurait presque pu paraître normal et naturel. Car il ne s'agissait pas de quelques poils poussés là par inadvertance, mais bien d'une sorte de fourrure, d'un duvet épais et dense qui partait du bas du ventre pour remonter jusqu'à son sternum. Elle avait passé la main dessus et avait constaté que c'était doux et soyeux. Cette seconde peau n'était pas inconfortable, elle ne s'en était d'ailleurs même pas rendu compte avant de se dénuder.

Elle avait gardé sous silence cette extravagance corporelle en l'assimilant aux bizarreries liées à la croissance : les filles changent quand elles grandissent, il se passe des choses dans leur corps, tout le monde savait ça, alors, il fallait juste attendre que cela parte tout seul.

Si elle ne le dissimulait pas, elle ne l'exhibait pas non plus, si bien qu'elle vécut plusieurs mois avec sans que personne ne s'en aperçoive. Elle finit même par l'oublier. Jusqu'à ce qu'elle parte en vacances et qu'elle se retrouve en maillot de bain deux pièces. C'est la réaction de son père qui l'effraya le plus : « Mets un tee-shirt, ne le montre pas, surtout ne le dis à personne, on ira voir un docteur à notre retour. » Il avait honte. Pourquoi devait-elle se cacher ?

Ils étaient allés voir le docteur Colon et avaient emprunté les escaliers : immenses, majestueux, écrasants. Un parquet qui sentait la cire fréquemment appliquée invitait le visiteur à marcher sur les brins de laine rouge du tapis fièrement dressés comme quand on vient de passer l'aspirateur. Les murs étaient en pierre de taille, blancs, tellement haut qu'ils se perdaient dans des moulures avant d'atteindre le plafond. À chaque palier trônait un vitrail représentant des figures différentes. Le lieu était d'une beauté absolue, un affront pour tous les patients du docteur Colon qui enduraient cette odieuse perfection.

Avec son père, elle avait surnommé le docteur Colon « monsieur Bonbien », car il commençait toujours ses phrases par « bon », « bien » ou les deux à la fois. Ils s'en amusaient et avaient même organisé un petit jeu : ils comptaient le nombre de fois où le docteur prononçait ces mots et inscrivaient le résultat dans un journal afin de relever les records. C'était le seul souvenir amusant de ces rendez-vous qui étaient devenus tellement fréquents qu'ils avaient fini par déménager dans la région parisienne pour se rapprocher du cabinet.

À présent, elle n'y allait plus que deux fois par an. Son dernier rendez-vous datait du mois de janvier. Avant la mort de Tomi.

La moquette des escaliers qui menaient au cabinet n'était plus aussi pimpante, mais le docteur, lui, continuait de l'impressionner. Elle ne savait pas pourquoi l'homme la mettait toujours aussi mal à l'aise. Peut-être cette façon de la regarder avec un mélange de curiosité, d'inquiétude et de désapprobation, comme si elle avait laissé traîner sur le milieu de sa joue un morceau de ravioli du dîner de la veille. Elle se sentait maladroite, fautive d'un comportement soit trop plaintif, soit trop exubérant, soit carrément grossier.

Elle se répéta mentalement ce qu'elle comptait verbaliser : lui parler du sosie, lui demander ce que Tomi lui avait dit à ce sujet. Rien de plus. Ne pas lui parler de la fourmilière, ne pas lui parler de la bagarre. Ne surtout pas lui avouer qu'elle avait encore la sensation d'être suivie, ni qu'elle avait arrêté de prendre son traitement.

Elle n'avait pas pris rendez-vous. Elle savait que pour les situations d'urgence, elle pouvait passer à n'importe quel moment. Une seule porte pour tout le palier : l'appartement était immense et prenait tout l'étage. C'était beaucoup trop grand. Dedans, elle étouffait, elle se faisait écraser par le vide des pièces trop vastes, blanches, lumineuses, et affreusement sonores. Le moindre bruit résonnait, le moindre gargouillis du ventre s'amplifiait, elle n'aimait pas entendre ses nuisances acoustiques ainsi exposées. Elle inspira profondément et se répéta les consignes : lui demander des explications sur le sosie. Rien d'autre. Rester calme, ne pas paniquer, ne pas l'insulter, éviter de lui dire comme la dernière fois « Colon, troufignon, tête de fion ». Un de ses troubles les plus gênants : quand elle était stressée, elle insultait, émettait des bruits incongrus ou des mots inconnus.

Il ouvrit, lui fit signe d'entrer et ils firent craquer le parquet du long couloir bordé de portes fermées jusqu'à atteindre le bureau au mobilier blanc laqué et verre trempé. Il n'était pas question qu'elle soit aussi transparente que les meubles.

— Installe-toi, Aléna, comment vas-tu ?

— Mange ton compost, t'es tout barbu, trou du cul, puis elle éructa bruyamment, renvoyant les mots sur le plancher.

Le docteur garda le silence de rigueur requis après un TOC verbal. Il fit comme s'il n'avait rien entendu, comme si le temps avait zappé et avait englouti d'une parenthèse silencieuse les mots proférés. Même pas un battement de cils. Il attendit qu'Aléna se concentre pour reprendre une conversation normale.

— Jérôme, j'ai vu mon sosie au Brésil.

— Bon. Bien. On va traiter les choses dans l'ordre. Comment te sens-tu en ce moment ?

— Bien. Très bien, parfaitement bien.

— Cela fait dix mois que tu n'as pas eu de fourmilière, elle n'est pas venue ?

— Ah bon, dix mois, déjà ? Bon, tant mieux, cela veut dire que le traitement fonctionne bien.

— Tu prends correctement tes médicaments ?

— Tous les jours, les comprimés sont à côté de ma brosse à dents, matin et soir. Tu n'as aucune inquiétude à te faire.

— Bon, très bien. Il n'y a pas eu d'incident, pas de crise ?

— Non.

— Pas du tout ?

— Rien.

— Allons, voyons, ce n'est pas possible, Aléna !

— Ah oui, une petite. Tellement petite que je n'y pensais même plus !

— Et alors, qu'est-ce que tu as fait ?

— Comme d'habitude : je suis immédiatement rentrée chez moi, j'ai pris un somnifère et j'ai dormi.

— Bon. Tu n'as blessé personne, tu as maîtrisé ta force ?

— RAS de ce côté-là.

— Bien. Aléna, tu sais que tu peux tout me dire. Si tu observes une anomalie quelconque, quelque chose d'inhabituel, il faut que tu m'avertisses, tu comprends ? C'est très important.

— Je t'assure qu'il n'y a rien.

— Bon, on va refaire un bilan sanguin et vérifier les dosages. Sinon, où en es-tu avec les poils ?

— C'est stable, ils restent concentrés sur le dos, les autres ne sont pas revenus.

— Parfait. Et avec ton suivi gynécologique ? Tu devais changer ton stérilet en janvier, tu l'as bien fait ?

— Tout à fait, c'est en ordre.

Son utérus ne regardait qu'elle. Elle détestait qu'on lui pose des questions sur son intimité. Et lui, ce grand blond pédant et complaisant, qu'est-ce qu'il savait de ses vrais problèmes ? Les corps étrangers et les substances chimiques l'abîmaient, elle n'en voulait plus. Elle s'était fait enlever son stérilet, mais n'en avait pas remis un autre. Elle se procurait les médicaments que le docteur lui prescrivait pour tamponner les ordonnances et faire comme si elle les prenait, mais elle les jetait dans les toilettes aussitôt rentrée chez elle. Lui ne se gavait pas avec du poison qui lui bousillait le cerveau. Il s'en fichait bien si ça la rendait zombie. Non, il ne pouvait pas comprendre. Il était bien trop imbu de sa qualité de médecin pour s'abaisser à son niveau de femme, qui plus est, de femme malade.

Une colombe traversa le ciel derrière la fenêtre entrouverte. Une belle et déterminée colombe qui passait à travers les pays et les frontières sans se rendre compte de la multitude de délimitations que les humains avaient instaurées. Comme elle aimerait s'envoler, elle aussi, au-dessus de toutes ces lois stupides et de ces contraintes qu'on lui faisait subir. Elle se saisit de la photo et l'agita brutalement sous les yeux du docteur

— Regarde cette photo, Jérôme. Tu vois, c'est mon sosie. Et si elle souffrait de la même chose que moi ? Tu te rends compte, Jérôme, j'ai un sosie qui se balade à l'autre bout du monde ! C'est incroyable non ? Je n'y comprends rien. Si ça se trouve, on a des gènes en commun, la même maladie peut-être !

Le docteur prit la photo et l'observa longuement. Puis, il finit par reposer le cliché sur son bureau en soufflant :

— Bon, bien, tu sais, il arrive que des personnes ayant des traits similaires existent sans que l'on puisse parler de sosie. Et ce n'est pas parce qu'une femme te ressemble un peu qu'elle devrait avoir le même syndrome que toi. Heureusement, il n'y a pas des Aléna partout ! Je plaisante bien sûr, Aléna, mais depuis le temps, on le saurait si un autre cas existait. Et puis, d'où sort-elle cette fille ? Tu la connais ? Tu l'as rencontrée ?

Oh, oh, atomic

— Non, elle apparaît juste sur une photo que j'ai prise au Brésil. Mais je ne l'ai pas trouvée par hasard : c'est Tomi qui a donné l'adresse de l'orphelinat à Joachim Beauregard. Il voulait que j'y aille et que je la rencontre. Tu étais au courant ? Il t'en a parlé ?

— Mais non, bien sûr que non, je ne savais pas ! Écoute Aléna, bon, oui, cette fille te ressemble un peu. Peut-être le nez ou la bouche, je ne sais pas exactement, mais ça ne saute pas aux yeux. Ne te focalise pas là-dessus. Mais… qu'est-ce que tu as sur les poignets ? Qu'est-ce qui t'est arrivé ?

Blondie disparut brusquement, la laissant seule dans un brouhaha assourdissant.

— Rien, bête à purin. Mais comment peux-tu me demander d'oublier cette photo, c'est surréaliste, fiste fiste !

— Attend Aléna, il faut que tu me dises si tu as des ennuis. C'est très important, tu comprends, très, très important. Parle-moi de ces bleus sur tes poignets. On a voulu t'agresser ? T'enlever ?

— Qu'est-ce que tu racontes, ta tête dans tes genoux ? Personne n'a tenté de m'enlever, ver, ver. Tomi a voulu que je rencontre cette fille, qui me ressemble et qui souffre peut-être des mêmes dysfonctionnements que moi.

C'est très troublant et je dois, sors ton manchot de ton calbar, trouver l'explication de tout ceci !

— Calme-toi Aléna, respire, tout va bien. Bon, admettons que cette fille te ressemble, je pense que tu devrais avant tout prendre ton traitement et attendre de retrouver un équilibre mental avant d'échafauder des hypothèses abracadabrantesques. Pour l'instant, tu n'es pas en état de réfléchir sereinement.

Il marqua un temps de pause et continua :

— Le décès de Tomi est récent. Tu n'as pas encore bien digéré, c'est normal Aléna.

— J'aurais mieux accepté si j'avais été au courant au moment où ça s'est passé.

— C'est allé vraiment très vite. On a tous été dépassés.

— Pourquoi est-ce que personne ne m'a prévenue avant qu'il ne meure ? Tu aurais dû m'appeler !

— Tout s'est passé vraiment trop vite, Aléna, tu le sais bien. Tu ne lui parlais plus depuis plusieurs mois. Il était malade, son état s'est détérioré sans que personne ne comprenne pourquoi. On n'a pas eu le temps, Aléna, on n'a vraiment pas eu le temps.

— Pas le temps ou pas voulu ? De quoi avait-il peur ? Que je ne sache pas comment m'occuper d'un corps encombrant ? J'ai toujours été un boulet, il n'a même pas pensé que je pouvais l'aider.

— Non, Aléna, ce n'est pas ça, je t'assure.

— C'est toi qui étais à son chevet au moment de sa mort. Pas moi. Il ne m'a jamais laissé une place. Même pas dans sa mort.

— Tu te trompes. Tu es la personne la plus importante pour Tomi. Il aurait fait n'importe quoi pour toi, n'importe quoi !

Le docteur baissa les yeux, visiblement affecté par la mémoire de son ami, et poursuivit, d'un ton soudainement confidentiel :

— Aléna, promets-moi quelque chose…

Elle le regarda, troublée par cette nouvelle intimité.

— Si tu remarques le moindre changement dans tes habitudes, si tu penses que quelqu'un t'en veut, te suit ou essaie de t'enlever, s'il te plaît, préviens-moi immédiatement. Tu me le promets ?

Atomic

— Bien sûr.

Chapitre 20

Très cher monsieur Coutard,

Je viens de m'entretenir longuement avec votre épouse au demeurant charmante. J'ignorais qu'elle travaillait avec vous sur les dossiers. Je suis ravi de la recevoir comme prévu vendredi à 18 h dans les locaux du ministère. J'avoue que cette affaire commence à me tracasser au plus haut point, car le Président me demande expressément et instamment de lui fournir la fameuse liste. Comme vous le savez, il a pour ambition de faire figurer le Congo comme pays leader sur la place internationale en matière d'environnement et d'écologie et il vient d'adhérer au Consortium international de lutte contre la criminalité liée aux espèces sauvages. Il attend donc avec beaucoup d'impatience, et vous savez ce que cela veut dire, votre rapport et le nom des corrompus afin de nettoyer publiquement le ministère.

Néanmoins, je ne suis pas en mesure d'accéder à la requête de votre épouse concernant le village « de Dieudonné ». Le tracé de la route respecte la distance minimum avec les habitations déclarées par cette tribu. Rien ne me permet donc, pour le moment, de modifier ce tracé.

Je vous prie d'agréer, très cher monsieur Coutard, l'expression de mes salutations hautement distinguées.

Monsieur Matonda, ministre de la Forêt

Mince, ça commençait mal ! Le ministre ne ferait rien sans une preuve concrète. Mais bon sang, comment faire ? Il avait déjà décortiqué tout ce que Léopold avait déniché sur la Société des Travaux Forestiers Internationaux mais aucune trace de falsification n'en était ressortie. Pourtant, il était évident que la société avait modifié l'atlas forestier du Congo pour favoriser le tracé de la route là où ça les arrangeait et sans tenir compte des habitations. Le ministre le savait, mais il n'avait aucune volonté particulière d'assainir la situation. Peut-être même qu'il profitait, lui aussi, de cette falsification en faisant travailler certaines entreprises locales de son choix. Il ne lui restait, comme arme de négociation, qu'une liste plus ou moins longue de corrompus à fournir au ministre. C'était maigre. La négociation s'annonçait difficile. Heureusement que Martha avait, semble-t-il, fait bonne impression auprès du ministre de la Forêt. Elle avait su garder le ton qui convenait lors de sa conversation téléphonique, elle ne s'était pas énervée et Matonda l'avait trouvée « charmante ». Sacrée Martha, après 35 ans de mariage, elle continuait de l'épater. Rien n'était perdu. Le rendez-vous n'avait pas encore eu lieu. Elle arrivera à le convaincre.

Et dire que c'était la première fois que Martha partait seule au Congo, sans lui à ses côtés. Ils y allaient toujours ensemble. Est-ce que son épouse avait raison en affirmant qu'il était trop macho ? Est-ce qu'il en faisait trop en voulant la protéger à outrance ? Sa femme était forte, il devait accepter l'idée qu'elle puisse voyager seule, même dans un pays dangereux. Et puis, elle le connaissait bien, ce pays, ce n'était pas n'importe lequel. Elle y avait ses habitudes, ses amis. Dans le quartier, on l'appelait maman Martha, la maman qui aidait tous les enfants, la maman qui œuvrait dans toutes sortes d'associations pour venir en aide aux enfants. La maman qui avait perdu son fils, mais qui en avait retrouvé toute une tripotée en Afrique.

Son téléphone sonna.

— Bon sang, Léopold, qu'est-ce que tu fichais ?

— Désolé, chef, mais j'avais rendez-vous chez le médecin ce matin.

— Des ennuis ?

— Non, rien de grave. Juste un contrôle de routine.

Il mentait encore. Léopold ne faisait jamais de contrôle de routine. C'était la première fois qu'il allait chez le médecin de manière impromptue et il n'était pas malade. Gérard l'aurait tout de suite remarqué. Par contre, il avait entendu cette vibration particulière : Léopold avait peur, il suintait l'angoisse. Ça lui piétinait les cordes vocales et ça redescendait ensuite jusque dans le ventre.

— Es-tu certain de m'avoir tout dit, Léopold ?

— Que voulez-vous dire chef ?

— S'est-il passé quelque chose de particulier avec Aléna ? Quelque chose que tu aurais oublié de me dire ?

— Je ne sais pas… pas du tout chef, que voulez-vous dire ?

— Parce que c'est vrai que cette fille est un peu bizarre.

— Vous trouvez aussi ?

— Elle a dû se piquouser les mollets au lait de croissance pour gambader aussi vite et elle semble très, comment dire… très dynamique. Quand elle t'a bousculé dans la rue, elle ne t'a pas fait mal ? Moi je dois dire que j'ai failli me faire avoir ce matin dans le métro.

— Non, ça va, pas trop. Par rapport à la porte du pressing, je m'en sors bien. Pourquoi, elle s'est brutalement retournée contre vous aussi ?

— Nom d'un coyote, heureusement que non ! Mais elle marche tellement vite qu'elle a failli m'échapper. Là, je l'attends dans un café. Elle est entrée au 180 avenue des Ternes. Sors-moi la liste des habitants de cette adresse et fais des recherches sur un certain docteur Colon.

— Attendez voir… Je connais ce docteur, il fait partie de ses médecins. J'ai accès à son ordinateur depuis ce matin, j'ai pu le hacker. Dans son agenda électronique, j'ai vu qu'elle avait rendez-vous avec ce docteur deux fois par an. C'est un spécialiste en maladie génétique. J'ai aussi repéré d'autres rendez-vous chez des spécialistes, des psychiatres pour la plupart. En tout cas, le docteur Colon est un ponte dans son domaine. Il participe à toutes les conférences sur les maladies génétiques, il est président d'honneur de plusieurs associations, dont AFM-Téléthon qui organise la collecte avec la célèbre émission télévisée en faveur de la recherche génétique. C'est une pointure. À mon avis, ce n'est pas le genre de toubib qui donne un rendez-vous dans la journée et ce qui est bizarre, c'est qu'elle n'a pas rendez-vous avec lui aujourd'hui, il n'y a rien dans son agenda électronique. Et aussi chef, autre chose : mon contact chez la police judiciaire m'a refilé plusieurs dépôts de plainte datant de l'époque où elle était collégienne. Elle est violente, elle a agressé cinq personnes en l'espace de deux ans. Voilà pourquoi elle a suivi sa scolarité avec des cours par correspondance.

— Elle a donc vécu seule et isolée avec son anormalité. Elle a peur des autres et d'elle-même. Elle a vraiment besoin d'aide.

— Oui, enfin, si je peux me permettre, les hommes de la rue Ganneron ont eu peur, eux aussi, et ils sont morts.

— Je ne crois pas qu'Aléna soit responsable de ces meurtres. Elle a peur, elle se cache. Elle est terrorisée. C'est une victime, Léopold, j'en suis persuadé et on doit l'aider. Elle n'a pas tué ces hommes. La section scientifique trouvera bientôt un indice qui la disculpera.

— Bon, si vous voulez. Sinon, j'ai travaillé cette nuit chez moi, et j'ai bien avancé.

— Je t'écoute, répondit Gérard surpris de constater que son collaborateur s'impliquait autant. Finalement, il s'était trompé en déplorant ses horaires de fonctionnaire.

— J'ai creusé du côté du décès de ses parents. Son père est mort d'un cancer foudroyant de l'estomac le 6 mars 2017, c'est tout récent. Sa mère est morte lors d'un accident de voiture le 19 janvier 1992. Elle a été percutée par un chauffard ivre sur la route de Tarbes alors qu'elle rentrait chez elle. Ils sont morts sur le coup, la mère et l'ivrogne qui conduisait l'autre voiture. Il n'y avait personne d'autre dans les véhicules. Je me suis permis de mettre à jour le tableau, patron.

— Très bien. Et pour la question de l'environnement familial, as-tu dégoté quelques infos ? Des frères, des sœurs, oncles ou tantes ? Quelqu'un qui serait susceptible d'être en relation avec une organisation ennemie ?

— Aléna n'a plus aucune famille. Tomi et Tatiana étaient tous les deux des enfants uniques, ils ont perdu leurs parents, et ils n'ont pas eu d'autre progéniture qu'Aléna.

— Il reste donc à s'intéresser à ses fréquentations. Tu vas fouiller du côté de son associé : Joachim Beauregard.

— Justement, j'ai progressé là aussi : Joachim Beauregard est un ami de son père. Je suis tombé sur un échange de mails où Aléna fait référence au fait que les deux hommes se connaissent depuis le lycée. Et en effet, après vérification, ils se sont rencontrés au lycée Racine dans le 8ᵉ arrondissement. Le père a dû demander à Joachim de prendre Aléna sous son aile et de lui rendre service en l'embauchant.

— OK, se contenta de répondre Gérard abasourdi par tout ce que son adjoint avait réussi à récolter. Tu n'as donc pas dormi cette nuit ?

Une mobylette bruyante passa devant le détective en étouffant tous les autres sons plusieurs longues minutes. Gérard parvint à entendre :

— Oh, vous savez, avec Marie qui est sur le point d'accoucher, je suis un peu nerveux.

— Mais ce n'est pas toi qui vas expulser la bestiole d'une cavité interne ! Baisse la garde, tu auras bien assez de nuits blanches après la naissance. Autre chose ?

La mobylette était loin, mais son moteur continuait de polluer l'espace d'un écho persistant.

— Elle est abonnée à la chaîne de télé « Yoga passion ». Ça n'explique pas son aptitude à la bagarre, mais c'est tout ce que j'ai trouvé question sport.

— C'est un sport le yoga ?

— Aucune idée, mais il me semble que c'est à la mode en ce moment. Ma femme a commencé cette année, elle dit que ça la détend. Sinon, d'après le peu que j'ai pu lire en parcourant ses mails, elle n'a pas de copain et encore moins de petit copain.

— Elle vient de sortir ! Je te laisse.

À peine eut-il posé le pied à terre qu'une douleur violente lui transperça la jambe. Son ampoule avait grossi. Il n'avait pas le choix, il devait ignorer cette blessure insolente et continuer la filature.

Chapitre 21

Elle le détestait. Bien sûr qu'il aurait dû la prévenir, c'était des conneries tout ça ! Colon la menait en bateau, il enrobait la réalité pour ne pas lui avouer que personne n'avait eu le courage de l'avertir de la mort imminente de son père. Tous des lâches et des hypocrites ! Personne ne lui disait la vérité.

Et quelle suffisance ! Pourquoi n'avait-il pas reconnu que la femme de la photo était son sosie ? C'était pourtant évident. Joachim Beauregard l'avait bien admis, lui ! Ce n'était pas le fruit de son imagination, son sosie existait vraiment et elle en détenait la preuve : la photo.

Qu'est ce que son père lui avait caché ? Qui était cette fille ? Sa sœur ? Pourquoi ne lui avait-il rien dit ? Tomi ne disait jamais rien. Il n'était jamais mécontent, ni en colère, ni joyeux. En fait, Tomi esquivait. Voilà, c'était exactement ça : il avait passé son temps à esquiver, à ne pas répondre aux questions, à considérer que leur situation était absolument normale. Mais aucune fille de 15 ans ne reste enfermée chez elle coincée dans une camisole chimique !

Elle sortit de son portefeuille une photo oubliée derrière des papiers d'identité : son père, et elle, côte à côte, proches, deux personnes qui se connaissent bien et qui partagent une même intimité. Son père, pas si insensible que ça, son père qui la protégeait, qui l'avait toujours protégée.

Elle croisa soudainement la masse sombre et étouffante de la peur. Comment allait réagir le docteur Colon maintenant que Tomi n'était plus là pour surveiller les internements ?

Elle se concentra pour ne pas laisser l'émotion l'envahir. La peur. On lui avait bien dit que ce n'était qu'une vision future d'un présent aggravé. Cela ne représentait pas la réalité immédiate. Se concentrer sur l'instant présent. Elle était libre de marcher dans la rue, en ce moment précis. Elle n'était pas enfermée, elle n'était pas diminuée, on ne la traitait pas comme un être différent. Elle devait éliminer ce sentiment de danger proche et imminent qui n'avait aucune raison de perdurer et retrouver sa lucidité.

Seulement, le docteur n'hésiterait pas une seconde à l'enfermer s'il apprenait ce qu'elle avait fait ces derniers jours.

Et pourquoi lui avait-il parlé de tentative d'enlèvement ? Est-ce qu'il était au courant ? Ou alors, c'était un test pour savoir si elle était partie dans un délire paranoïaque. Il était malin, il savait comment la manipuler pour déterminer dans quel état elle se trouvait exactement.

Elle avait bien remarqué son clignement trop rapide de l'œil quand elle avait affirmé avoir maîtrisé la fourmilière. Il ne l'avait pas crue.

Elle avait malmené les hommes de la rue Ganneron, le roux l'avait rendue hystérique et elle avait libéré la fourmilière. Un moment d'inattention. Un épisode délirant qui s'était échappé. Mais maintenant c'était fini, elle avait repris le contrôle de son mental, on refermait la parenthèse, rien ne s'était passé, non, elle n'avait rien fait. Elle redevenait une femme normale.

Chapitre 22

Gérard aperçut Aléna sortir de l'immeuble aussi rapidement qu'elle s'y était engouffrée. Elle avait repris un pas de course soutenue et elle se dirigeait vers Neuilly-sur-Seine, soit à l'opposé de son agence. Qu'allait-elle faire là-bas ?

Peu à peu, la démarche de la jeune femme se fit chaotique. Elle s'arrêtait, repartait, se figeait, accélérait de nouveau jusqu'à ce qu'elle décide de ralentir franchement pour reprendre ensuite un rythme rapide.

Un kilomètre plus loin, elle s'immobilisa complètement. Instinctivement, il se baissa pour renouer ses lacets et rester en retrait. Elle ne l'avait pas vu. Pourquoi s'était-elle arrêtée aussi longtemps ? Elle demeurait statique, figée, de la pierre sans expression qui regardait le sol. Elle ne parlait pas, n'entretenait pas de conversation téléphonique qui aurait pu justifier son arrêt. Elle réfléchissait.

Gérard ne percevait plus de signes de résistance, ses oreilles ne bougeaient plus, et elle n'envoyait pas de signaux de défense. Elle ne l'avait pas repéré. Il se releva et s'avança un peu, suffisamment pour entendre ses pensées.

Il savait comment rentrer dans la tête des gens. Il avait toujours possédé ce don, mais c'était Dieudonné qui lui avait montré comment l'exploiter.

Il se concentra, libéra des tentacules transparents qui grandissaient, attirés par la femme, cette tige autour de laquelle ils allaient pouvoir s'enrouler, s'accrocher afin de laisser tout le reste voler. Ils s'immiscèrent dans ses pensées, des petites notes de musique qui se transformaient en vibration puis en mots. Alors, il entendit ses doutes et ses réflexions. Il comprit qu'elle culpabilisait. Elle avait laissé un sentiment l'envahir, une pulsion qu'elle n'avait pas maîtrisée. Elle avait peur de ne pas parvenir à se contrôler, elle redoutait qu'on l'interne. Elle s'interrogeait sur l'éventualité d'avoir perdu la raison et s'inquiétait de savoir pourquoi elle réagissait de cette manière. Elle pensait à une photo, un visage, le même que le sien et elle se demanda encore une fois si elle percevait correctement la réalité.

Gérard ne parvenait pas à rester niché longtemps dans la tête des gens. C'était difficile, surtout en pleine rue, et surtout avec une femme aussi tourmentée. Il fit un effort, se concentra très fort, il devait être capable d'en voir beaucoup plus, même si c'était moche, même si c'était violent, il pouvait s'introduire dans les méandres les plus sombres de l'âme. Un cri. Une bouche qui se tord. Les deux bras sont attachés. Une jambe aussi. La deuxième se bat toujours, seule, rebelle, elle gesticule et repousse les deux assaillants qui n'arrivent pas à l'attraper pour la sangler. Ils sont grands, habillés de blouses blanches. Ils crient, eux aussi, des mots blessants, des mots insultants, *cette connasse va pas nous casser les couilles longtemps. Ça suffit la morveuse, tu vas t'arrêter, salope !* La rage est encore plus forte que la peur, la rage de se faire dominer par des abrutis, de se laisser manipuler comme une poupée désarticulée avec qui ils s'adonneront à des jeux pervers et qu'ils laisseront ensuite, comme un tas de viande offert au pourrissement, attaquée par les mouches et les asticots. La rage et la peur, la rage devant le visage blafard et transpirant de l'homme en blouse blanche, l'odeur d'acidité, une main qui passe juste devant sa bouche, une seconde d'étourderie, une seconde d'inattention, un temps infini, largement de quoi l'attraper, de quoi ouvrir l'espace de sa poitrine pour libérer une rage encore plus importante, une autre mâchoire qui n'a qu'un seul instinct : donner la mort.

Un souffle puissant percuta sa joue. Une claque, une énorme gifle prise en pleine figure. Il tituba, les tentacules se défirent et rentrèrent dans leur base. Il n'avait pas pu rester plus longtemps. C'était difficile. Rester concentré sur une violence intense demandait beaucoup d'énergie et surtout, il ne s'attendait pas à croiser une pulsion aussi forte.

Il revint à la réalité, sonné et épuisé : il était à Neuilly-sur-Seine, il venait d'entendre les pensées d'Aléna et il s'était trompé. Cette femme était une tueuse. Il n'avait rien compris.

Une vision apparut soudainement : Dieudonné mécontent, Dieudonné agacé, Dieudonné en donneur de leçons : il aurait pu faire mieux, il était capable de beaucoup plus. Mais qu'est-ce qu'il fichait ? Il devait se concentrer sur ses dons, les travailler, terminer l'initiation. Il était en train de tout gâcher et s'il continuait, il allait tout rater !

Il tenta à nouveau de s'introduire dans les pensées d'Aléna, mais il n'était plus capable que d'entendre de toutes petites notes à peine audibles, des pensées contradictoires coincées entre doutes, incertitudes, combat, forces sombres et pulsions dévastatrices.

Elle reprit sa marche, libérant définitivement les tentacules qui la sondaient.

Gérard sentit ses tempes battre contre sa contrariété. Il se remit en marche et se rappela ce cauchemar insupportable, celui où il se revoyait jeune homme et qu'il devait pister un dealer pour la première fois, sa première intervention réelle, celle qui devait décider de son avenir : s'il réussissait, il irait chez les forces spéciales, l'endroit où il voulait être, ce qu'il désirait le plus au monde, sinon, il renoncerait et s'effacerait dans une vie qui n'avait aucun sens. C'était capital, et le dealer s'était retourné doucement vers lui, en le regardant d'un air narquois et lui avait dit : tu as échoué.

Il chassa ses vieilles pensées pour reprendre la surveillance. Aléna se dirigeait toujours vers Neuilly-sur-Seine. Elle filait sur l'avenue du Roule et tourna à droite dans la rue Parmentier. Mais où diable allait-elle ? Il se décida à appeler Léopold.

— On est rue Parmentier à Neuilly. Tu ne m'avais pas dit que son daron habitait Levallois Perret ? Est-ce qu'on va dans cette direction ?

— Oui, son père détient un appartement au 15 rue Voltaire à Levallois. Attendez, je regarde sur le plan…. En effet, c'est le chemin.

— Quelle est la distance à parcourir à pied ?

— Deux kilomètres.

C'est alors qu'il perçut leurs présences. Derrière lui. Deux âmes malfaisantes. Deux brutes munies de mauvaises intentions qui aimaient casser, voler, détruire, faire le mal. C'était leur fonction, leur but. C'était évident, il n'y avait pas de doute. Leur malveillance s'imposait sans aucune discussion.

Ils suivaient Aléna. Ils étaient complices, ils ne se parlaient pas, mais ils connaissaient parfaitement bien leur plan. Ils en voulaient à la fille. Elle était leur objectif. Gérard ralentit et se laissa dépasser. Les deux hommes n'avaient pas prêté attention à ce piéton qui sortait de leur zone visuelle.

Ils marchaient les mains dans les poches et le dos légèrement voûté. La rue était déserte. Seul un passant s'approchait en sens inverse. Les deux fripouilles étaient derrière Aléna. Ils attendirent que l'intrus passe. Ils se croisèrent. Un des hommes vérifia qu'il s'éloignait derrière. Gérard s'était retourné, faisant croire qu'il partait en sens inverse. Le détective était prêt à agir, à intervenir pour protéger Aléna. Les malfrats étaient sur le point de l'attaquer. La jeune femme ne ferait pas le poids. Un des voyous avait sorti une seringue. Encore une seringue ! Que voulait-il ? La droguer ? L'enlever ? Ils comptaient l'emmener dans une camionnette conduite quelques mètres plus loin par un troisième complice. Elle était en danger. Un très grand danger. Ces hommes étaient déterminés et bien entraînés. Gérard n'était pas certain d'être assez fort pour les contrer. Ils étaient trop nombreux, trop décidés, et trop bien équipés. Il sortit son téléphone et s'apprêta à ouvrir une de ses applications favorites : le lancement d'un son strident reproduisant le bruit d'une sirène de police avec, par intermittence, des coups de sifflet. Cette arme sonore faisait généralement beaucoup d'effet. Il attendait le moment opportun pour lancer l'alarme et profiter de l'effet de surprise.

Les agresseurs se rapprochaient de leur proie. Gérard accéléra, prêt à agir. Mais soudain, Aléna se retourna, s'avança vers l'un des deux hommes, l'attrapa par le col du blouson et le propulsa violemment plusieurs mètres plus loin. Il se fracassa la tête contre le sol et perdit connaissance. Le deuxième malfaiteur resta cloué sur place, la seringue pendouillant au bout de ses doigts. Elle saisit le poignet de l'homme et le serra si fort de sa main gauche qu'il lâcha la seringue. Alors, elle braqua les yeux dans la pupille de son agresseur, la transperça d'une colère sourde, remonta le long du nerf optique et libéra sa charge : une explosion douloureuse qui disait : « Passe ton chemin, je suis plus forte que toi ». L'homme paniqua, ressentit une violente douleur le long de son bras. Elle lui avait cassé le poignet. Il poussa un cri et, au moment où il voulut se défaire, elle bondit spectaculairement en l'entraînant sur l'un des chênes qui bordaient la rue. L'homme perdit connaissance instantanément. Elle l'avait agrippé comme un vulgaire gibier et avec son bras libre, elle attrapait les branches pour escalader l'arbre à une vitesse inouïe.

Cela n'avait aucun sens. Mais qui était donc cette femme capable d'agir de manière aussi démentielle ? C'était surréaliste, et pourtant, cela venait de se produire, là, juste devant lui.

Il ne voyait plus que les feuilles bouger, mais il devina qu'elle avait déposé l'homme en le coinçant vigoureusement entre des branches.

Elle redescendit d'un bond, naturellement, comme si le fait de sauter de plus de cinq mètres de hauteur sans se briser la jambe était normal.

Elle récupéra son sac resté à terre et fit tomber les feuilles et les brindilles accrochées sur ses vêtements. Elle croisa le regard de Gérard et elle partit d'un pas rapide.

Ce regard n'avait duré qu'une seconde, une toute petite seconde sur deux temps : un, elle avait resserré ses pupilles en deux fentes inquiétantes, deux, elle avait entraîné le détective dans cette brèche troublante. Puis, un battement de cil, sec, nerveux et sauvage. Un regard fixe et statique dont on ne sait ce qu'il voit exactement. Et enfin un soupir, une pulsation lourde du cœur, un murmure qui frappe la poitrine : « Je sais qui tu es ».

Gérard resta sur place, hébété.

Lui, le détective, l'initié, l'homme aux yeux ouverts, celui qui s'était vu offrir les secrets d'un guérisseur, qui avait suivi les rituels d'un grand sorcier n'avait rien vu venir, n'avait rien compris et s'était fait dominer par un animal étrange.

Il devait se ressaisir.

Il resta sur place, ne cherchant pas à poursuivre les deux hommes. Le premier s'était relevé et avait pris la fuite. Le deuxième avait fini par descendre péniblement sous le regard ahuri de Gérard, incapable de réagir et de l'interpeller.

Chapitre 23

Aléna s'arrêta de courir.

Elle avait traversé la ville de Neuilly-sur-Seine, les muscles tendus, survoltés, enflammés par des frissons électriques et elle était arrivée jusqu'aux quais de Seine en tremblant de peur et de colère. Plus personne ne la suivait. Impossible, à l'allure où elle allait.

La vue de l'eau l'apaisa. Au loin, les tours de la Défense s'imposaient, gigantesques, le buste haut et les reflets virevoltant dans la Seine. Elle ralentit encore et se laissa hypnotiser par le mouvement de ces danseuses insensibles aux désordres urbains. Elle avait besoin de se calmer.

Sur la droite, elle aperçut l'île de la Jatte, une parenthèse verte qui apparaissait comme un refuge face au bourdonnement du centre d'affaires. Elle s'y dirigea. Si son souvenir était bon, il existait un parc sur la pointe de l'île. L'endroit idéal pour faire une pause, pour rassembler ses esprits et comprendre.

Ils étaient trois. Deux l'avaient agressée et le roux attendait dans une autre rue, plus loin. Pour une fois, il ne s'était pas planté devant elle pour la défier. Mais elle avait senti sa présence et son odeur de vieux vinaigre.

Elle retrouva le banc de son souvenir et s'y installa. L'endroit était parfait, légèrement en retrait de l'espace réservé aux enfants. Elle observa des femmes discutant à côté de poussettes et surveillant les mouvements sur les toboggans colorés. C'était l'heure des nounous et des assistantes maternelles. Sa meilleure protection. Aucun homme à l'allure suspecte ne pouvait traîner dans cette zone sans qu'une alarme ne soit immédiatement enclenchée par les guetteuses. Elles étaient féroces.

Les deux hommes qui s'en étaient pris à elle n'étaient pas habillés en blouses blanches. Ce n'était pas des infirmiers des hôpitaux psychiatriques venus la chercher. Ce n'était pas non plus des agents des forces de l'ordre mandatés pour la maîtriser. Non, ceux-là avaient vraiment des têtes de fripouilles, de la racaille pur sang, du genre qui enlève, qui saucissonne, qui bastonne pour récupérer un code de carte bleue, qui brûle la plante des pieds pour extirper plus d'argent, qui ne sait pas trop comment se débarrasser d'un corps, mais qui se vante de ses méfaits dans les bars sordides des banlieues crasseuses.

Ils n'avaient pas réussi à la piquer avec leur grosse seringue pas discrète. Ils ne savaient pas y faire. Si le docteur Colon avait réellement demandé son hospitalisation, elle serait déjà dans un coma profond, les bras et les jambes solidement sanglés à un lit en métal. Elle serait réduite au rang des sous-hommes, elle aurait perdu tous ses droits, n'existerait plus comme une personne, mais comme une patiente. On chercherait déjà à la placer sous curatelle, à la soumettre aux choix des médecins, des juges, de ceux qui avaient autorité sur elle, qui décidaient pour elle, elle qui n'était plus rien, rien qu'une chose, une anomalie de l'humanité, un truc dont il faut bien s'occuper, mais dont tout le monde s'accorde à penser qu'elle serait mieux une fois le cerveau complètement grillé. Un légume qu'on pourrait trancher en morceaux pour le faire cuire et le faire disparaître. Elle ne voulait pas s'évaporer au-dessus d'une casserole, non, elle ne voulait pas se désintégrer comme à chaque fois qu'on l'internait. Elle voulait garder son corps pour elle, rien qu'à elle, on n'avait pas le droit de l'attacher, de la sangler comme une bête, de faire comme s'il n'y avait personne à l'intérieur, de faire comme si elle n'existait pas, comme si elle devait tuer la fille qu'elle était.

Elle ne voulait plus subir les ordres de ces infirmiers sadiques qui criaient encore plus fort qu'elle quand on la lavait comme un animal ficelé sur une planche. Plus jamais, non, plus jamais ça.

Que voulaient ces hommes ? Peut-être la vengeance de l'infirmier à qui elle avait arraché un bras. Possible. Elle avait été une patiente difficile, elle ne se laissait pas faire et même les injections les plus puissantes ne parvenaient pas à l'abrutir totalement. Le roux devait être un de ceux qu'elle avait malmenés. Un qu'elle avait presque tué et qui avait recruté des petits caïds de banlieue pour la tabasser.

Mais il ne l'aura pas, elle savait se défendre et là, elle avait même réussi à se maîtriser : elle n'avait pas porté le coup fatal, elle n'avait pas planté ses dents à la base du crâne, elle n'avait pas brisé le cou, ni senti le sang chaud et les derniers battements de cœur. Elle se contrôlait, elle y arrivait parfaitement bien. Elle avait surmonté sa pulsion. Sans médicament. Sans pilule. Sans tous ces produits chimiques qui la détruisaient. Elle était forte. Personne ne pouvait l'atteindre.

Elle éprouva soudain le besoin de marcher. Elle se leva, sortit du parc, traversa le pont pour retourner vers Neuilly-sur-Seine et arpenter les grandes avenues bordées de marronniers. Elle regarda instinctivement en haut des arbres et ne vit que quelques nids de mésanges. Elle avait bien envie de grimper jusqu'au sommet pour se cacher et se reposer, mais elle chassa aussitôt cette idée. Elle devait garder les pieds sur terre, exactement comme elle le disait aux médecins. Les pieds sur terre, pas en l'air, pas dans des arbres.

Elle se retourna et vérifia que personne ne la suivait. Elle était sur le boulevard du Château à moins d'un kilomètre de chez son père. Il était absolument crucial qu'elle fouille son appartement pour trouver des traces, des indices qui pourraient l'aider à comprendre.

Elle vérifia que personne ne la suivait et tourna à droite. Il valait mieux continuer à arpenter la ville en multipliant les détours plutôt que d'aller directement chez Tomi. Sa priorité consistait à s'assurer qu'elle avait bien semé ceux qui la traquaient.

Et les pisteurs, que voulaient-ils ? Ceux qui l'espionnaient depuis quelques jours sans mauvaises intentions ? Ils se nichaient derrière des poubelles, sous des couvertures, ils feignaient de marcher vite et de se fondre avec les autres passants, mais comme ils étaient visibles ! On pouvait les sentir sur plusieurs mètres. Ils avaient beau se tapir derrière toutes sortes de camouflages, elle les voyait, comme deux éclaireurs naïfs inconscients du danger qu'ils couraient.

Le deuxième était différent. Plus rond, plus fort, plus mature aussi. Elle s'était méfiée de sa présence : il était puissant et il dégageait une force insolite. Mais il n'attaquait pas, il se contentait de la suivre. Il s'était approché d'un peu trop près et une étrange émotion l'avait envahie : colorée, comme une sorte de bienveillance. Cet homme n'était pas comme les autres. Il la surveillait différemment, en douceur, sans intrusion, il voulait entrer dans son intimité, mais il ne voulait pas lui faire de mal, il avait même une volonté de soigner, pas comme les médecins en blouses blanches qui la droguaient. Non, celui-là était spécial.

L'expérience était étrange et même un peu plaisante, comme si elle avait un admirateur secret qui la suivait et qui la vénérait. Elle. Elle et pas une autre. Elle, une femme normale, elle qu'on peut regarder sans faire la grimace, elle presque jolie, elle qui avait tellement besoin qu'on l'aime.

Il avait pris sa défense et s'était même préparé à rentrer dans la bagarre. Elle l'avait compris bien avant que les deux brutes à la seringue apparaissent. C'était touchant, jamais personne ne s'était battu pour elle, jamais personne n'avait empêché quiconque de la piquer comme un bœuf qu'on s'apprête à envoyer à l'abattoir.

Il était là, seul avec ses bras ballants, son beau nez un peu épaté qui cherchait des odeurs familières pour trouver des explications, son visage rond qui laissait l'air glisser sur sa peau. Il était resté sur place et il l'avait regardée partir en courant, elle qui avait vaincu la pulsion, elle qui savait être forte, elle qui avait vu alors un vieil oiseau sage, planté sur le trottoir, une grande volaille aux yeux doux étonnés et tristes de la voir s'échapper.

Elle crut entendre un bruit, se retourna brusquement, et vérifia que personne ne la suivait. Elle reprit sa marche, on l'épiait peut-être encore. Elle devait marcher pour les semer. Marcher pour retrouver la Aléna qu'elle s'était construite : tranquille, rangée, normale.

Chapitre 24

Gérard écarta ses orteils avec délice, savourant cette seconde de soulagement, quand la douleur s'éloigne enfin. Sur le chemin de son bureau, il s'était arrêté dans un magasin de sport et avait retrouvé sa dignité. Il ne comptait plus jamais quitter ses tongs de toute sa vie.

Il fouilla tous les recoins de la bibliothèque, mais ne trouva aucune trace de ses verres à whisky préférés : solide, épais, qui savent refléter la couleur ocre du breuvage optimiste. Martha avait décidément tout raflé lors de la modernisation du bureau. Il se contenta de son mug, ce qui eut pour effet de teinter, comme d'habitude, le goût du Jack Daniel's d'une note de café.

Il faisait sombre. Des nuages menaçants s'étaient installés au-dessus de la ville et la température avait baissé d'une dizaine de degrés. Il avait presque froid. Le whisky lui réchauffa la gorge. Il alluma la lampe orange de son bureau et salua ce moment de réconfort.

Léopold toqua et entrebâilla légèrement la porte.

— Viens, Léopold, on a du boulot ce soir.

L'adjoint entra, s'assit à la table de réunion et ouvrit son ordinateur portable en jetant quelques regards intrigués vers la lampe : une fois allumée, elle paraissait gigantesque, s'étalant sur l'intégralité de son socle. Il comprit soudainement pourquoi il n'avait jamais vu son patron travailler sur ce bureau.

— Je ne l'allume pas très souvent. Elle est belle non ? Il faut attendre un orage pour que je me souvienne de l'utiliser. C'est dommage. Bon, allez, on y va, lis-moi tes notes, dit Gérard en se dirigeant vers le canapé pour s'allonger.

— Jeudi 5 mai. Le sujet est sorti de chez elle à 9 h, s'est dirigé vers la station de métro Villiers, a emprunté la ligne 2 jusqu'à la station Ternes puis a marché jusqu'au 180 avenue des ternes, certainement pour se rendre chez le docteur Colon qui est spécialiste en maladies génétiques. Elle est entrée à 9 h 30 dans l'immeuble et en est ressortie à 10 h 15. Ensuite, elle a marché en direction de Neuilly-sur-Seine jusqu'à la rue Parmentier.

Léopold arrêta la lecture, releva les yeux vers le canapé et demanda embarrassé :

— Je ne sais pas comment formuler les choses ensuite. Qu'est-ce que je mets pour l'incident ?

— Tu indiques que deux hommes ont tenté de l'agresser, que l'un d'eux avait une seringue, qu'elle s'est défendue, qu'elle s'est enfuie et que les deux hommes aussi. Pas la peine d'ajouter d'autres détails ; de toute façon, Ducro aime les rapports courts. Surtout, tu précises bien que personne de notre équipe n'est intervenu, ça rassurera Ducro.

— D'accord. Mais qu'est-ce que je mets exactement pour vous ? Je dis que vous êtes resté en retrait tout le long et qu'elle ne vous a pas aperçu ?

— Évidemment ! On va pas énerver inutilement notre ami ! Et d'ailleurs, techniquement, c'est ce qui s'est passé. J'étais à quelques mètres, il est possible qu'elle m'ait vu, mais je suis resté un passant parmi d'autres. Il n'y a pas péril en la demeure.

Il but d'un coup le liquide contenu dans le mug et poursuivit :

— Tu indiques que nous avons fait le rapprochement entre le lieu de l'agression et l'adresse de chez son père, que nous avons immédiatement envoyé un de nos hommes sur place, qui a retrouvé sa trace et qui a repris la filature.

— OK, patron.

— À ton avis, pourquoi est-elle allée dans l'appartement de son défunt père alors qu'elle venait de se faire attaquer en pleine rue ? Qu'est-ce qu'elle est allée chercher là-bas ? Tu as trouvé des informations sur lui ?

— Justement j'allais vous en parler. J'ai récolté pas mal d'infos sur Tomi Tanaka. Bon, je commence par le début. Tomi Tanaka a fait un master de biologie santé à l'université de Paris-Saclay. Il a rencontré son épouse sur les bancs de la fac et ils sont partis ensemble faire une année de spécialisation à l'université de Californie, à San Diego. Ils ont fait leurs mémoires dans un laboratoire qui s'appelle Bioméca et tout laisse à penser qu'ils ont continué à travailler pour ce laboratoire après l'obtention de leurs masters, pendant trois ans. Ensuite, ils sont revenus en France, à Pau où Tatiana a accouché.

— Bioméca ? C'est quoi ce labo ?

— C'est un laboratoire spécialisé en recherche de je ne sais pas quoi exactement. Je n'ai pas bien compris en fait, ce n'est pas du tout mon domaine, c'est très technique et écrit en anglais. Je crois qu'ils sont à la pointe en matière de procréation médicalement assistée et en chimie organique. En tout cas, d'après leur site Internet ils sont leaders dans leur branche.

— Donc, si je comprends bien, le couple a quitté un laboratoire innovant pour venir s'enterrer dans une petite ville de province française ? Il y a un laboratoire de recherche médicale à Pau ?

— A priori, ils ont arrêté la recherche pour travailler dans un simple laboratoire d'analyses médicales, vous savez, là où vous allez faire vos analyses de sang.

Curieux. Comme toi, je ne suis pas expert dans ce domaine, mais, vu la liste impressionnante de leurs diplômes, je trouve étonnant de s'installer dans une ville où il ne se passe rien pour travailler dans un laboratoire médical qui passe son temps à contrôler le taux de gras des retraités. Pourquoi cette décision ? Ils aimaient la campagne à ce point pour s'y installer ?

Chapitre 25

Elle respira lentement, apaisée par le calme qui revenait peu à peu et elle eut subitement froid. La température extérieure avait chuté avec l'apparition de nuages sombres et elle se décida à sortir du dédale qui cheminait autour de l'appartement de son père. Plus personne ne la suivait.

Tout dérapait. Pourtant, elle savait se maîtriser, ce n'était pas lié à ses troubles, non, c'était certain, quelque chose ne tournait pas rond et cela n'avait rien à voir avec elle.

Elle avait changé. Ses crises dataient de l'époque où elle était adolescente. Mais maintenant c'était terminé, elle avait laissé ces épisodes douloureux loin derrière elle.

Elle se souvint du jour, à l'aube de ses quatorze ans, où elle découvrit qu'elle abritait une bête féroce à l'intérieur d'elle-même.

L'incident avait provoqué la panique auprès de ses camarades de classe. Les collégiens étaient de sortie au bois de Boulogne, à la découverte de différentes espèces végétales. Une de ses copines s'était émerveillée de la présence de lapins, quelques mètres plus loin. Ces petits mammifères proliféraient dans cette forêt urbaine démunie de chasseurs. Ils dévoraient paisiblement des pissenlits, aucunement dérangés par le groupe d'écoliers. Tout le monde les trouvait tellement mignons, surtout les filles qui avaient envie de s'approcher pour les caresser. Mais le professeur leur avait interdit de les toucher en leur expliquant que ces animaux étaient sauvages et qu'ils pouvaient être porteurs de maladies. Ils avaient pour consigne de rester loin d'eux.

Pourtant, Aléna s'était discrètement éloignée du groupe pour se rapprocher des petits mammifères. Elle était fascinée, comme hypnotisée par cette masse de chair qui palpitait. Elle en avait repéré un. L'animal s'acharnait à manger des herbes plus hautes que lui. Il ne l'avait pas vue, pas entendue. Elle s'était déplacée silencieusement, en ne bougeant que ses jambes. Elle s'était postée quelques centimètres derrière le mangeur d'herbes, avait pris son appui pour bondir et immobiliser l'animal contre terre. Enfin, elle avait planté ses dents dans la chair et avait brisé la nuque.

Elle ne savait pas pourquoi elle avait fait ça. Elle n'avait pas compris non plus l'horreur que cet acte avait générée chez les autres. Elle avait juste fait ce qui lui paraissait naturel à un moment donné. Sans réfléchir. Puis, elle avait entendu un cri. Un de ses camarades l'avait vue revenir le visage ensanglanté. S'était-elle blessée ? Était-elle tombée ? Un autre collégien avait aperçu le lapin, la tête désarticulée et le corps gisant dans une mare de sang. Il s'était retourné vers Aléna, l'avait dévisagée, effrayé puis, il l'avait montrée du doigt en criant.

Ce regard.

Elle ne pouvait l'oublier. Il lui renvoyait ce qu'elle était : un monstre. Une folle qui attaquait les lapins du bois de Boulogne. Une folle qui attrapait les garçons dans les toilettes du collège. L'affaire avait mis du temps à être révélée. Le garçon n'en avait pas parlé immédiatement. Après coup, elle comprit à quel point cela avait dû perturber le jeune homme.

Elle était restée cloîtrée chez elle, ne sortant que pour se rendre chez les psychiatres, surveillée par son père et par une armée de médecins prêts à l'interner au moindre faux pas.

Elle avait beaucoup appris. Appris à faire semblant, à dissimuler ses pulsions, à se maîtriser, à s'arrêter au bon moment, à faire comme si elle était normale.

Chapitre 26

— Allez, on a bien mérité un petit rab, je t'en sers un dernier, Léopold. Pour une fois, ça te fera du bien de lâcher un peu. Accorde-toi un break avant de rentrer chez toi.

— Alors un petit, chef, parce que si Marie accouche cette nuit, faudrait que je sois d'aplomb.

— Toujours aussi vertical, mon petit Léopold ! Ne t'inquiète pas, tu seras présent à l'appel. Et si tu te décidais à m'appeler Gérard ? Tu es mon adjoint tout de même, tu pourrais m'appeler par mon prénom.

— Je sais, mais j'ai encore du mal avec les prénoms et le tutoiement.

— Ça viendra. Mais ce soir, tu m'accompagnes, Léopold, déclara Gérard en attrapant une tasse à café. Désolé, je n'ai plus de verre, Martha a tout embarqué.

— Vous lui cachez les bouteilles ? demanda timidement Léopold.

— Bien sûr ! Sinon, elle me ferait un scandale !

— Une toute petite goutte pour moi alors, murmura Léopold qui n'osait pas contrarier son patron et qui se dit qu'après tout, lui aussi avait besoin d'alcool.

— Dis-moi, Léopold, pourquoi es-tu allé chez le toubib ce matin ?

Un éclair traversa soudainement le bureau d'un flash lumineux et le bruit assourdissant de la foudre résonna jusque dans les masques africains. Tous deux sursautèrent.

— Ah, ça ? Rien, c'était juste pour une prise de sang.

— Tu as peur d'avoir chopé une MST ?

— Non… pourquoi dites-vous ça ?

— Le labo a faxé les résultats, c'est arrivé tout à l'heure. J'ai un peu regardé. Tu n'as rien : tout est négatif. Je ne savais pas que t'avais des frelons dans la culotte !

— Non, chef, ce n'est pas du tout ce que vous croyez…

Le ploc lourd et puissant d'une goutte de pluie tomba contre le rebord de la fenêtre. Gérard attendit le deuxième ploc pour poursuivre :

— Allez, ne joue pas à la vierge effarouchée, on est entre mecs, tu peux tout me dire.

— C'est que…. c'est très gênant… et puis… Et zut ! En plus ça concerne l'enquête, chef, j'ai doublement merdé.

— J'avais bien compris, c'est Aléna n'est-ce pas ? En deux jours de filature, j'ai bien vu comment la minette fonctionne. Plutôt énervée la gazelle non ?

— Parce que... vous aussi ?

— Nom d'un slip usagé, bien sûr que non ! On dirait bien que je suis trop vieux pour elle.

— Je ne comprends pas, chef…

— Appelle-moi Gérard.

— C'est un peu embarrassant.

— Me casse pas les burettes et déballe-moi ton barda.

Les gouttes de pluie se mirent à se multiplier et à se fracasser bruyamment contre toutes les particules solides se trouvant sur leur passage. Un deuxième éclair balaya la pièce et l'écho de la foudre retentit encore plus violemment. Gérard se leva, réalisa que l'odeur de l'asphalte chaud et humide était remontée jusque dans ses sinus et ferma la fenêtre.

Léopold profita de cet intermède pour boire une grande gorgée de whisky. Il grimaça et reposa son verre brusquement en s'excusant pour le bruit. Puis, il se massa le front avant de baisser la tête et de caler son crâne entre ses mains.

— Je ne comprends pas, murmura-t-il en se redressant. Ses yeux viraient au rouge, tandis que ses cernes s'amplifiaient. Je suis bien entraîné, j'ai même ma ceinture noire de judo et pourtant, je n'ai rien pu faire. Elle a une force colossale, surhumaine et elle est… comment dire… très experte, enfin, elle sait y faire avec l'anatomie masculine. Je n'ai rien compris, c'est comme si j'avais été aspiré par un vampire.

— Est-ce que tu peux préciser ?

— Elle m'a agressé, sexuellement agressé !

— Comment ça, sexuellement agressé ? Léopold, on ne se fait pas sexuellement agresser par une fille. À la limite, on rend service, on dépanne, surtout quand, comme toi, on aime la verticalité, mais on ne se fait pas violer. Inutile d'employer des termes aussi grossiers.

— Je vous jure que cette fille est une allumée ! C'est une timbrée, une folle furieuse ! Elle a utilisé la force pour m'immobiliser et elle m'a manipulé. Littéralement. Bon, je vous passe les détails, mais elle est très forte. Elle m'a utilisé, je me sens très mal. Elle a abusé de ma personne. Elle est allée jusqu'au bout, comme si elle voulait… extraire ma substance masculine. Je n'ai rien dit à Marie. Elle ne pourrait pas comprendre, surtout dans son état. Si jamais elle l'apprenait, elle ne le supporterait pas ! Il ne faut pas qu'elle le sache. Jamais !

— Elle ne le saura pas, Léopold.

— Je n'ai jamais trompé ma femme ! C'est impensable ! Il faut que j'aille me confesser avant d'aller à la messe dimanche, mais Marie trouvera ça louche, ça fait trois ans que je n'y suis pas allé ! Elle va deviner, elle va comprendre et alors…

— Calme-toi Léopold. La demoiselle connaît les bonnes manières, mais ce n'est pas une raison pour crier à la cochonne. Ton épouse ne devinera rien. Tu n'as rien à te reprocher, donc rien à avouer. Tout ceci reste dans un cadre strictement professionnel, ça fait partie des risques du métier, voilà tout, tu as donné de ta personne pour une enquête et tu oublies ça.

— OK chef, répondit Léopold en enfouissant son nez et en soufflant discrètement dans un mouchoir qu'il plia et remit dans la poche de son pantalon

— Tu utilises des mouchoirs en tissu ?

— Oui, c'est plus doux et Marie trouve que c'est plus écologique. Elle n'aime pas ce qui est jetable.

— Plutôt bon signe pour toi.

Chapitre 27

Elle n'avait pas résisté. L'odeur avait été trop forte, trop entêtante, enivrante.

Maintenant qu'elle s'était débarrassée des molécules chimiques qui falsifiaient sa vie, elle reprenait peu à peu goût aux choses. Et elle se réappropriait le contrôle de ses émotions.

La fourmilière était venue et elle n'avait rien fait pour l'en empêcher. Elle avait juste avalé quelques somnifères après, pour faire comme si elle regrettait, comme si ce n'était qu'un accident.

La fourmilière. C'était le nom qu'elle avait donné à ce trouble si singulier que les médecins ne parvenaient pas à comprendre. Celui dont elle avait le plus honte une fois la crise passée, mais qui lui donnait tellement la sensation d'exister quand cela arrivait. Ça commençait toujours par cette étrange impression, comme si une colonie de fourmis s'introduisait à l'intérieur de son corps.

Elle l'avait sentie s'approcher : la fourmilière était apparue alors qu'elle rentrait chez elle. Elle aurait pu regagner son appartement, prendre ses cachets et attendre la fin de l'épisode. Il lui était déjà arrivé de devoir patienter plus d'une heure avant de s'enfermer chez elle et d'ingurgiter ses comprimés sans provoquer de drame. Elle en était capable.

Mais elle ne voulait plus laisser sa vie se faire anesthésier par ces pilules.

La fourmilière était rentrée par ses pieds. Les bestioles s'étaient infiltrées dans ses talons et quelques éclaireuses s'étaient très rapidement emparées de ses orteils. Les colonisatrices étaient restées agglutinées dans les pieds. Elle s'était fait la réflexion que peut-être les insectes souhaitaient juste danser un peu avant de repartir ensuite se coucher. Elle avait même pensé qu'avec un peu de concentration, elle arriverait certainement à les maintenir dans cette zone inconfortable de son corps. Une petite voix lui avait soufflé que ce n'était pas la peine de faire semblant, qu'elle avait terriblement envie de cet homme et que cela ne servait à rien de se cacher derrière de fausses intentions, qu'elle devait assumer sa puissance, comme Blondie, qu'elle ne devait pas avoir honte de ses désirs ni de sa sensualité. Elle était la plus forte, rien ne lui résistait.

Et puis, tout s'était accéléré. Les guerrières étaient remontées le long de ses cuisses en direction du ventre et s'étaient installées autour du nombril. Derrière, un homme marchait. Celui qui laissait s'échapper cette envoûtante odeur de résine de sapin. Elle avait atteint la rue des Dames, elle était presque au pied de son immeuble et l'homme s'était mis à exhaler des fragrances sucrées, comme du miel acidulé sur un fruit bien mûr et bien chaud. Les fourmis s'étaient déployées de chaque côté de sa poitrine en exultant et l'une d'elles lui avait chuchoté : « Il est consommable, vas-y maintenant ». Il fallait qu'elle l'attrape, celui-là et pas un autre.

Les six pattes se fichaient de savoir si l'homme était consentant. On ne demande pas à une noix de coco son accord pour boire son jus : on l'ouvre, on le prend, et on boit, c'est tout. Là n'était pas la question. Leurs phéromones avaient analysé les particules odorantes du porteur de semence : elle était saine, de bonne qualité, elle ne cachait pas de maladie. Aléna n'avait plus qu'à l'extraire. La fourmilière prit définitivement position en occupant les aisselles, puis les bras de la jeune femme. Elles guidaient ses muscles. Ses jambes étaient devenues lourdes et puissantes. Elle transpirait. Le mâle était derrière. Elle allait le harponner. Elle se retourna, s'approcha de lui d'un bond, s'avança tellement près qu'il recula jusqu'à se cogner contre le mur et elle lui tendit une carte :

— Monsieur, vous avez perdu ça.

L'homme avait paniqué et avait hésité à accepter le bout de papier. Il était méfiant et, plus curieusement, il semblait contrarié. Bizarre. Ils ne le sont généralement pas immédiatement. Il avait regardé sa main et compris qu'elle lui tendait la carte d'un restaurant. Il reconnut les cartes distribuées à la sortie du métro par un homme coiffé d'un turban indien.

— Non, ce n'est pas à moi, avait-il dit. Il se tenait sur ses gardes, il essayait d'interpréter l'étrange étincelle qui émanait de la jeune femme.

Comme beaucoup, il s'était demandé ce qu'elle attendait de lui. Elle n'était pas innocente, c'était certain, une fille aussi jolie n'alpague pas un homme en pleine rue de cette manière.

Certains se laissaient approcher juste pour voir. D'autres suspectaient une entourloupe. Les plus méfiants allaient jusqu'à penser que deux gros costauds étaient peut-être cachés derrière, prêts à les dépouiller. Quelques rares optimistes s'imaginaient qu'il s'agissait d'une nymphomane. Mais l'homme de l'autre jour, lui, avait été contrarié. Un cas à part.

Quoi qu'il en soit, elle avait choisi le moment où le flottement de l'incompréhension règne pour, comme d'habitude, se jeter sur le mâle afin de l'embrasser vigoureusement. Le choc était généralement puissant.

L'homme avait tenté de reprendre de l'air, de garder le contrôle de la situation, mais elle l'avait englué dans un filet de phéromones sexuelles. Il était tétanisé. D'une main, elle l'avait plaqué contre le mur, et de l'autre, elle avait entrepris un massage expert à travers le pantalon. Ce fut rapide. Une érection phénoménale le fit basculer de la raison vers le monde animal. Il n'avait jamais connu ça.

Aléna l'avait traîné jusqu'à son appartement. Elle n'avait pas pris l'ascenseur. Trop long à attendre. Malgré les sept étages, elle avait préféré le hisser jusque dans sa tanière par les escaliers pour le consommer en lieu sûr.

Une fois la porte refermée, l'homme fut dénudé en quelques secondes. Il éructa une phrase incompréhensible quand Aléna lui baissa le caleçon. Elle avait l'habitude d'entendre ce genre de grognement, mélange de surprise, d'émotions et d'excitation intense. Elle crut distinguer les mots « marié », « père de famille ». Il culpabilisait. Il voulait fuir peut-être. Pas grave. Il n'allait pas en mourir, ce n'était pas si terrible. Après tout, elle lui offrait un moment de plaisir. Il avait tenté de remonter son caleçon, il voulait partir, cherchait la porte du regard, était prêt à sortir de chez elle, même nu. Elle avait saisi les épaules du fuyant, les avait plaquées contre le sol, faisant tomber l'homme à terre, et le chevaucha pour l'immobiliser. L'homme n'avait pas compris comment cette femme pouvait déployer une telle force. Assise sur les cuisses de sa victime, elle avait bloqué toute possibilité de mouvement et de fuite en maintenant fermement les avant-bras de l'homme dans ses mains. Il était pris au piège.

Elle avait examiné la bête. Il était musclé. Elle ne s'attendait pas à voir d'aussi beaux biceps, et quels abdominaux ! Il devait faire de la musculation. L'homme était visiblement sportif. La fourmilière s'était affolée à la vue de son membre et avait manqué d'étouffer Aléna. Tout grossissait, la fourmilière et l'attribut sexuel de sa proie.

Aléna s'était collée contre lui, avait senti son appendice viril frétiller, pris au piège entre leurs ventres. Il ne pouvait pas lui échapper. Elle avait humé sa transpiration, s'était approchée du cou, avait eu envie de mordre, de planter ses crocs dans la chair, de le posséder. Elle s'était ressaisie, il n'était pas question qu'elle l'abîme. Elle avait libéré l'organe prisonnier pour l'engloutir dans son anatomie. Il avait rendez-vous avec la fourmilière.

Chapitre 28

Aléna s'arrêta de marcher. À quoi bon ressasser cet incident ? Ces pensées envahissaient son cerveau et l'empêchaient d'avancer.

Soudain, un éclair colossal déchira le ciel. Immédiatement après, le son tonitruant de la foudre la fit sursauter. Elle se dépêcha d'atteindre la rue Voltaire avant que l'orage ne la rattrape. Elle bondit devant l'immeuble, saisit le code d'entrée et s'engouffra à l'intérieur.

À peine eût-elle dépassé la loge de la gardienne que madame Farrita en sortit en laissant échapper une délicieuse odeur de ragoût. L'odeur réconfortante de son enfance.

— Bonchour, Aléna ! Viens, ch'ai des choches pour toi.

Aléna la suivit, envoûtée par ce parfum qui la ramenait en arrière, quand elle trouvait refuge chez la gardienne et qu'elle faisait des coloriages sur la table de la cuisine.

— Ch'ai commenché à faire le tri chez ton père et ch'ai trouvé une enveloppe pour toi. Tiens, dit madame Farrita en tendant l'enveloppe à Aléna.

La jeune femme l'ouvrit et aperçut l'acte de propriété de l'appartement. Tomi avait donc préparé ce document pour elle avant sa mort.

La loge devint subitement sombre. La barre de nuages s'était répandue au-dessus de la cour intérieure et sa masse compacte commença à décharger des gouttes lourdes et menaçantes. Des taches éclatèrent sur les pavés et un souffle puissant annonça l'arrivée imminente d'une tempête.

La gardienne ferma la porte, alluma la lumière et continua :

— Ch'ai aussi gardé chon courrier depuis chon déchès. Pour tout che qui est banque ou papiers adminichtratifs, ch'ai tout claché avec ches papiers. Tu verras, ch'est poché chur chon bureau.

— Merci madame Farrita.

— Il y a auchi cha, che ne l'ai pas ouvert, car che n'est pas un courrier adminichtratif. On dirait que cha vient du Bréchil.

Aléna sentit les battements de son cœur s'accélérer. Dehors, la pluie se déversait avec rage et un des gros pots en terre cuite contenant une belle plante se renversa et se brisa. Madame Farrita implora le ciel d'arrêter, pesta contre le réchauffement climatique, accusa quelques grands dirigeants de laxisme, puis donna enfin l'enveloppe.

Le timbre était estampillé « RIO 2017 ». La lettre venait bien du Brésil. Le cachet de la poste était daté du 6 avril. L'écriture indiquant le nom et l'adresse était plutôt féminine.

— Bien chûr, il y a peut être des choches qui ont dichparu avec le cambriolache, pour cha, che ne pourrais pas te dire.

— Comment ça, mon père a été cambriolé ?

— Oui, tu ne le chavais pas ? ch'était en décembre, avant qu'il ne parte à l'hôpital définitivement, dit la gardienne en se faisant un signe de croix.

— Qu'est-ce qu'ils ont pris ?

— Que des petites choches. Ils devaient chercher des bichoux ou des objets dans che genre, car ils n'ont touché à rien. Ch'est moi qui ait retrouvé la porte de l'appartement ouverte et fractionnée, mais ch'était tout ranché à l'intérieur. Des voleurs choigneux, ch'ai chamais vu cha. Ah chi, che me souviens, ton père n'était pas content, car ils avaient pris chon ordinateur. Cha l'avait beaucoup contrarié. Ah, au fait, tu as retrouvé ta vechte ? demanda la gardienne.

Zut ! Et elle qui comptait fouiller l'ordinateur pour trouver des informations qui pourraient la mettre sur la piste d'une sœur cachée. C'était raté.

Mais cette lettre du Brésil ? Se pourrait-il… ? Elle ne pouvait l'ouvrir et la lire devant la gardienne. Elle la glissa dans son sac. Des réponses figuraient dans ce courrier, elle en était convaincue. Surtout, ne pas montrer à madame Farrita son désarroi, faire comme si de rien n'était, lui prouver que tout allait bien. Elle inspira profondément et adopta une voix neutre pour répondre :

— Oui, elle était chez moi, en fait. Désolée pour la dernière fois, j'étais très fatiguée, je crois que je n'ai pas été très aimable.

— Ne t'inquiète pas ma petite Aléna, tu chais bien qu'avec moi, ch'est pas grave tout cha.

Aléna aperçut la photo de son sosie dépasser de son sac. Malgré le chaos qui régnait dans son esprit et son urgente envie de lire la lettre, elle parvint à mettre de côté ce bouillonnement pour se saisir du cliché et le montrer à madame Farrita. Elle ne pouvait trouver une meilleure occasion pour confirmer l'existence de ce sosie et anéantir définitivement les doutes du docteur.

— Regardez cette photo, madame Farrita, vous reconnaissez cette personne ?

— Pourquoi tu me montres une photo de toi, Aléna ?

— Cette fille sur la photo, ce n'est pas moi. Vous qui connaissez mon père depuis toutes ces années, est-ce qu'il vous aurait parlé d'une sœur jumelle ?

— Non, jamais, répondit la gardienne en observant la photo de plus près.

— Vous n'avez pas une idée, une explication ? Vous n'avez jamais remarqué quelque chose de bizarre ? demanda Aléna à bout de force. Cette femme la connaissait depuis tellement de temps, elle avait peut-être croisé un secret sans le savoir.

— Non. Par contre, ch'ai vu une photo de chet endroit avec che bâtiment dans une forêt tropicale. Ch'ai dans le coffre que Tomi a mis chez moi.

— Pardon ? Je ne comprends pas… C'est quoi ce coffre ?

— Che ne t'en ai pas encore parlé, ch'est vrai. Ton papa voulait garder des documents à part. Un jour il m'a demandé s'il pouvait laicher un coffre chez moi. Il disait que ch'était mieux pour lui. De temps en temps, il venait dépocher des papiers dedans. Ch'est que des vieux trucs, che ch'ais vraiment pas pourquoi il voulait les laicher dans un coffre. Ch'est là que j'ai vu la photo. Viens, che vais te montrer.

Chapitre 29

— Je n'arrive toujours pas à comprendre pourquoi ils se sont installés à Pau en arrêtant la recherche, souffla Gérard en tendant à Léopold sa tasse à café remplie de whisky.

— Peut-être qu'ils voulaient profiter de la douceur du Sud-ouest. Il paraît que c'est la région de France où les gens sont le plus heureux.

— Pas quand on a 30 ans, qu'on est au début de sa carrière et que les grands laboratoires de recherche où ils auraient pu postuler se situent ailleurs. Tu te serais enterré à la campagne après tes études, toi ?

— Pour tout vous dire, on avait envisagé cette option, surtout pour les cochons, mais finalement, on a préféré rester à Sartrouville, c'est vrai que c'est plus commode pour le travail.

— Mais qu'est-ce que tu racontes, Léopold ?

— Ben oui, vous savez, les cochons d'Inde. Ma femme a commencé un élevage, répondit Léopold soudainement gêné par sa confession.

— Mais enfin Léopold, ça n'a pas de sens. Toi, à la campagne avec un élevage de bestioles de type rongeur. C'est délirant !

— Je sais, patron, n'en parlons plus. C'est surtout ma femme qui est attirée par la campagne. Du coup, on a mis un poulailler sur notre balcon et les cages à cochons dans le salon.

Gérard se dirigea vers le tableau blanc, prit un feutre rouge et écrivit en gros : Bioméca.

— Léopold, tu vaux mieux que des cochons. Tu as un don pour ce métier, ne le gaspille pas ! Tu es le meilleur collaborateur que je connaisse. Exploite tes capacités, travaille-les, sinon, c'est elles qui te domineront. Pourquoi irais-tu te perdre à la campagne avec des cochons d'Inde ? Ces bestioles vont te rendre fou ! Tu seras obnubilé par des investigations que tu n'auras pas à faire, tu finiras par suspecter tes voisins d'agissements imaginaires, tu mettras en place un système de surveillance pour vérifier que leurs poules ne complotent pas contre tes rongeurs…

— OK, j'ai compris, ne vous inquiétez pas, de toute façon, on a abandonné l'idée.

— Bon, alors, mets le paquet sur Bioméca. Tu me fais des recherches approfondies sur ce labo. J'aimerais bien savoir ce qui s'est passé là-bas pour que Tomi et sa femme reviennent se cacher en France.

Léopold colla subitement son visage contre l'écran de son ordinateur.

— Attendez, je détecte une activité sonore inhabituelle chez elle. Je monte le son !

Chapitre 30

Quand elle sortit de chez son père, les nuages gris anthracite étaient toujours agglutinés au-dessus des toits parisiens et s'obstinaient à transformer le jour en pénombre. La douceur du printemps, gênée par l'amas de substances gazeuses dans l'air, avait fait entendre sa colère : pluie et éclairs s'étaient déchaînés.

Malgré tout, elle était revenue chez elle à pied, insensible au poids du sac sur son épaule, aux trombes d'eau, et à l'orage. Seul son trajet l'importait : rentrer vite, ouvrir la lettre du Brésil et décortiquer tous les dossiers.

Elle jeta sur le canapé la besace que madame Farrita lui avait donnée et se précipita dans sa chambre pour se changer. Elle ruisselait. La pluie avait imbibé ses habits et formait de petites flaques autour d'elle.

Elle se débarrassa de ses vêtements qui sentaient le chien mouillé, la peur et le sang, et se sécha rapidement avant d'enfiler à la hâte un jogging. Elle fila ensuite dans le salon, ouvrit le sac et étala les dossiers qu'il contenait. Il y avait vingt pochettes cartonnées plus ou moins épaisses dont certaines paraissaient très anciennes.

Il faisait sombre. Elle se résolut à allumer la lumière malgré son effroyable migraine qui lui labourait les sinus.

Ses mains tremblaient. Elles recrachaient un excès d'agitation et de tension. Elle sortit l'enveloppe qui venait du Brésil, l'ouvrit et réalisa qu'un afflux de sang trop rapide fouettait ses tempes. Sa vision était trouble. L'humidité s'était propagée jusque dans ses yeux et elle chassa un début de larme. Rien ne saurait la dévier de la vérité.

Tomi,

Je ne sais pas comment aborder le sujet autrement qu'avec de la colère : j'ai vu ta fille. Elle est venue à l'orphelinat. Elle s'est présentée sous son nom d'artiste, aussi je ne m'attendais pas à la voir débarquer. Sinon, tu imagines bien que je ne l'aurais jamais reçue ! Elle n'a pas vu Camille, enfin je ne crois pas, mais à un moment donné, elles se sont peut-être croisées de loin.

Je ne peux imaginer que sa venue soit due à un simple hasard.

Elle n'avait pas l'air au courant, mais toi, qu'est-ce qui t'a pris ? Tu lui as parlé ? Qu'as-tu dit ? Pourquoi avoir rompu le pacte ? Tu aurais pu au moins me prévenir, c'était la moindre des choses !

Que se passe-t-il, Tomi ? Tu ne m'as jamais rien caché ! Est-ce que cela a un rapport avec ta maladie ?

D'ailleurs, je m'excuse de t'envoyer cette lettre un peu agressive alors que tu traverses cette épreuve. J'espère que ce n'est pas trop dur et que tu parviens à surmonter la chimiothérapie.

Mais j'ai vraiment été sous le choc de voir Aléna alors que la période est de plus en plus inquiétante. As-tu vu que Wilfried Peanut avait été nommé directeur de la Recherche et du Développement ? Wilfried ! Notre Wilfried ! Je n'ai aucune confiance en lui. Il a toujours été fourbe et jaloux, tu te souviens ?

Tomi, j'avoue être très inquiète, j'ai un mauvais pressentiment. Il faut être vigilants, et se serrer les coudes, plus que jamais.

S'il te plaît, explique-moi ce qu'il se passe.

Rosetta

Aléna s'assit sur le canapé, abasourdie.

Rosetta.

Rosetta Bowling, la directrice de l'ONG à Belém.

Elle avait bien remarqué que cette femme avait eu un comportement étrange lors de sa visite. Elle ne s'était pas trompée, la directrice avait été contrariée et en colère à cause de leur rencontre.

Elle relut la lettre plusieurs fois en prononçant de temps à autre quelques phrases à voix haute afin d'en saisir véritablement le sens.

« Elle s'est présentée sous son nom d'artiste, aussi je ne m'attendais pas à la voir débarquer. »

En effet, à aucun moment son vrai nom n'avait été mentionné. Aléna se présentait toujours sous son pseudonyme quand elle voyageait pour ses photos et utilisait une adresse email libellée avec son nom d'artiste pour ses activités photographiques.

Elle n'avait jamais réalisé à quel point elle avait écarté son nom patronymique. Quand elle avait commencé à concourir pour des prix photo, son père lui avait dit : « Préserve ton intimité, n'exhibe pas ton vrai nom ». Pour une fois, elle l'avait écouté.

Elle avait choisi le prénom « Claire », car il était court, limpide et pur. Tout ce qu'elle n'était pas. Elle trouva le nom « Rougegorge » un jour où, en marchant dans la rue, elle aperçut ce petit oiseau posé sur un banc, joli, mignon, tout ce qu'on attend d'une belle photo. Puis, il s'était envolé à la vue d'un chat qui espérait l'attraper. Elle s'était surprise à mépriser ce félin incapable de s'emparer d'une proie aussi facile. À sa place, elle l'aurait capturé sans hésiter.

Un bourdonnement résonna soudainement dans ses oreilles. Elle n'aimait pas ressasser le passé.

Ainsi, Tomi et Rosetta Bowling se connaissaient. Et Rosetta la connaissait, elle, Aléna !

« Elle n'a pas vu Camille, enfin je ne crois pas, mais à un moment donné, elles se sont peut-être croisées de loin. »

Le même visage que cette fameuse Camille ? Sa sœur jumelle ?

Son père et Rosetta avaient passé un pacte. Depuis combien de temps se connaissaient-ils ? De quoi avait-elle peur ? Et qui était Wilfried Peanut ?

Bon sang, mais qu'est ce que tout cela signifiait ?

Rosetta ne savait pas que Tomi était mort. Elle vérifia encore une fois la date indiquée sur l'enveloppe : le 6 avril 2017, quelques jours après le décès de Tomi. La propagation soudaine de son cancer avait vraiment dû être fulgurante pour qu'il ne prévienne personne, même pas sa fille, même pas cette femme qui semblait pourtant partager avec lui une certaine intimité.

Elle manquait d'air. Ses oreilles bourdonnaient toujours et les murs valsaient autour d'elle.

Tomi et ses secrets. Tomi et son incroyable incapacité à communiquer. Tomi et son mutisme. Alena fulminait. Pourquoi lui avait-il caché l'existence de cette femme ? Étaient-ils amants ? Elle n'était pas stupide, elle aurait pu entendre et comprendre. Pourquoi son père ne lui avait-il jamais fait confiance ?

Elle tituba jusque dans la salle de bains pour s'asperger le visage d'eau froide. Devant le miroir, elle se découvrit livide, les traits cartonnés comme un cadavre. Elle se déshabilla, entra dans la douche et fit couler de l'eau glacée depuis le haut du crâne jusqu'aux orteils. Plusieurs minutes. Jusqu'à ce que la température devienne insupportable et qu'elle se sente à nouveau vivante. Alors, elle hurla. De douleur et de rage.

Elle ressortit et s'enveloppa dans son peignoir, lavée d'une partie de la boue qui envahissait son cerveau. Le bourdonnement s'était calmé.

Elle devait reprendre les choses en main. Tout d'abord, une grande tasse de thé. L'eau bouillante allait terminer de dissoudre les amas de vieilles poussières bloqués dans sa tête. Elle avait besoin de toute sa concentration.

Elle s'assit sur le canapé et attrapa la chemise cartonnée que madame Farrita lui avait indiquée : celle avec les photos de l'orphelinat. Dessus, Tomi avait écrit au feutre noir : « Belém ».

Son père avait consciencieusement découpé chaque article de presse et imprimé toutes les informations trouvées à propos de cet orphelinat.

L'article le plus ancien datait de 1991. Cela faisait 26 ans que Tomi collectait ces informations.

Aléna lut toute l'histoire de l'orphelinat : l'habitante du quartier populaire de Belém qui avait décidé de venir en aide aux enfants des rues en les accueillant dans une église, la donation qui permit la construction du premier bâtiment puis l'implication d'une ONG avec Rosetta Bowling à la tête.

Ensuite, la structure n'avait cessé de se développer avec la construction d'autres bâtiments, d'une école, d'un potager et d'un terrain de sport. De trente enfants accueillis en 1991, on en comptait plus d'une centaine aujourd'hui. Rosetta Bowling avait obtenu de nombreux financements et la plupart des articles présents dans le dossier faisaient référence aux différents sponsors qui venaient en aide à l'orphelinat.

Aléna alluma son ordinateur et fit une recherche dans Google en tapant « Rosetta Bowling » puis « orphelinat Brasil infância », mais elle n'apprit rien de plus. Son père avait constitué un dossier complet.

Quel était le lien entre Tomi et Rosetta ? Et si Camille était la fille de cette dernière, qui était le père ? Cela ne pouvait être que Tomi.

Le même père, une mère différente et un sosie parfait. Cela ne tenait pas la route.

Elle se leva et contempla les autres dossiers étalés sur le canapé. Par lequel continuer ? Elle examina rapidement les noms sur les couvertures. Rien de parlant.

Elle prit un des dossiers au hasard et l'ouvrit. Il s'agissait de documents professionnels datant de 1987. Aléna ignorait que son père avait ce goût pour les vieilleries. Pourquoi conserver ces papiers ? Il n'avait pas le tempérament d'un collectionneur et n'était pas nostalgique d'une vie passée.

Les documents avaient été rédigés par Tomi et faisaient référence à des travaux scientifiques. C'était très technique et la plupart des rapports étaient écrits en anglais. Aléna n'y comprenait rien. Sur plusieurs feuillets, elle nota le nom du laboratoire à qui Tomi s'adressait : Bioméca.

Puis, un nom lui sauta aux yeux. Un nom qu'elle ne s'attendait pas à trouver là. Elle vérifia la date du rapport : il avait été établi en 1986. Un certain Jérôme Colon avait cosigné un des rapports. S'agissait-il du docteur Colon qu'elle connaissait ?

Aléna était persuadée que Tomi avait sympathisé avec le docteur Colon à l'occasion des consultations médicales et qu'à force de chercher ensemble des solutions face à sa maladie, ils étaient devenus amis. Elle n'avait pas imaginé qu'ils auraient pu se connaître indépendamment de son passé médical.

Mais d'après les rapports, les deux hommes avaient travaillé sur des dossiers communs bien avant sa naissance.

Un frisson glacial parcourut son dos. Quel était ce territoire que Tomi ne lui avait pas ouvert ? Que lui avait-il caché d'autre ?

Elle replaça les papiers dans la pochette et en pris une autre. Dessus était écrit : « A ».

Elle lut quelques lignes, feuilleta rapidement les autres pages pour tout refermer aussi vite. Il s'agissait des rapports médicaux la concernant. « A » comme Aléna. Elle ne méritait donc pas qu'on écrive son nom en entier ? Tomi avait-il tellement honte d'elle ?

Elle se leva et s'approcha de la fenêtre, une boule de colère grossissait dans son ventre.

Pourquoi ?

Pourquoi son père lui avait-il caché toutes ces choses ? N'était-elle qu'un monstre à ses yeux ? Une erreur génétique, un boulet qui lui avait gâché sa vie ?

Il était parti en emportant ses secrets dans la tombe, sans prendre la peine de lui expliquer pourquoi ces dossiers existaient. Sans l'aider.

Elle s'aperçut qu'elle avait très chaud et ouvrit la fenêtre. Il ne pleuvait plus. À la place, un grand soleil ocre faisait briller les flaques d'eau. Le bruit de la ville se fit immédiatement entendre. C'était la fin de l'après-midi, l'heure où l'agitation urbaine s'accélère, où les rames de métro vibrent encore plus fort sous le béton, le moment où la foule s'agglutine dans des wagons bondés et où chacun ne pense qu'à rentrer chez soi après une dure journée de travail.

Elle retourna vers le canapé et attrapa un autre dossier : « Bioméca ».

Elle avait déjà vu ce nom sur les rapports techniques de Tomi : c'était le laboratoire à qui il adressait les résultats de ses recherches.

Aléna feuilleta rapidement le dossier. Il s'agissait d'un laboratoire de recherche en chimie organique implanté à San Diego. C'était également le premier laboratoire à avoir réalisé une fécondation in vitro aux États-Unis.

Elle se souvint. Ses parents avaient vécu à San Diego. Son père ne lui en avait jamais vraiment parlé, elle savait uniquement qu'ils s'y étaient rencontrés pendant leurs études.

Comme pour le dossier de l'orphelinat, Tomi avait recensé toutes les informations sur le sujet.

La plupart des articles étaient destinés à être lus par un public scientifique, aussi Aléna ne comprenait pas de quoi il s'agissait exactement, mais il lui paraissait évident que ce laboratoire était à la pointe de la technologie.

Parmi les articles les plus récents, Aléna repéra une coupure de presse concernant la nomination d'un certain Wilfried Peanut comme directeur de la Recherche et du Développement.

Elle connaissait ce nom, il apparaissait dans la lettre de Rosetta. Elle reprit la lettre et lut à nouveau :

« As-tu vu que Wilfried Peanut avait été nommé directeur de la Recherche et du Développement ? Wilfried ! Notre Wilfried ! Je n'ai aucune confiance en lui. Il a toujours été fourbe et jaloux, tu te souviens ? »

Elle se remit derrière son ordinateur et saisit « Wilfried Peanut » dans le moteur de recherche Google. L'image qui apparut lui retourna le ventre : le roux.

Wilfried Peanut était le roux qui la pourchassait.

Il était répugnant, même sur la photo officielle qui illustrait l'article de presse annonçant sa nomination au conseil d'administration de Bioméca. Pourquoi s'en prenait-il à elle ? Cet homme existait donc réellement. Mais que lui voulait-il à la fin ?

Alena relut la lettre plusieurs fois, puis elle réalisa qu'elle avait omis d'effectuer une requête essentielle sur Internet. Elle se précipita et saisit le nom « Camille Bowling » dans la barre de recherche. Il n'existait qu'un seul résultat répondant à l'occurrence exacte recherchée. Aléna cliqua sur le lien et tomba sur un site de défense des tribus en danger. L'article faisait référence aux Awás, des Indiens demeurant au Brésil et menacés par la déforestation. Un long reportage avait été effectué afin d'expliquer pourquoi et comment ce peuple était en péril. Le nom de Camille Bowling figurait tout en bas de l'article. Aléna lut : « Nous remercions Camille Bowling qui s'est chargée d'assurer la traduction de nos échanges avec les Awás. »

Ainsi, il existait une Camille Bowling sur le Net, mais elle ne trouva aucune photo associée à ce nom.

Aléna se demanda soudainement quelles informations la concernant étaient disponibles sur Internet. Elle n'avait jamais vraiment vérifié. Elle tapa « Aléna Tanaka » dans la barre de recherche et consulta les résultats associés. Elle n'eut pas de surprise : seules deux photos existaient sur le réseau social professionnel qui référençait son activité : une photo de portrait et une photo d'elle sur un tournage que Joachim avait prise et déposée pour présenter sa société.

Elle vérifia les résultats de la recherche associée à son nom, et elle ne vit nulle part l'indication de son nom d'artiste. Le lien n'avait pas été fait entre Aléna Tanaka et Claire Rougegorge.

Elle lança alors une autre requête avec « Claire Rougegorge ». On y trouvait toutes ses œuvres, ses expositions, la présentation de son travail. Aucune photo d'elle. Aléna fut soulagée. Elle aimait cet anonymat.

Son téléphone sonna. Sur l'écran, elle lut : Docteur Colon. Pourquoi l'appelait-il ? Il ne l'appelait jamais ! Il ne lui semblait même pas avoir jamais donné son numéro. C'était toujours elle qui le contactait pour prendre un rendez-vous, et ces derniers temps, elle ne passait même plus par cette étape, elle se rendait directement chez lui, comme ce matin.

Chapitre 31

— C'est dommage qu'on ne puisse pas entendre la voix de son interlocuteur.

— Je suis bien d'accord, Léopold. Mais poser des micros c'est une chose, procéder à des écoutes téléphoniques, c'est bien plus délicat. Faudra se contenter de ce que les micros nous retransmettent. Tu savais qu'elle avait un nom d'artiste, toi ?

— Non, va falloir que je creuse ça.

— Qu'est-ce qu'elle trafique dans son appartement ? Je ne comprends rien à ce qu'elle dit. Elle s'adresse à son père on dirait.

— Elle se parle à elle-même.

— Et elle crie dans la salle de bains. Le micro n'est pas à côté, mais c'était bien clair.

— C'est ce que je dis, chef, elle est complètement barjot. Attendez, on dirait qu'elle reçoit un appel. Je monte encore le volume !

Léopold cliqua sur son ordinateur et retourna celui-ci vers Gérard afin de laisser le son se propager dans la pièce

— Bonjour, non, tu ne me déranges pas.

— …

— Oui, tout va bien. Je suis passée à la pharmacie, je prends mon traitement, ça va.

— …

— Bien sûr, je t'appelle si quelque chose n'allait pas.

— …

— D'accord. Mais qu'est-ce qui se passe ?

— …

— OK. Il n'y a rien d'inhabituel, tout va bien je te dis, mardi pipi. À part, peut-être, deux ou trois choses que je suis en train de découvrir en ce moment, par exemple le fait que tu connaissais Tomi depuis longtemps, face de taon, que vous avez travaillé ensemble à San Diego, coco loco.

— …

— J'ai trouvé des documents chez Tomi, des rapports scientifiques où tu es cosignataire avec Tomi. Pourquoi est-ce que je ne le savais pas ?

— …

— Non, ne viens pas ! Ce ne sont que de vieux dossiers de toute façon, rien d'important.

Et elle raccrocha laissant Gérard et Léopold suspendus dans le silence. Ils attendirent quelques secondes, puis la voix d'Aléna tonna :

— T'es un sale menteur, Colon.

Ils patientèrent encore plusieurs minutes jusqu'à ce qu'ils entendent le bruit de la chasse d'eau.

Léopold retourna l'ordinateur et baissa le volume.

— Donc, Colon connaissait son père, dit Gérard, ils ont travaillé ensemble à San Diego. Léopold, tu peux vérifier si ce docteur fait partie de la liste des anciens élèves de l'université de Californie ?

— Pas de souci, je lance la recherche.

— Et aussi, as-tu un moyen de sortir la liste du personnel du laboratoire Bioméca ?

— Ça, c'est plus compliqué. Ce genre de laboratoire se protège très bien, ils verrouillent leur système informatique encore mieux que les banques. On ne rentre pas comme ça chez eux. Par contre, je peux récupérer les archives de l'université de Californie avec laquelle Bioméca travaillait et lister les noms des scientifiques figurant dans les rapports. Tous n'ont pas de lien avec Bioméca, mais ça donnera de la matière pour alimenter notre base de données.

— Très bien, lance la machine, répondit Gérard toujours impressionné par ce que son adjoint parvenait à faire puis il enchaîna : tu ne trouves pas qu'elle a une manière particulière de parler ? T'as entendu les mots bizarres qu'elle a prononcés : « mardi pipi », « coco loco », et « face de taon », c'est carrément insultant non ?

— Ça ne m'étonne pas, en fait j'ai vu ça dans un des rapports que j'ai récupérés depuis l'ordinateur d'Aléna. Je vous avais bien dit que c'était une folle furieuse ! Attendez-voir, je vais vous retrouver ça, dit Léopold en consultant son ordinateur, voilà, c'est là : Aléna souffre du syndrome de Gilles de la Tourette. C'est une maladie qui provoque des tics vocaux.

— Pas très pratique comme tic.

— J'ai aussi la liste de tous les autres troubles dont elle souffre. J'ai trouvé ça parmi ses mails. Elle était en copie d'un message envoyé par Colon à un confrère à qui il demandait un diagnostic complémentaire.

— Envoie la sauce.

— D'abord, elle a une maladie génétique : l'hypertrichose qui provoque la poussée de poils sur l'intégralité du corps de manière très abondante. Certains pensent que ce syndrome est à l'origine du mythe des loups-garous, vous voyez le genre. Ensuite, le docteur

Colon a donné une liste des autres troubles dont il ne sait si l'origine est génétique ou psychiatrique : troubles psychotiques pouvant amener un comportement violent, phobie sociale, agoraphobie, claustrophobie, trouble anxieux généralisé. Dans l'ordre, c'est une foldingue qui a peur des gens, de la foule, des espaces confinés, elle est en permanence angoissée et elle s'exprime par gros mots. Bienvenue dans le monde des barjots.

— Tu avais remarqué des poils quand elle t'a, on va dire, bousculé ?

— Si je peux me permettre, c'est elle qui m'a mis à nu, pas l'inverse.

— Bon, en tout cas, elle n'a pas été épargnée par Dame nature. À part pour ses jambes et son joli regard, dit Gérard en se levant de son canapé.

Il avait gardé son feutre rouge et il s'avança vers le tableau blanc. Il écrivit en gros à côté de Bioméca : Colon.

— Et voilà, je viens de récupérer la confirmation : un document cosigné par Tomi Tanaka et Jérôme Colon et archivé par l'université de Californie. Ils ont travaillé ensemble en 1986.

— Bizarre comme tout l'entourage d'Aléna semble relié à son père.

— Chef, elle reçoit un autre appel !

Chapitre 32

Colon était vraiment un sale menteur ! Il la menait en bateau, ne lui parlait qu'au compte-comptes en fonction de ce qu'elle avait découvert. Et pourquoi vérifier qu'elle prenait bien son traitement ? Que manigançait-il ? Son internement, sans aucun doute ! Elle n'avait aucune confiance en lui. Et en quoi ces documents pouvaient-ils l'intéresser ? Il les connaissait, puisqu'il en était l'un des signataires ! En tout cas, il n'était pas question qu'il pénètre chez elle pour examiner ces dossiers.

Elle caressa du regard les pochettes étalées sur son canapé. Elles avaient été soigneusement triées, classées et enfermées dans un coffre dissimulé chez la gardienne. Quel était donc ce secret caché dans ces vieux bouts de papier ?

Elle reprit la fouille des dossiers, un à un, en les décortiquant méthodiquement. Elle allait bien finir par trouver quelque chose. Par comprendre.

Son téléphone sonna à nouveau. Elle aperçut un numéro commençant par +55 s'afficher sur l'écran. Une intuition lui transperça le cœur. Elle décrocha.

— Aléna Tanaka ?

— Oui.

— Ici Rosetta Bowling. Je ne vous dérange pas ?

Aléna ne parvint pas à articuler un mot.

— Allo, vous êtes là ?

— Oui, excusez-moi Rosetta, je ne m'attendais pas à votre appel.

— Écoutez-moi Aléna, ou Claire Rougegorge comme vous voulez. La situation va vous paraître étrange, et croyez-moi, elle l'est pour moi aussi. Il se trouve que je connais votre papa et que j'ai appris son décès très récemment. J'en suis sincèrement navrée, je vous adresse toutes mes condoléances.

— Ah bon… merci, se contenta de murmurer Aléna abasourdie. Pourquoi Rosetta Bowling l'appelait-elle ? Que voulait-elle ? Il fallait qu'elle se ressaisisse, qu'elle reprenne le dessus et qu'elle fasse parler la directrice de l'ONG, mais sa bouche refusait d'articuler. Elle était pétrifiée.

— Aléna, je sais que la question va vous paraître curieuse et je vous demande de me faire confiance. Voilà, j'aimerais savoir si vous avez eu des ennuis récemment.

Les propos de Rosetta Bowling la tirèrent de sa torpeur. Elle était au courant pour les agressions ! Elle avait certainement beaucoup de choses à lui dire.

— Tout dépend de ce que vous appelez « ennuis ». Mais oui en effet, il m'est arrivé quelques bricoles ces derniers jours.

— Aléna, je vais être directe, tu es en danger. Ton père a-t-il conservé des documents papier chez lui, des rapports liés à d'anciens travaux de laboratoire ?

— C'est possible, répondit Aléna méfiante.

— Alors, prends-les et cache-toi. Surtout, ne les donne à personne. Fais ce que je te dis. On ne se connaît pas, mais je te demande de me faire confiance. Fais très attention, Aléna. Je ne peux pas parler au téléphone, c'est trop dangereux… ils sont trop dangereux, ils nous écoutent peut-être. Mets les documents en sûreté.

— Mais de quoi parlez-vous, Rosetta ? Vous êtes sacrément culottée de me dire ça, comme ça, sans explications ! Pour qui vous prenez-vous ? Expliquez-moi plutôt qui est Camille. Qui est la fille que j'ai vue à l'orphelinat ?

Un silence résonna comme un aveu. Elle ne lui disait pas toute la vérité.

— Je comprends que ça te surprenne, Aléna, mais il faut que tu me croies. Des hommes cherchent à te faire du mal de la même manière qu'ils en veulent à ma fille Camille, et de la même manière qu'ils s'en sont pris à Tomi.

Aléna resta bloquée sur cette dernière phrase. Pourquoi Tomi ? Qu'ont-ils fait à son père ? Rosetta devina l'interrogation muette d'Aléna et poursuivit :

— Ils ont assassiné ton père, Aléna. Je suis désolée de te l'apprendre. Tomi n'est pas mort d'une complication soudaine de son cancer, mais d'un empoisonnement.

— Je ne comprends pas…

— Ils ont tué ton père avec un poison qui détruit la fabrication des globules blancs, ce qui explique la perte d'immunité et l'aggravation du risque de maladie, n'importe laquelle.

— Mais qui l'a empoisonné ? Comment le savez-vous ?

— C'est Jérôme Colon qui me l'a dit. J'ai toute confiance en lui. Il m'a prévenue, car il pense qu'à présent, toi, Camille et moi-même sommes en danger.

— Mais… pourquoi le savait-il, lui ? Pourquoi n'a-t-il prévenu personne ?

— C'est compliqué, Aléna, très compliqué… je ne peux pas tout t'expliquer maintenant, mais cela a un rapport avec les documents de Tomi. Écoute-moi bien, va voir sur Internet à quoi le visage de Wilfried Peanut ressemble et mémorise-le bien. C'est lui l'assassin de ton père. Si jamais tu l'aperçois quelque part, pars en courant. Il s'entoure de petits voyous pour commettre ses méfaits alors méfie-toi, si tu le vois quelque part, cela veut dire qu'il y a des hommes en train de te suivre pour t'enlever. Je sais que tu es capable de semer n'importe qui alors, ce jour-là, tu fonces sans te poser de questions. C'est bien compris ?

— Oui, balbutia Aléna. Mais je ne comprends pas, pourquoi le docteur Colon était-il au courant pour l'empoisonnement ?

— Jérôme et Tomi étaient très proches. Quand Tomi a compris qu'il avait été empoisonné, il l'a dit à Jérôme. Tu sais, il a tout fait pour le sauver. Mais avec cette saloperie de poison, c'était peine perdue. Wilfried lui faisait du chantage, il voulait récupérer ces fameux documents, mais Tomi refusait de lui communiquer quoi que ce soit. Alors, Wilfried est allé jusqu'au bout. Personne n'a cru que ce salopard passerait à l'acte. Je n'en reviens toujours pas. Il a certainement versé la substance toxique au cours d'un déjeuner quand il faisait pression sur ton pauvre papa. C'est incroyable. Une vraie ordure.

— Mais c'est un meurtre ! Et il n'y a pas eu d'enquête, pas de recherches ? Pourquoi est-ce que personne, mis à part vous et le docteur, n'est au courant ?

— C'est une affaire sensible Aléna. Wilfred travaille pour l'un des plus gros laboratoires au monde. Ils sont très puissants. Beaucoup plus que tu ne le crois. Oui, il s'agit d'un meurtre et on ne peut rien prouver pour l'instant, mais j'espère bientôt parvenir à éclairer tout ceci.

— Comment ? Qu'est-ce que vous allez faire ?

— Je ne peux pas le dire comme ça, au téléphone. Je te recontacte quand la situation se sera calmée. En attendant, fais ce que je te dis. Cache-toi. Ne me rappelle pas, c'est trop dangereux. De toute façon, je vais couper ma ligne.

Et Rosetta Bowling raccrocha, laissant Aléna seule face à un tourbillon d'incompréhensions.

Mais pour qui se prenait-elle, cette femme avec ses affirmations absurdes et ses directives stupides ?

Elle lui apprenait qu'on avait tué son père, qu'on l'avait assassiné et elle raccrochait sans poursuivre la conversation ! Elle avait des tonnes de questions à lui poser ! Et puis, pensait-elle vraiment qu'Aléna allait cacher les documents ? Cela ne voulait rien dire ! Les cacher où ?

Elle tenta de rappeler la directrice de l'ONG, mais elle tomba directement sur la messagerie. Elle refusait de lui parler davantage. C'était trop facile ! L'appeler, lui faire peur et ensuite, disparaître.

Elle attrapa son téléphone pour appeler le docteur Colon. Il savait pour le poison, il était au courant pour le meurtre, elle devait le questionner. Mais, au moment de déclencher l'appel, elle se ravisa. Non, elle ne lui faisait pas confiance. Il avait eu une drôle de voix au téléphone. Si elle lui posait des questions sur un empoisonnement et si elle abordait à nouveau le sujet des documents, il risquait de débarquer chez elle avec des hommes en blouses blanches.

Tous ! Ils étaient tous au courant d'une montagne de secrets et personne ne lui avait jamais rien dit ! Elle n'allait pas se laisser manipuler aussi facilement. Colon menaçait de débarquer chez elle ? Rosetta voulait qu'elle cache les dossiers de Tomi ? Eh bien, elle savait où elle allait les emporter.

Chapitre 33

Plus un son ne résonnait. Gérard et Léopold se regardaient silencieux, comme si Aléna pouvait les entendre.

Ils restèrent ainsi à scruter l'écho de la pièce jusqu'à ce que l'environnement sonore de la jeune femme reprenne son train-train habituel. Des bruits de pas, une porte qui grince, Aléna se mouchant.

Elle ne parlait plus.

— On va analyser ça de plus près, dit Gérard en s'approchant du tableau avec son feutre rouge. Dans la liste des recherches à faire : qui est Rosetta ? Qui est Camille ? Et qui a été assassiné par empoisonnement ? Je cite « pourquoi le docteur Colon était au courant de l'empoisonnement », « C'est un meurtre ».

— La seule personne qui fait le lien entre Aléna et le docteur Colon, c'est Tomi Tanaka. Il aurait été empoisonné ? En tout cas, rien n'a transpiré dans tout ce que j'ai dégoté sur le sujet.

— Un empoisonnement ne se décèle pas nécessairement lors d'un décès. Et on ne fait pas une autopsie à chaque fois qu'un homme qui a un cancer meurt. Reste à savoir par qui, et pourquoi.

— Je vais déjà lancer une requête dans ma base de données avec le prénom Rosetta. On verra bien ce qui en sortira.

Gérard reposa le feutre rouge et s'avança vers la fenêtre. Il ne pleuvait plus. Un arc en ciel s'était posé au loin, sur le toit des immeubles. Aléna le voyait, elle aussi ?

— Voilà, j'ai des résultats avec ma requête. Il existe plusieurs étudiantes à l'université de Californie dont le prénom est Rosetta. Si je restreins la recherche sur les années 84 à 88 — ce qui correspond à la période où Tomi y était —, je tombe sur huit Rosetta. Je vais encore affiner en couplant la demande avec le prénom Tomi, histoire de voir si un document recensant les deux personnes existe.

Léopold replongea ses mains sur le clavier de son ordinateur et saisit à une vitesse phénoménale les informations demandées. Il attendit quelques secondes le résultat et s'exclama :

— Et voilà, il existe une Rosetta Bowling. Ils ont participé à l'organisation d'une journée portes ouvertes de l'Université de Californie. Je vais pousser encore et faire la même recherche qu'avec Colon : je vais croiser avec tous les rapports de stage archivés par l'Université. Je lance la requête, il va falloir attendre un peu.

— C'est un vrai gruyère cette université, on y trouve tout.

— Ce n'est pas censé être confidentiel et puis peu de personnes savent extraire des informations et manipuler des bases de données.

— Mon petit doigt me dit que tu vas vite retrouver Rosetta Bowling à côté de Tomi Tanaka et Jérôme Colon sur des rapports du laboratoire Bioméca. Et sinon, qu'est ce que tu peux me trouver d'autre sur Rosetta ?

Léopold ouvrit une nouvelle session sur son ordinateur et lança la requête.

— D'après le moteur de recherche, Rosetta Bowling est la directrice d'une ONG qui s'occupe de « l'orphelinat Brasil infância ».

— Quel est le rapport avec Aléna ? On aurait dit qu'Aléna avait déjà vu Rosetta. Où se sont-elles déjà rencontrées ? Au Brésil ?

— Je vérifie dans les archives de sa boîte mail s'il y a une réservation d'avion pour cette destination. Mazette, elle voyage beaucoup en fait ! Elle est allée en Birmanie en novembre 2015, au Sénégal en janvier 2016 et, ça y est, j'ai trouvé ! Le paiement d'un vol pour Rio le 21 mars dernier. Patron, je crois que je viens de comprendre !

— Quoi donc ?

— J'ai son nom d'artiste : Claire Rougegorge. Je viens de faire le rapprochement avec des mails qu'elle stocke dans un dossier de ce même nom. Elle utilise une autre adresse mail pour ses activités artistiques. Je vais pirater la boîte, je n'en ai pas pour longtemps.

Gérard rapprocha une chaise à côté de Léopold pour regarder l'écran avec lui.

— Elle est organisée, elle a créé un dossier pour chaque événement. A priori, il y en a autant que de voyages ou d'expositions. Dans le dossier Brésil, on retrouve les échanges avec tous ses contacts. Voyons s'il existe une Rosetta Bowling.

Léopold saisit le nom de la directrice de l'ONG dans la barre de recherche.

— Voilà leur échange de mails. Elles se sont effectivement rencontrées. Aléna l'a contactée pour venir prendre des photos de l'orphelinat. Visiblement, elles ne se connaissaient pas. Aléna lui explique son travail, son projet de série photographique : « 100 femmes à travers le monde » et lui demande si elle accepterait de la recevoir pour photographier les enfants de l'orphelinat. Rosetta a accepté et elles ont convenu de la date.

— Mais alors, Aléna est allée faire des photos dans l'orphelinat de Rosetta Bowling sans connaître le point commun entre son père et cette femme ? Pourquoi cet orphelinat plutôt qu'un autre ? Ce n'est pas possible, il ne peut pas s'agir d'un simple hasard.

— C'est curieux en effet, répondit distraitement Léopold qui pianotait toujours sur son ordinateur. Le résultat de la requête avec l'université de Californie vient d'aboutir. Voilà, j'ai l'info : Rosetta Bowling a également signé des rapports de stage en rapport avec Bioméca, conservés dans les archives de l'université de Californie. Et devinez qui sont les autres auteurs des documents.

— Tomi Tanaka et Jérôme Colon.

— Absolument, ainsi que Tatiana, la mère d'Aléna.

— La bande des quatre.

Gérard s'allongea sur le canapé et croisa les bras bien serrés sur ses pectoraux comme pour faire remonter son énergie dans sa tête. Il demanda à Léopold autant qu'à lui-même :

— Mais qu'est-ce qu'ils ont bien pu trafiquer là-bas ?

— Chef, elle vient de prendre un billet d'avion pour Rio de Janeiro à l'instant, elle part demain !

— Fais voir, demanda Gérard en se précipitant derrière l'écran d'ordinateur de Léopold.

— Là, ça vient d'arriver, je lis sur ses mails une confirmation de réservation sur le vol Air France du vendredi 19 mai 2017 à 9 h 50 Paris – Rio de Janeiro.

— Bon, et bien, tu vas me prendre un billet aussi, Léopold.

— C'est comme si c'était fait. Je rajoute l'info dans le rapport du jour. Avec tout ça, je ne l'ai pas encore envoyé.

— Tu me boucles le dossier et tu envoies le tout. On arrête là pour aujourd'hui et on se repose un peu. Je sens que demain, ça va encore être rock n'roll.

Chapitre 34

Gérard avait positionné son téléphone en mode haut-parleur pour pouvoir conduire en même temps. Un embouteillage était déjà en train de se former sur le périphérique parisien qui subissait, malgré la douceur du mois de mai, le poids d'un ciel sombre et gris. Les voitures s'agglutinaient, noyées dans les vapeurs des fumées des pots d'échappement.

Il se faufila sur la file de gauche, espérant faire le bon choix et emprunter la voie qui fonctionnait le mieux. Il détestait se retrouver coincé dans la pollution. Il jeta un œil à sa montre : 7 h 16. L'avion pour Rio était prévu pour 9 h 50, il avait largement le temps.

Aléna avait commandé un taxi et Pierre, le collaborateur qui assurait les filatures de nuit, avait confirmé son départ : elle était montée dans une berline grise, après avoir déposé un sac à dos de type randonnée dans le coffre un peu avant 7 h. Elle devait être sur le périphérique, elle aussi.

Le détective continuait la filature même s'il savait qu'il s'écartait irrémédiablement de la mission confiée par la DGSI.

Ce ne serait pas la première fois.

Dans le rapport envoyé à Ducro, il n'avait pas mentionné le fait qu'il s'était fait harponner par le regard vert et perçant d'Aléna, il n'avait pas précisé qu'elle avait planté ses yeux au fond de son âme et provoqué un violent sentiment de malaise. Il s'était fait surprendre.

Il n'avait rien dit. Après tout, il n'avait fait partie du champ de vision de la jeune femme que quelques secondes. Il s'agissait d'un temps insignifiant et, qui plus est, perdu au beau milieu d'une bagarre. Personne ne pouvait mémoriser un visage dans ces conditions.

C'était sa version officielle, celle qu'il opposerait à quiconque lui demanderait pourquoi il avait passé sous silence l'incident.

Pourquoi n'avait-il pas anticipé la bagarre dans la rue Parmentier ? Pourquoi la jeune femme l'avait-elle planté sur place ? Mais bon sang, qui était-elle, véritablement ?

Finalement, Dieudonné avait peut-être raison en insistant autant pour qu'il termine son initiation.

La circulation s'intensifia, provoquant un ralentissement exaspérant. Il stagnait. À quoi bon s'énerver inutilement ? Il finirait bien par comprendre ce que cette fille lui cachait.

Il aurait pu se camoufler, se transformer en une autre personne pour poursuivre la filature, mais son instinct lui disait que cette femme voyait à travers les habits et les pastiches.

Inutile de se cacher derrière un costume trop serré et des chaussures neuves. Ses pieds ne s'en remettraient pas. Il avait retrouvé chemise colorée, tongs confortables et il comptait bien récupérer son savoir-faire en matière d'enquête. De toute façon, un contact allait nécessairement devoir se produire.

Il passa en revue le déroulé des opérations : une fois arrivé à l'aéroport il repérera Aléna en veillant à rester discret et invisible le plus longtemps possible. Il observera ses réactions, essayera d'entendre ses pensées, de comprendre pourquoi elle avait organisé ce départ de dernière minute pour le Brésil. Puis, il la suivra dans l'avion, jusqu'au moment où, inévitablement, elle le verra.

Alors, ils feront connaissance.

Ils parleront et si jamais elle était méfiante, si elle se braquait, il saurait la rassurer. Rien n'était perdu. Les coïncidences existent. Il était rue Parmentier au moment de son agression, il sera dans l'avion, à côté d'elle. Question de hasard.

Le téléphone sonna. Alexis Ducro venait aux nouvelles.

— Vous faiblissez, Coutard.

— C'est agréable de vous entendre de si bonne humeur, Ducro. Qu'est-ce qui se passe, vous avez fait une insomnie ? Vous élargissez vos heures d'ouverture pour m'appeler aussi tôt ?

— Faites pas le mariole, surtout que j'ai lu vot' rapport et franchement, c'est pas glorieux. Même pas une petite piste concernant l'identité des hommes de la rue Parmentier.

— Parce que j'aurais dû leur poser la question devant la cible ? Je croyais que je ne devais pas interagir avec les protagonistes.

— N'empêche que vous mollissez.

— Bon, et bien, allez-y, balancez, puisque vous, vous avez quelque chose.

— Je vais être gentil, c'est un peu grâce aux informations que vous nous avez fournies hier. C'est en rapport avec ce laboratoire dont vous parlez dans le rapport.

— Bioméca ?

— Nos experts financiers l'ont référencé parmi les entreprises à surveiller. L'actionnaire principal de cette société se cache derrière un fonds d'investissement, lui-même détenu par d'autres fonds qui au final aboutissent tous vers une et une seule personne : l'homme d'affaires Baretti. Ça vous dit quelque chose ?

— L'homme d'affaires sans scrupules ?

— Celui-là même. Il est soupçonné d'être le commanditaire de plusieurs affaires crapuleuses, mais on n'a jamais pu le prouver.

— Qu'est-ce qu'il trafique dans ce labo ?

— On ne sait pas. Alors, on continue la filature pour soulever tous les lièvres.

— Et s'ils essaient encore d'enlever Aléna, qu'est-ce que je fais ?

— Vous nous prévenez immédiatement et j'enverrai les agents en poste à Rio pour vous aider. Ils sont déjà au courant. Et bien sûr, vous continuez la filature sans intervention directe ou indirecte avec la cible.

— Et ensuite, qu'est-ce qui va se passer pour elle ?

— Si on n'a rien d'autre à se mettre sous la dent d'ici son retour du Brésil, on l'interpelle pour l'interroger. Cette fille a quand même tué deux hommes, elle devra répondre de ses actes devant la justice.

— Manifestement, elle n'a fait que se défendre. Du moins, d'après ce que j'ai pu en voir rue Parmentier.

— Vous savez quoi Coutard ? Je m'en fous comme de mon premier slip. Elle peut bien être la vierge Marie des tueuses à gages que je m'en balancerais royalement. Moi, ce que je veux, c'est déjouer les malversations de ce putain d'homme d'affaires qui met tout le monde en émoi ici. On a déjà assez d'attaques terroristes à coup de bombes ou de kalachnikovs sur le territoire français alors, si on se rajoute une technologie capable de transformer une photographe en pitbull grand format, ça va pas le faire ! Les chefs commencent à s'énerver sévère avec cette histoire. On va pas laisser traîner. Elle a pris un retour dans trois jours. Dans trois jours, on l'interroge.

Gérard raccrocha, un goût amer dans la bouche. Ducro se servait d'Aléna pour remonter la piste, mais il se fichait de savoir si elle courait un danger ou non. Et puis, il n'était pas question qu'il l'embarque aussi rapidement.

Le téléphone sonna à nouveau. Martha l'appelait.

— Gérard, ça y est, je suis dans l'avion, on décolle dans 15 minutes.

— Parfait. Tu as pris le dossier ?

— Oui, j'ai pris mon café.

— Pas ton café, le DOSSIER !

— Mais pourquoi tu cries, ne t'énerve pas ! Évidemment que j'ai le dossier. Je l'ai même mis dans la valise cabine au cas où ils me perdraient mes grosses valises de soute. En plus, j'irai au rendez-vous dès mon arrivée. Simpliste vient me chercher à l'aéroport et m'amènera directement dans les locaux du ministre de la Forêt.

— N'oublie pas le nom de la personne que nous avons repérée : monsieur Boutzalou. Il accorde des autorisations d'exploitation à divers exploitants de bois en contrepartie de pots de vin. Tu le diras oralement au ministre et tu observes bien sa réaction. Soit il est clairement offusqué, ce qui confirmera que Boutzalou est bien notre homme, soit il reste stoïque ou légèrement contrarié, alors Boutzalou n'est pas celui que nous cherchons, mais fait partie du circuit personnel de Matonda pour ses propres combines. Quoi qu'il en soit, tu attendras le lundi suivant avant de lui donner le dossier papier avec toutes les preuves à l'intérieur.

— Mais, je ne comprends pas… le ministre Matonda a des combines lui aussi ?

— Mais bien sûr, Martha ! Qu'est ce que tu croyais ? Bon, ensuite, c'est là qu'il va falloir la jouer très fine.

— Oui, je sais, tu me l'as déjà dit : je lui montre la carte que Simpliste a établie, la vraie, celle qui démontre que le tracé de la route décimera le village.

— Et surtout, tu lui dis que nous avons peut-être repéré d'autres corrompus dans son ministère, et qu'il aura éventuellement d'autres noms à donner au Président, mais que tu continues à être très angoissée pour le village de Dieudonné. Il comprendra.

— Gérard, franchement, je suis un peu inquiète.

— Je sais Martha, moi aussi je suis très inquiet, mais on y arrivera, on sauvera le village…

— Bien sûr qu'on le sauvera ! Non, je ne parlais pas de ça.

— Qu'est-ce qui se passe alors ?

— Tu sentais le whisky hier quand tu es rentré. Et puis, tu as été encore très agité cette nuit. On n'a pas pu en parler, je n'ai pas voulu te réveiller avant de partir, mais… quelque chose ne va pas ? C'est cette histoire avec cette fille ? Celle que tu suis au Brésil ? Qu'est-ce qu'elle a fait au juste ? Pourquoi la surveillez-vous ?

— T'inquiète pas Martha. Tout va bien avec le whisky, je gère. Et pour la fille, eh bien, on va dire que c'est une excentrique, une marginale dotée de grandes capacités physiques.

— Elle a des ennuis ?

— Pas mal. En fait elle a des problèmes psychiatriques qui sont à l'origine d'un comportement inadapté.

— Alors, tu n'as pas à hésiter une seconde.

— Je sais.

— Protège-la. Pendant que c'est encore possible.

— Oui Martha.

Sa femme savait. Elle l'avait soutenu le jour où Dieudonné avait pratiqué le premier rituel. Ce jour où l'une de ses enquêtes l'avait poussé au beau milieu de la forêt tropicale et au plus profond de lui-même. Le vieux fou lui avait murmuré à l'oreille qu'il détenait, accrochées à ses organes, une responsabilité, une mission qui incombait aux hommes possédant ce don : la charge de sauver, de réparer, de soigner les blessés qui tombaient dans son giron. Porter secours. Même si cela devait nuire à une enquête.

Porter secours, coûte que coûte.

Depuis, plus d'une affaire confiée au détective s'était terminée par une opération de sauvetage. Le guérisseur l'emportait toujours sur le détective.

L'embouteillage se durcissait. Il n'avançait plus. Un accident avait dû se produire de son côté et il se faisait doubler par la droite. Pour une fois, il n'avait pas fait le bon choix. Il voulut changer de voie, mais son regard fut attiré par le visage d'une jeune femme assise à l'arrière d'un taxi. C'était Aléna. Elle ne l'avait pas vu. Elle n'avait pas fait de chignon, ses cheveux avaient perdu de sa bravoure et tombaient sur ses épaules comme des branches d'un arbre assoiffé. Une fille désemparée. Une fille perdue. Une fille dans un taxi gris, solitaire, triste et en colère. Déterminée. Une fille qui était prête à tout pour rétablir une injustice.

Elle tourna la tête, croisa son regard, puis, en une seconde, son œil s'illumina. Elle l'avait reconnu et elle voulait lui parler. Gérard aperçut un sourire prendre naissance avant que le taxi ne le dépasse et sorte de sa zone visuelle.

PARTIE 3 – J'AI DEUX AMOURS

Chapitre 35

Arrivé à l'aéroport, Gérard repéra rapidement Aléna qui sortait du comptoir d'enregistrement. Il se posta à une bonne distance derrière elle, sans avoir à déposer de valises. Il avait bien pris garde de n'emporter qu'un seul petit sac à prendre avec lui dans l'avion.

Le détective constata qu'elle avait remis ses espadrilles à talon, mais que sa démarche était beaucoup moins bien assurée que lors de sa précédente filature. Elle avait peur. Il se remémora la liste de ses phobies : agoraphobie, claustrophobie, phobies sociales. Un aéroport devait être un cauchemar pour une personne qui subissait des crises de panique au contact de la foule, des gens bruyants et des endroits d'où l'on ne pouvait s'échapper.

Elle venait de sortir des toilettes et chancelait en rasant les murs. Un vrai zombie. Combien d'anxiolytiques avait-elle pris pour tituber à ce point ?

Elle continua péniblement jusqu'aux sanitaires suivants et s'y engouffra pour y rester encore quinze minutes. Gérard avait déjà patienté plus d'une dizaine de minutes lors du précédent arrêt. Si elle avançait à cette allure, elle n'allait pas avoir le temps d'atteindre la zone d'embarquement. Et si jamais elle s'endormait sur un des cabinets, assommée par ses médicaments, elle allait louper son vol. Il ne pouvait tout de même pas rentrer dans les toilettes pour taper contre les portes et la réveiller !

Elle ressortit enfin. Pâle et transpirante, ravagée par une émotion pénible et violente. Elle paniquait. Et dire que cette femme avait mis à terre deux hommes la veille, juste devant lui ! Maintenant, elle était tétanisée par l'angoisse et tremblait face à la menace d'un danger imaginaire. Elle se serait écroulée devant un enfant de cinq ans la défiant d'un avion en plastique.

C'est alors qu'il les aperçut : deux ambulanciers, juste derrière elle. L'un deux maintenait sa main curieusement statique à l'intérieur de la poche de sa blouse. Certainement une seringue prête à cracher son venin. Il vit à travers les portes vitrées du sas de sortie une ambulance munie d'une civière vide attendant son patient. Aléna droguée, Aléna sonnée, Aléna en danger.

Soudain, Gérard perçut une autre alarme, sourde et intense, elle venait d'un homme, plus loin, engoncé dans un imperméable beige foncé et caché derrière de grosses lunettes marron. Un roux qui suintait le mauvais gras, les furoncles et la perversité. Il était aux commandes. C'est lui qui dirigeait les ambulanciers et de ses yeux sortait la hargne de la vengeance et le désir de domination.

Il devait agir au plus vite.

Aléna marchait toujours. Les deux hommes se rapprochaient. Le roux les observait, comme s'il les guidait à distance. Gérard remarqua qu'un fil dépassait de l'oreille des deux ambulanciers. Ils étaient aux ordres du roux qui leur dictait ce qu'ils devaient faire depuis son téléphone. Les ambulanciers n'étaient plus qu'à quelques centimètres de la jeune femme. Ils allaient passer à l'action.

Alors Gérard se décida et il bondit en direction d'Aléna. Mais au moment où il s'apprêta à servir d'obstacle entre la jeune femme et les ambulanciers, celle-ci se retourna, l'empoigna et l'entraîna dans un ascenseur trois mètres plus loin qui venait de cracher ses occupants et qui était sur le point de se refermer. Elle appuya sur le bouton du niveau supérieur, tout en maintenant une main plaquée sur le détective, le collant comme une ventouse contre les parois de l'habitacle. Elle ne voulait pas qu'il bouge. Gérard ne savait pas si l'ascenseur montait ou si le temps s'était arrêté sur cette situation surréaliste. Que s'était-il passé exactement ?

Au moment où il s'apprêtait à poser la question, le bruit métallique d'un câble fou fit l'effet d'une gifle sur les deux occupants, suivi aussitôt d'un assourdissant tohu-bohu puis d'une sensation d'oppression. L'ascenseur tombait.

Aléna bondit spectaculairement en haut de la cabine, plaqua ses mains et ses pieds aux parois de l'ascenseur de façon à s'immobiliser puis, en une fraction de seconde, croisa le regard de Gérard, s'aperçut qu'il était resté debout en dessous d'elle, redescendit, l'attrapa et, avec une force démesurée l'entraîna en haut de la cabine. Elle parvint à retrouver une position d'équilibre avec un pied et une main posés contre les parois tout en maintenant Gérard plaqué contre elle avec son autre bras et sa jambe enroulée autour de lui. Ainsi ligoté et fermement enlacé, il était protégé du choc qu'il aurait subi s'il était resté debout.

Une onde destructrice se prépara à balayer les occupants de l'habitacle. Seul un cascadeur bien entraîné était capable d'une telle prouesse, se dit Gérard, à moins qu'il n'ait perdu connaissance et qu'il ne soit en train de rêver cette scène hallucinante. La femme qui l'étreignait n'avait pas peur, elle ne paniquait pas et l'impact se produisit.

Ils étaient indemnes.

Aléna reposa son homme oiseau tout en restant en haut de la cabine. Parfaitement à l'aise dans sa position d'acrobate, elle planta ses yeux dans les pupilles du détective. Verts. Fixes. Statiques. Sa tête ne bougeait pas, seul l'iris de ses yeux se déplaçait. Étaient-ils vraiment dans un ascenseur ?

D'en haut, elle le trouva encore plus beau. Quelques reflets blancs étaient disséminés dans une épaisse chevelure noire. Des marques irradiaient le coin de ses yeux. Elles n'étaient pas uniquement dues au temps qui passe. Certaines portaient le poids de la douleur. Il avait été dévasté, meurtri, il s'était disloqué en un nombre infini de morceaux et puis, il les avait rassemblés, recollés, parfois en se trompant de sens, mais au final, il avait choisi la vie. Des fossettes prêtes à se creuser à la moindre parole transformaient le silence en chanson italienne, le noir en rouge et jaune, et le dramatique en expansif. Comme un mélange de Lino Ventura et de Marlon Brando. Quel drôle d'oiseau ! Un homme pas banal.

Gérard était incapable de bouger ou d'articuler un mot compréhensible. Il s'adossa contre le fond de l'ascenseur puis s'immobilisa quelques minutes avant de se redresser et de tendre une main pour l'inviter à descendre.

— Va te laver le cul, tu pues, turlututu, entendit-il alors que la jeune femme se faufila précipitamment sur le sol pour se poster face à lui et entreprendre une fouille de toutes les poches du détective.

Gérard attrapa par réflexe le bras d'Aléna au moment où celle-ci s'aventura dans la poche de son pantalon en se demandant une fraction de seconde s'il allait connaître le même sort que son adjoint, mais la jeune femme fit valdinguer le poignet du détective comme une vulgaire souris jetée en l'air par un chat sadique et continua sans complexes l'inspection de ses vêtements. Quand elle trouva son portefeuille, elle recula, s'adossa contre la paroi, plaqua un de ses pieds contre le ventre du détective et examina les papiers.

— Nom d'une crêpe aplatie, vous me faites mal au ventre, là ! Pour le tiroir-caisse, fallait demander, je vous l'aurais donné mon portefeuille, c'était pas la peine de m'ratisser les poches à la sauvage.

— Gérard Coutard. PDG chez Coutard Consulting, lut Aléna en parcourant les cartes présentes dans le portefeuille. Vous êtes qui exactement ? Pourquoi me suivez-vous ?

— Vous faites allusion au fait que nous nous sommes croisés hier dans la rue ? Vous êtes une sacrée bagarreuse, vous m'avez bluffé ! J'ai voulu vous aider, mais vous avez mis KO les deux gaillards avant que j'aie le temps de serrer les poings.

— Me racontez pas de bobards. Vous me suivez depuis plusieurs jours. Votre copain aussi, là, celui qui sent le sapin. Que cherchez-vous ? demanda Aléna en fouillant toujours le portefeuille pendant que son pied maintenait le détective immobile. Elle tomba sur une autre carte : Gérard Coutard. Expert sécurité. Me prenez pas pour une gourde, dit-elle tout en libérant le ventre de Gérard pour attraper un de ses bras afin de le plier derrière son dos jusqu'à le faire tomber à genoux.

— Vous n'avez pas idée de ce que je suis capable de faire, alors vous feriez mieux de me dire la vérité.

— Oh oui, je sais que vous êtes très douée marmonna Gérard en grimaçant de douleur. Je suis chargé de vous surveiller. Mon adjoint Léopold, aussi, celui qui manifestement sent le sapin. À la demande de la Police et suite à la découverte de deux hommes retrouvés assassinés rue Ganneron dans le 18e arrondissement.

— Ces hommes m'ont agressée. Je ne les ai pas tués, je me suis défendue, c'est tout ! siffla Aléna tout en lâchant sans ménagement le bras de Gérard.

Le détective retourna son bras dans la bonne position et se frotta le muscle endolori de l'épaule.

— Ils ont quand même été retrouvés morts accrochés en haut des marronniers, tailladés à coup de morsures sur tout le corps et la nuque brisée. Vous avez une drôle de manière de vous défendre ! Vous connaissiez ces hommes ? Qu'est-ce qu'ils voulaient ?

— Je n'en sais rien ! Ces hommes m'ont agressée, je me suis défendue. Je ne sais qui ils sont ni ce qu'ils cherchent ! Mais vous, dites-m'en plus sinon je vous tords autre chose que le bras !

— Ne vous fâchez pas, je vais tout vous dire. De toute façon, on va bien être obligés de faire équipe maintenant. La police vous a identifiée comme étant l'auteure présumée du meurtre de ces malfrats. Ils veulent remonter la filière, comprendre qui est au bout de la chaîne et déjouer de futurs mauvais coups. Je devais vous surveiller et on n'était pas censés se rencontrer !

— Comment ça, je ne comprends pas, qu'est-ce qui est censé être « au bout de la chaîne » ?

— On a bien un début de piste, mais je doute que cela vous dise quelque chose. Bioméca, ça vous parle ?

Ils entendirent des bruits de tôle qu'on découpe et une voix extérieure venant d'en haut se fit plus forte :

— Il y a quelqu'un ? Des blessés ?

— Nous sommes deux. Pas de blessé, cria Gérard en direction du plafond.

— Ne vous inquiétez pas, on va vous sortir de là, répondit la voix.

Gérard se retourna vers Aléna et continua :

— Un laboratoire dans lequel votre papa aurait travaillé il y a 29 ans.

La peau d'Aléna se marbra légèrement.

— Il y avait un homme roux, tout à l'heure, dit-elle tout doucement.

Gérard se souvint de la menace sourde qui s'était échappée de l'homme à l'imperméable beige foncé.

— Cet homme fait partie de Bioméca. Il s'appelle Wilfired Peanut. Il était là. Il surveillait les ambulanciers. Je venais tout juste de le repérer quand vous avez décidé d'agir. C'était pas bien malin ! Vous n'auriez pas dû vous jeter comme ça entre eux et moi. Je les avais identifiés et j'allais riposter ! Vous avez tout gâché.

Le bruit assourdissant d'une scie se fit entendre juste au-dessus de leur tête. Puis, un trou commença à se former sur le plafond.

— Vous allez bien ? On va vous sortir de là.

Chapitre 36

Le directeur de l'aéroport avait immédiatement reçu les deux rescapés de l'ascenseur et les avait installés dans de volumineux fauteuils dont la particularité consistait à endormir toute idée de contestation.

Gérard et Aléna, engoncés dans leurs sièges, écoutaient l'homme réciter son kit de communication prêt à utiliser en cas d'accident. Ils l'entendirent déplorer l'existence de ce fâcheux contretemps, s'excuser platement pour la gêne occasionnée, mais se réjouir du fait que, fort heureusement, personne ne fut blessé. Ensuite, le directeur exposa longuement la manière dont les sous-traitants travaillaient, de leur expertise concernant l'usure des câbles, de leurs obligations en matière de contrôles et des rapports juridiques qui les liaient avec l'aéroport. Puis, il finit par démontrer que la chute de l'ascenseur n'était pas de sa responsabilité, mais d'une société de maintenance au nom imprononçable.

Pour un peu, il aurait fourni le pot de popcorn taille XXL qui allait avec le spectacle. Gérard se fichait éperdument de la façon dont ce brillant juriste avait orienté les procédures pour se défausser de ses responsabilités. Son esprit était resté bloqué au beau milieu de l'ascenseur avec Aléna agrippée aux parois. Comment allait-il expliquer à Léopold et surtout à Ducro un évènement aussi improbable ?

— Nous avons déclaré l'accident, vous serez indemnisés très largement par nos assurances et également par l'aéroport, en espérant que cela vous fasse oublier ce regrettable contretemps. Bien sûr, nous allons faire notre possible pour vous trouver un autre vol. Vous preniez le même avion, j'imagine que vous vous connaissez ?

Gérard et Aléna restèrent silencieux.

— Bon, donc vous aurez chacun un billet pour le prochain vol en classe business bien évidemment.

— Ma valise est déjà partie ? demanda Aléna en fixant l'homme d'un regard fauve.

— Oui dans l'avion de ce matin. Vous la retrouverez à votre arrivée, répondit le responsable en clignant des yeux. Par contre, monsieur Coutard, vous n'aviez pas de valise n'est-ce pas ?

— Absolument, lâcha distraitement Gérard alors qu'il tentait d'envoyer un texto à Léopold ainsi qu'à Ducro malgré sa main qui s'agitait :

Voyage interrompu. Vol annulé. Je vous tiens au courant.

Il se sentait bien incapable de formuler de manière cohérente l'incident de l'ascenseur. Il se contenta de décrire le fait simplement, en le réduisant à sa seule existence : Aléna n'avait pas pris son avion. Il avait pour principe de ne jamais mentir et de se rapprocher le plus possible de la vérité, sans aborder l'inexplicable.

— Excusez-moi, mais qu'est-ce qui va se passer précisément avec ma valise à l'aéroport de Rio ? Elle va tourner toute seule sur un tapis pendant plusieurs heures, face de beurre ?

— Non, ne vous inquiétez pas, mademoiselle Tanaka, répondit le directeur qui pensait avoir mal entendu, elle sera récupérée par l'équipe bagage qui vous la remettra. Je me charge de contacter personnellement le responsable de l'aéroport de Rio pour le prévenir. Le prochain vol est dans quatre heures, je vous propose de vous conduire au salon privé réservé à la classe business pour patienter jusque là. Vous avez quatre heures à attendre. Ça ira ?

— Ça dépend, il y a des toilettes là-bas, face de rat ?

Chapitre 37

Le salon privé surplombait les pistes de l'aéroport et permettait à ses membres privilégiés d'observer, moelleusement installés dans des fauteuils en velours côtelé, le ballet majestueux des décollages et des atterrissages. Gérard avait toujours trouvé ce spectacle fascinant et il se surprenait, à chaque fois qu'il se trouvait dans un aéroport, à laisser son regard se faire hypnotiser par les vagues de ces mouvements. Comment un objet aussi gros et aussi lourd qu'un avion pouvait-il tenir en l'air sans tomber ? Pourquoi les hommes parvenaient-ils à faire décoller des Airbus de la taille d'un paquebot alors qu'ils étaient incapables de voler eux-mêmes ? Dans ses nuits les plus profondes, il s'était souvent surpris à rêver qu'il flottait en haut de sa chambre à coucher. La sensation était aussi agréable que surprenante. Il se retrouvait légèrement sous le plafond, à l'entrée de la pièce, comme s'il venait d'arriver et observait l'endroit même d'où il rêvait. Il était alors dans deux endroits à la fois : dans son corps endormi et dans les airs. Ensuite, d'un léger mouvement du bassin, il faisait onduler son corps et partait. C'était absurde. Comme la plupart de tous les rêves, d'ailleurs. Mais, il savait que ce n'était qu'un rêve, que ce n'était pas réel, alors que la prouesse abracadabrantesque d'Aléna dans l'ascenseur, elle, avait bien eu lieu.

Il détacha son regard de la piste pour observer les autres occupants du salon. Comme souvent, il se trouvait être le seul — à part quelques enfants encore fascinés par la magie du réel — à s'attarder devant le spectacle offert par les pistes des aéroports. La plupart des passagers en attente d'un embarquement restaient généralement les yeux fixés sur leur journal, leur mobile ou leur magazine, sans prêter attention à l'incroyable agitation qui régnait à l'extérieur.

Cette absence d'émerveillement était d'autant plus marquée dans un salon privé où tous les membres semblaient s'être concertés pour adopter la même attitude : celle de ceux qui sont bien trop occupés pour se distraire avec des futilités comme regarder un avion décoller. Costumes bien taillés, chemises légèrement déboutonnées, cheveux savamment décoiffés, les hommes d'affaires et les ingénieurs en déplacement se plaisaient soit à lire un document d'un air concerné, soit à pianoter sur un ordinateur ultramince des rapports confidentiels soit, pour les plus démonstratifs, à entretenir à voix haute des conversations de la plus haute importance. Tous étaient entièrement absorbés par leur activité. Tous, sauf Aléna qui déambulait nerveusement entre les rangées de fauteuils, indifférente à la vue plongeante sur la piste, aux va-et-vient des avions, aux journaux, aux revues, et aux bavardages bruyants.

Ils s'étaient installés à proximité des toilettes et Gérard nota mentalement que cela faisait un bon quart d'heure qu'elle n'avait pas interrompu son parcours pour s'y rendre. Elle avait également résisté à la tentation de courir une fois de plus vers le bureau d'accueil du salon pour revenir ensuite marcher devant lui. Soudain, elle s'immobilisa et lui lança :

— Et votre surveillance, là, jusqu'où ça va ? Ça s'arrête quand ?

— Aléna, vous êtes vraiment obligée de rester debout à faire des allers-retours comme ça, parce que là, vraiment, ça commence à me donner mal à la tête ?

— Pas possible, répondit Aléna en s'éloignant une fois de plus vers l'entrée du salon. Arrivée au bureau d'accueil, elle tourna trois fois sur place, sortit et rentra sous le regard professionnel des hôtesses qui avaient cessé de lui demander sa carte d'embarquement à chacun de ses passages. Puis, elle revint vers Gérard, se planta à nouveau devant lui et dit :

— Alors, qu'est-ce que vous allez faire maintenant ?

— À vrai dire, Aléna, compte tenu de la situation, il est plus juste de parler de collaboration que de surveillance. On fait équipe ensemble. Je vous accompagne et on verra bien quel lièvre on soulèvera.

— Non, on ne fait pas tout à fait partie de la même équipe. Vous, vous pistez des malfrats, moi, je cherche ce qu'on m'a caché depuis ma naissance et pourquoi on a tué mon père. Et puis, qu'est-ce qui va se passer pour moi quand vous aurez remonté cette fameuse filière ?

— Vous serez entendue par la police et la justice pour le meurtre des deux hommes.

— Mais c'était de la légitime défense !

— Je le sais, Aléna, et je suis certain que vous serez vite blanchie. Mais il va quand même falloir expliquer d'où vient votre force physique, comment vous avez fait pour tuer ces hommes, expliquer les morsures, les os brisés, l'homme passé par-dessus le mur du cimetière. Comment est-ce possible ? Vous étiez seule ? Quelqu'un vous a aidé ?

— Je me suis défendue. Je ne sais pas comment j'ai fait. Un réflexe. Et puis, je suis comme ça, c'est tout ! répondit sèchement Aléna en fouillant son sac.

Elle sortit une photo et la tendit à Gérard.

— Regardez bien.

Gérard s'empara de la photo pendant qu'Aléna observa un groupe de trois personnes passer les barrières du bureau des hôtesses et s'introduire dans la pièce.

Des lombrics envahissant tout l'espace. Se réfugier dans les toilettes.

— Excusez-moi, dit-elle.

Aléna, aussi blanche que son tee-shirt, s'éloigna en direction des sanitaires, la tête droite, et les narines à la recherche d'oxygène.

Sûr qu'elle allait encore en avoir pour au moins quinze minutes ! Ce lieu semblait vraiment lui offrir un refuge dans chaque espace public où elle se trouvait.

Mais il eut à peine le temps de jeter un œil à la photo : Aléna devant un bâtiment au beau milieu d'une forêt tropicale, qu'elle réapparut soudainement, se précipita vers l'entrée du salon, pratiqua le rituel des trois tours sur place pour ressortir ensuite de l'espace et revenir vers Gérard.

— C'était occupé, dit-elle le teint cadavérique et des gouttes de sueur perlant sur ses tempes. J'irai plus tard. Alors, vous avez vu ?

— Oui, répondit Gérard perplexe. Tout va bien, Aléna ?

— Oui, oui, rien de grave. C'est juste que je ne suis pas à l'aise dans les lieux publics.

Mais pourquoi la dame des fauteuils d'à côté parle-t-elle aussi fort ?

— Vous allez être épuisée à force de rester debout et de marcher comme ça.

— Je suis habituée, je marche beaucoup, ça me détend. Alors, qui voyez-vous sur la photo ? demanda-t-elle nerveusement. Elle sursauta.

Quel porc ! L'homme derrière aspire son café en émettant ce bruit effroyable.

— Mais vous, quelle question !

La lumière est trop forte. Le néon de gauche clignote.

— Merci, répondit la jeune femme avec un sourire reconnaissant. Vous confirmez donc que cette fille me ressemble. Il s'agit en fait de Camille Bowling, une personne dont j'ignorais l'existence jusqu'à hier. C'est elle que je veux aller voir au Brésil.

— Mais cette fille est votre sosie parfait ! Vous dites qu'elle s'appelle Camille Bowling… comme Rosetta Bowling ?

Le groupe des trois personnes. Ils se moquent. Les roulettes de leurs valises grincent. Ils le font exprès.

— Vous connaissez Rosetta ? Qu'est-ce que vous savez exactement sur elle ?

— Pas grand-chose à vrai dire, juste qu'elle avait rencontré votre père à l'université de Californie à San Diego.

C'est qui, elle ? Elle remplit les plateaux de viennoiserie vide. Elle empêche de passer. La sortie est bloquée. Pourquoi fait-il si chaud ?

— Je suis certaine que c'est elle qui détient la clé de tous ces mystères.

— Et le roux de l'aéroport, c'est qui ?

Elle est toujours là. Si je fais un malaise, je ne pourrais pas sortir.

— Wilfried Peanut. Le meurtrier de mon père. Il me poursuit, mais il ignore qu'au final, c'est moi qui aurai sa peau.

— Comment ça, le meurtrier de votre père ? Je ne comprends pas.

— Empoisonnement. Facile pour un gars qui bosse dans un laboratoire. Dites, Gérard, vous pouvez me rendre un service ?

— Bien sûr, balbutia Gérard qui intégrait cette nouvelle information.

— Pouvez-vous aller aux toilettes des dames et me dire s'il y a quelqu'un ? C'est idiot, mais j'ai besoin de me sentir totalement seule un instant.

— Évidemment Aléna, répondit Gérard en se levant, bien décidé à l'accompagner jusqu'au bout de ses névroses.

Il vérifia que personne n'était présent à l'intérieur des sanitaires et lui fit signe de s'approcher.

— Venez, c'est libre, je bloque le passage, vous serez tranquille.

Aléna s'engouffra précipitamment dans son refuge, à la fois étonnée et soulagée de constater que l'homme répondait à ses demandes excentriques. Mais privatiser des toilettes n'était pas plus fou que de se faire étreindre par une jeune femme postée à deux mètres trente de hauteur grâce à un pied et une main bloqués contre les parois d'un ascenseur en chute libre.

Heureusement, ce salon réservé aux voyageurs munis de billets business était fréquenté principalement par la gent masculine et il remarqua que les rares femmes en voyage d'affaires avaient adopté le même look que les hommes, si bien qu'il dut faire un effort pour s'apercevoir que la personne en costume sombre qui se dirigeait vers lui était en réalité une femme qui s'apprêtait à s'introduire dans les toilettes. Il s'interposa et prétexta une personne malade à l'intérieur pour la refouler. Elle n'insista pas et se dirigea vers la partie réservée aux hommes. Il n'avait pas vraiment menti, Aléna présentait visiblement des signes de dysfonctionnement importants.

Plus personne ne menaçait de s'approcher. Les deux seules femmes présentes dans le salon privé — mis à part les serveuses et les femmes de ménage — étaient l'une et l'autre occupées dans les toilettes hommes et femmes. Il en profita pour appeler Léopold.

— Pas le temps de t'expliquer, Léopold. Note bien : Camille Bowling, la fille de Rosetta Bowling et Wilfried Peanut qui fait partie de Bioméca. Tu lances les recherches sur ces deux personnes. Priorité absolue.

— Bien, chef. Sinon, Ducro a appelé, il veut savoir où vous êtes exactement.

— Toujours à l'aéroport. Dis-lui qu'elle a loupé son vol et qu'elle fait des allers-retours dans le hall sans se décider.

— C'est le cas ?

— Pas tout à fait. Mais c'est trop long à expliquer.

— Une dernière chose, chef, désolé, mais ça urge, j'ai un petit problème là : puis-je dormir au bureau pour quelques nuits ?

— Qu'est-ce qui se passe ?

— C'est Marie. J'ai craqué, j'ai fini par lui avouer pour Aléna. Elle l'a mal pris, vous vous en doutez. Et puis, ma belle-mère s'est installée à la maison jusqu'à la naissance du dernier. L'ambiance est un peu, comment dire, tendue…

— Installe ton sac de couchage, Léopold, mais il faudra bien que tu reprennes ta place à côté de ta femme. Souviens-toi, les ordres sont faits pour les soldats, les guerriers gagnent la bataille. Ne perds pas celle-ci, c'est sûrement la plus importante de ta vie.

Gérard raccrocha à l'approche d'Aléna qui avait repris des couleurs.

— Merci Gérard. Allons nous asseoir, dit-elle en passant rapidement sans lui accorder un regard.

Elle prit place sur un des sièges, croisa les jambes et entreprit de taper nerveusement le pied sur le sol.

— Vous allez mieux ?

— Un peu. J'ai peur de l'avion et de tout ce qu'il y a autour d'ailleurs. Là c'est plus dur que dans le métro. Je ne peux pas sortir entre deux stations.

— Je vous admire. Parvenir à prendre l'avion dans ces conditions demande beaucoup de courage.

— Pas du courage. De la survie. Et je ne me sépare jamais de ma chanson.

Elle lui indiqua du regard les oreillettes qui dépassaient de son sac.

— Blondie. Atomic. Vous connaissez ?

— Évidemment, qui ne connaît pas Blondie ? Mais ce n'est pas de votre époque ça !

— 1979. Atomic a traversé les années et m'accompagne partout. Si Blondie a pu être aussi libre et forte en 1979, alors, moi aussi je le peux ! Je suis vivante. Je continue. Un jour, j'ai entendu un toubib dire : « Si on ne peut rajouter des jours à la vie, alors il faut rajouter de la vie aux jours. » C'est ce que je fais. Je voyage. Je fais de la photo. Je veux savoir qui est Camille. Je veux retrouver l'assassin de mon père.

     — Je comprends, dit Gérard. Puis, après quelques secondes de silence, il reprit : pourquoi Wilfried Peanut aurait-il assassiné votre papa ?

     — C'est encore très flou, je ne sais pas exactement. Mais je pense que cela a à voir avec des documents que mon père aurait conservés et que Bioméca voudrait récupérer.

     — Vous possédez ces documents ?

     — Vous êtes bien curieux, je vous demande moi, quelle est la couleur de votre slip ?

     — Pas la peine de demander puisque vous l'avez zieuté tout à l'heure. Aléna, j'essaie de comprendre, c'est tout. Je voudrais clarifier cette histoire au moins autant que vous. Et pour Camille, avez-vous une idée, une théorie personnelle sur elle ? Votre sœur ? Une jumelle ?

     — Je ne sais pas, hurla Aléna provoquant l'étonnement des autres occupants du salon.

     Quelques-uns se retournèrent, vérifièrent que rien d'anormal ne se produisait et replongèrent dans leurs lectures. Gérard lui fit signe de parler plus bas. Il chuchota :

     — Vous n'aviez jamais entendu parler d'elle ?

     — Non ! J'avais un père et une mère. Ils ne m'ont pas parlé de sœur, d'adoption, d'enlèvement ou de je ne sais quoi ! J'ai pensé à toutes les hypothèses : enlèvement d'un des bébés à la naissance, abandon, mais tout ceci est absurde ! Inconcevable ! Mes parents ne m'ont jamais rien caché. C'est impossible. Impossible. Ils n'auraient jamais abandonné un enfant. Ils n'auraient jamais adopté non plus. Et pourquoi ne pas m'en avoir parlé ?

     — Vous êtes née quand vos parents sont revenus

en France, mais il est probable que vous ayez été conçue alors que vos parents étaient encore aux États-Unis. Que s'est-il passé là-bas ? Vous avez une idée ?

— Non ! Absolument aucune !

Le téléphone de Gérard vibra. Il avait reçu un texto :

De : Ducro

Urgent. Donnez votre position exacte. Intervention imminente.

Mais de quoi parlait-il ? L'intervention ne devait pas se produire aussi rapidement ! Voulaient-ils interpeller Aléna maintenant ? Et puis quoi encore, il n'en était pas question ! Ils devaient aller au Brésil, rencontrer Rosetta Bowling, comprendre qui était Camille. Ce n'était pas le moment d'arrêter.

Il sursauta en entendant la sonnerie de son mobile et une violente secousse de sa main manqua de faire tomber son téléphone. Il vérifia rapidement l'identité de l'appelant, se leva et s'éloigna discrètement.

— Je t'écoute, Léopold.

— Ducro s'énerve. Il veut savoir où vous êtes. Apparemment, il y aurait du nouveau.

— Il n'a pas précisé ?

— Non, qu'est-ce que je lui dis ?

— Tu réponds que le réseau ne passe pas.

— Il va être furieux.

— Pas grave.

— Sinon j'ai trouvé des informations sur Wilfried Peanut. D'après un article de presse, il travaille chez

Bioméca depuis 1986. Il a commencé au plus bas de l'échelle et a progressivement monté tous les échelons. Il est maintenant directeur de la Recherche et du Développement. Le journaliste le décrit comme un homme dont l'ambition n'est plus à démontrer et qui a su évoluer en s'imposant comme un redoutable manager. Visiblement, il s'est fait remarquer grâce à sa maîtrise des coûts de fonctionnement qu'il a réduits en supprimant des congés et en augmentant les heures supplémentaires non payées. Il fait partie intégrante du Directoire et vise la Présidence. En résumé, il fait baisser la rémunération de ceux qu'il supervise pour se faire mousser auprès de sa direction et empoche au passage de belles primes. Une enflure, quoi. Le genre de type que t'aimes pas avoir dans ta boîte. Et attention, j'ai un scoop : il a été en contact par mail avec le docteur Colon. J'ai retrouvé dans l'ordinateur du docteur, que je contrôle maintenant, un échange de mails entre les deux hommes. Colon lui a envoyé en mars dernier plusieurs documents.

— Quels genres de documents ?

— Du genre vieux. C'étaient des scans de rapports scientifiques datant de 1986 et estampillés Bioméca. Le tout signé par Tomi Tanaka et Jérôme Colon.

— Alors Colon est de mèche avec Bioméca !

— Oui. Encore un autre bel enfoiré. Sinon, j'ai fouillé du côté de chez Camille Bowling et j'ai récupéré son extrait de naissance. Elle est née le 16 janvier 1987 à Los Angeles. Sa mère, Rosetta Bowling n'a pas déclaré de père. J'ai voulu voir à quoi ressemblait cette fille sur le Net, mais il n'y a pas une seule photo. Rien. Nada. Que dalle. Cette fille n'a laissé aucune trace de son visage. Impossible de l'identifier. C'est incroyable. Surtout quand on sait à quel point il est difficile de rester anonyme sur la toile de nos jours. Même moi je me suis fait avoir un jour avec une photo de groupe où j'ai été identifié. Il y a toujours un moment donné où ta bobine se retrouve sur Internet. Pas elle.

— Incroyable.

— N'est-ce pas.

— Non, incroyable que tu te sois fait avoir avec une photo. Tu as pu l'enlever ?

— Bien sûr, vous me connaissez. Je n'allais pas mettre en danger l'anonymat de mon identité visuelle par des abrutis qui postent n'importe quoi sur le Net pour faire gonfler leur ego. Je suis gentil, mais il y a des limites.

— Je comprends. Sinon, tout va bien pour toi, Léopold ?

— Ça va très bien, d'ailleurs, je ne me suis jamais senti aussi bien.

— Tu t'installes toujours une chambre à coucher au bureau ?

— Oui, je ne vais certainement pas offrir à ma belle-mère le plaisir de ma présence. Ah ! Elle va pouvoir me critiquer autant qu'elle veut, la mégère ! Moi, je ne serai pas là pour supporter ses diatribes à propos de tout, et surtout de tout ce qui ne la regarde pas ! Au diable la vieille, moi je prends des forces pour quand Marie accouchera et là, elle verra bien ce qu'elle verra ! Après tout, c'est moi le père !

— Bon, Léopold, il faut que je raccroche, je vais bientôt embarquer avec Aléna. Bon courage avec ta belle-mère et pour l'instant, tu dis à Ducro que tu n'arrives pas à me joindre. Problème de réseau, ce qui va bientôt être le cas d'ailleurs.

Gérard, surpris par le vocabulaire libéré de Léopold, revint auprès d'Aléna. Son fidèle soldat était en train de devenir un guerrier. La lutte avait germé autour de l'invasion de la belle-mère et il était fort à parier que son campement installé temporairement dans les bureaux constituerait un point de départ idéal pour la reconquête de son royaume. Il ne voulait plus obéir à la dictature familiale, son petit Léopold ! Il voulait affirmer sa place, reprendre les commandes de sa famille, bouter la belle-mère hors de sa maison. Il avait même employé plusieurs fois le tutoiement. La formulation avait été indirecte, mais c'était un fait marquant : jamais Léopold n'avait jusqu'à présent employé de vocabulaire aussi familier. Son poussin devenait un beau coq avec des plumes toutes neuves.

Il s'assit à côté d'Aléna. Elle avait mis ses écouteurs et s'était recroquevillée dans ses pensées. Elle s'évertuait à agiter nerveusement les jambes sans se rendre compte que ses petits coups de pieds secs et rapides sur le sol feutré de l'espace business provoquaient des secousses sur toute la rangée des fauteuils. Heureusement, ses voisins les plus proches étaient partis, tous aspirés par le vol à destination de New York qui s'apprêtait à décoller. Le lieu bénéficiait d'un calme relatif sauf pour Aléna qui continuait de manifester sa nervosité de manière toujours aussi ostentatoire.

Gérard observa un avion s'envoler dans un bleu profond. Il ne savait pas pourquoi cette vision l'apaisait à ce point. Était-ce lié à la notion de l'ailleurs que l'image lui renvoyait ? Un ailleurs vers lequel les passagers s'envolaient, forcément plus excitant, constitué de découvertes et de nouvelles explorations où les pensées parasites n'avaient pas leur place ? Ou bien était-ce dû à l'effet de ce bleu si pénétrant qui agissait comme un effaceur de stress ? Il posa la main sur la jambe d'Aléna pour calmer les secousses de la jeune femme. Elle mit du temps à remarquer cette main qui voulait absorber sa tension. Elle s'immobilisa, enleva ses écouteurs et le regarda.

— Aléna, quelle est votre date de naissance ?

— 10 janvier 1987. Pourquoi ?

— Mon adjoint vient de me donner la date de naissance de Camille : elle est née 6 jours après vous et à 10.000 kilomètres de votre lieu de naissance. Donc, cela ne peut pas être une sœur jumelle. À moins qu'il soit possible d'accoucher de jumeaux en deux étapes avec six jours entre les deux et de prendre un long courrier Los Angeles/Paris-Pau entre les accouchements.

— J'ai mal à la tête, poil de bête, bête, bête, répondit-elle puis, elle se retourna face au dossier du siège et tapota sa tête dessus. Doucement. Régulièrement. Pour réfléchir. Pour anéantir la pulsation nerveuse, celle qui empêche de comprendre, celle qui enferme, celle qui rend fou. Les coups se firent plus violents. Plus forts. Elle ne sentait rien. Elle se sentait bien. Elle pulvérisait le mal, le labourait, elle tenait bon la cadence. Le rythme était excellent, faisant jaillir un hématome et quelques gouttes de sang. Elle maîtrisait son corps. Elle dominait son esprit. Elle faisait sortir le mal, cet intrus qu'elle n'avait pas invité. Puis, elle entendit :

— Aléna, arrêtez, vous êtes en train de vous blesser.

Elle s'immobilisa. Elle pouvait faire confiance à cette voix. L'homme oiseau. Son protecteur.

— Venez, on embarque.

Chapitre 38

Gérard détestait toujours autant les vols long-courriers. Même en classe business, l'intérieur de ses narines se tapissait de croûtes, son ventre gonflait et des boutons surgissaient à la base de ses poils de barbe non rasés. Arrivés à Rio de Janeiro, ils firent la correspondance avec le vol interne reliant la ville de Belém. Un vrai cauchemar. Un orage avait éclaté au moment du décollage et n'avait cessé de les poursuivre jusqu'à l'arrivée. Gérard, qui n'avait habituellement pas peur en avion, avait passé l'intégralité du vol à lutter contre des crampes d'estomac.

Aléna avait bien meilleure mine que lui. Elle avait dormi durant tout le vol et elle se sentait ragaillardie à l'idée de sortir du lieu qui lui générait autant d'anxiété.

Tous deux s'échappèrent sans attendre de la carcasse en métal qui les avait goulûment digérés pendant la durée du vol et s'engouffrèrent dans les couloirs de l'aéroport de Belém. Gérard désactiva la position « avion » de son téléphone et attendit qu'un réseau apparaisse.

Les messages ne tardèrent pas à s'afficher. Le premier provenait de Léopold.

Ça bouge. Appelez-moi. Ducro se rencarde sur Colon.

Le docteur Colon était mêlé de près ou de loin à l'affaire, c'était une certitude. Il avait envoyé des documents à Wilfried Peanut, il était en contact avec ceux qui semblaient être l'ennemi. Mais pourquoi Ducro se renseignait-il sur lui ? Quelles informations avait-il dégotées sur ce toubib ?

Gérard revint sur la liste principale des messages

et aperçut le SMS en provenance de Martha. Il l'ouvrit impatiemment. Son épouse était déjà arrivée et avait certainement rencontré le ministre. Avait-elle réussi ?

Je suis bien arrivée. J'ai vu Monsieur Matonda. Tout va très bien. Il a eu l'air offusqué pour Boutzalou. Je lui ai parlé des cartes et du village de Dieudonné. Il n'a pas eu de réaction. Je ne sais pas ce que ça signifie. Je le revois lundi avec le dossier. Sinon c'est bizarre, j'ai reçu un appel de M. Boutzalou. Il m'a donné rendez-vous dans un café samedi matin. Je dois y aller ?

Le flux sanguin de Gérard s'accéléra d'un coup et la boule de douleur qui lui labourait l'estomac se transforma instantanément en une explosion de lames tranchantes. Non ! Elle ne devait pas s'y rendre ! Surtout pas ! Il composa le numéro de sa femme. L'homme voulait la corrompre et elle n'était pas préparée à y répondre. On ne pouvait prévoir les réactions d'un homme peut-être dopé aux herbes, à la sorcellerie africaine et qui acceptait des pots de vin en échange de permis d'exploitation dans des zones forestières protégées. Elle ne devait pas se présenter au rendez-vous.

Il l'appela, mais les sonneries se perdirent dans le vide. Elle aurait dû répondre. Elle décrochait toujours, surtout quand l'appel provenait de son époux et qu'ils se trouvaient séparés par des milliers de kilomètres. La sonnerie fonctionnait, son téléphone n'était donc pas déchargé, cassé, noyé ou n'importe quoi qui le rendrait inutilisable. Non, si elle ne répondait pas, c'était que quelque chose ne tournait pas rond. Quelque chose de grave.

Il s'apprêta à appeler Simpliste, mais l'agent de l'immigration lui fit signe de s'approcher : c'était son tour de présenter son passeport. Devant le regard pesant de l'officier, il fit plonger le téléphone dans sa poche, tendit les papiers, et attendit le signe approbateur de l'agent pour pénétrer sur le territoire Brésilien. Alors, il reprit son téléphone et chercha le numéro de Simpliste. Il lança l'appel, mais la sonnerie de son portable retentit. Ducro l'avait devancé.

— Oui, Ducro.

— Vous vous êtes bien fichu de moi hier !

— Pas du tout, nous avons eu un accident d'ascenseur, je gérais une situation délicate et il m'était impossible de vous répondre.

— Vous auriez dû l'empêcher d'embarquer.

— Toutes les réponses sont ici, au Brésil, chez Rosetta Bowling. Nous y allons.

— Nous ? Parce qu'en plus, vous êtes à découvert ?

— On fait équipe.

— C'est n'importe quoi Gérard. Vous savez que vous me fatiguez ? Vous ne connaissez donc pas le sens des mots obéir et ordres ? Comptez sur moi pour faire un rapport salé à votre sujet.

— Vous devriez plutôt vous concentrer sur nos ennemis : Wilfried Peanut et Jérôme Colon.

— Qu'est-ce que vous avez appris sur Wilfried Peanut ?

— Il travaille chez Bioméca où il a fait une belle progression pour terminer directeur de la Recherche et du Développement. Il y travaillait déjà à l'époque où Rosetta Bowling et Tomi Tanaka terminaient leurs études. Apparemment, ils ont été en relation.

— C'est exact. Et c'est aussi le maillon qui relie Bioméca à Baretti. Il est sous ses ordres et c'est lui qui coordonne les opérations. Par contre, pour Jérôme Colon, vous avez tort, il est avec nous. Il est venu nous faire des révélations et c'est lui qui nous a rencardés pour Wilfried Peanut.

— Vous pouvez préciser ?

— Il a peur pour la sécurité d'Aléna et il a décidé de tout nous balancer espérant ainsi la protéger. Wilfried Peanut veut récupérer des documents de la plus haute importance appartenant à Tomi Tanaka. D'ailleurs, saviez-vous qu'il avait été cambriolé ?

— Non.

— Mais qu'est-ce vous fichez chez Coutard Consulting ? Du macramé ?

— Je ferais autre chose que des jolis rideaux si vous me donniez les informations en temps réel, Ducro. Vous auriez pu me prévenir.

— Ne faites pas le malin, Coutard, vous l'avez maintenant votre info. Donc, Wilfried Peanut cherchait des dossiers qui se situaient dans l'appartement de Tomi Tanaka. Comme il ne les a pas trouvés, il s'en prend maintenant à Aléna. Je viens d'envoyer mes hommes fouiller son appartement, mais il n'y a rien.

— Vous pensez qu'Aléna a pris ces documents avec elle ?

— C'est fort probable. Mais attention, Wilfried ne veut pas seulement les documents, il veut aussi la fille. Il va sûrement tenter de l'enlever.

— Pourquoi s'en prendre à elle ?

— Elle aurait participé à certaines expériences et porterait en elle les résultats. Alors nous, on veut les documents et la fille. Il n'est pas question que Wilfried Peanut s'en empare. Ah ! Si vous aviez obéi, on n'en serait pas là ! Aléna serait avec nous et peut-être que les rapports aussi ! Je suis sûr que Wilfried est parti vous rejoindre au Brésil. Soyez sur vos gardes.

Une image s'imposa brutalement dans son esprit : Aléna l'empoignant dans l'aéroport juste avant que l'ambulancier ne lui plante la seringue dans l'épaule. Puis, une autre vision : Aléna exécutant son incroyable numéro d'acrobate dans l'ascenseur. Elle lui avait sauvé la vie.

— Pour le moment, je n'ai pas localisé Wilfried Peanut ni ses hommes.

— Croyez-moi, il ne s'agit pas de n'importe quel laboratoire, ils ont les moyens et ils disposent d'un jet privé. Ils vous ont devancé. Je parie qu'ils sont en train de vous observer en ce moment même.

— Le docteur Colon vous a-t-il dit qu'il avait envoyé, lui aussi, des documents scientifiques à Wilfried Peanut ?

— Oui, il nous l'a confirmé. Wilfried Peanut veut retrouver le protocole de tests d'une expérience que la bande des quatre – c'est bien comme ça que vous les appelez non ? — aurait réalisée en 1987 et qui avait été abandonnée par la suite. Apparemment, suite à sa nomination et au vu de ses nouvelles prérogatives au sein de la société, il aurait rouvert le dossier. Le docteur Colon nous a affirmé que Wilfried Peanut lui avait demandé ces documents et qu'il en avait envoyé des faux, espérant que l'affaire s'arrêterait là.

— De quelles expériences s'agit-il ?

— Je ne sais pas exactement, mais ça concerne Aléna. Comme je vous l'ai dit, Wilfried veut récupérer la fille, car elle aurait elle-même servi de sujet pour ces fameux tests et elle porterait en elle certains résultats. Alors, vous vous débrouillez comme vous voulez, mais je veux que vous mettiez Aléna et sa valise dans le prochain avion pour Paris et que vous empêchiez quiconque de s'approcher d'elle jusqu'à ce qu'on la récupère !

Gérard raccrocha sans répondre.

Il n'allait pas donner Aléna aux agents de Ducro. Il n'allait pas abandonner cette fille aux mains d'une équipe de scientifiques. Ils n'avaient pas de bonnes intentions. Aléna n'était qu'une enveloppe à leurs yeux, un corps sans vie et sans âme qu'ils pouvaient maltraiter sans vergogne. Il ne le permettrait pas. Le guérisseur prenait toujours le dessus sur l'enquêteur.

Il l'entendit s'approcher. Elle venait de passer le bureau de l'immigration et ses yeux brillaient d'une lueur guerrière. Elle avait survécu à ses démons et elle était bien décidée à aller jusqu'au bout, prête à affronter un passé méconnu, prête à défier sa propre histoire et savoir qui elle était véritablement.

Il l'agrippa et l'emmena en direction du service bagages comme le leur avait dit le responsable de l'aéroport de Paris. Ils devaient faire vite. Ils étaient en fuite.

En marchant, Gérard balaya du regard les alentours. Il avait l'habitude de repérer tout individu suspect, mais, mis à part une odeur qui ressemblait à du maïs mêlé à de la transpiration, il ne remarqua rien d'anormal. Tout aéroport avait une spécificité, une ambiance, une odeur particulière et il s'était figuré que celui-ci devait être petit et rustique. Encore une idée préconçue. En fait, il était d'une incroyable modernité et doté d'une climatisation exagérément forte. Seule cette exhalaison de chaleur, d'humidité et d'un autre ingrédient indéterminé parvenaient à s'infiltrer dans le bâtiment et préfigurait de la température extérieure.

Gérard redoubla de vigilance. Si les hommes de la DGSI se décidaient à intervenir, ce serait forcément au service bagagerie, là où Aléna se rendait pour récupérer sa valise avec les précieux documents à l'intérieur. Il ne faisait plus aucun doute qu'elle détenait ces fameux rapports et qu'elle les avait emportés.

Curieusement, le lieu était sain. Personne ne les traquait : ni la DGSI ni les sbires de Wilfried Peanut. Ils récupérèrent le bagage sans encombre et se précipitèrent vers les agences de location de voitures. Malgré l'anglais très approximatif de l'agent, ils réussirent à louer le dernier 4x4 disponible : une jeep Wrangler qui avait visiblement déjà beaucoup servi. La fenêtre côté conducteur ne remontait pas jusqu'en haut et une partie de la capote avait été remplacée par une bâche qui s'envola au bout du premier kilomètre.

Aléna avait expliqué que là où ils allaient, il était indispensable de rouler avec ce type de véhicule. Tant pis pour la fenêtre cassée, le toit à ciel ouvert et la climatisation inexistante, ils n'avaient pas de temps à perdre. D'ailleurs, elle ne s'était même pas arrêtée pour récupérer le morceau de plastique éjecté hors du véhicule et qui leur servait de capote. Elle avait pris les commandes. C'était elle qui avait parlementé avec le loueur de voitures, signé le contrat, payé, pris les clés et s'était installée au volant en expliquant qu'elle connaissait le chemin et qu'il était plus logique qu'elle conduise.

— Pas la peine de vous accrocher comme ça, je n'ai jamais eu d'accident, vous savez, lui dit-elle avec une pointe d'agacement.

Gérard s'aperçut qu'il s'était agrippé à la poignée du plafond des deux mains. Il n'avait pas l'habitude d'être à la place du passager et son ventre continuait de le torturer.

Il se décrocha de la poignée, remarqua que ses doigts portaient les traces rouges et blanches de la crispation, respira profondément et se frotta les mains pour faire disparaître les traces de sa nervosité.

Il sortit son téléphone, autant pour se donner une contenance que pour examiner ses messages. Rien. Pas de réseau. Toujours aucune nouvelle de sa femme. Il n'avait plus qu'à observer le paysage et vérifier que personne ne les suivait.

Pourquoi les hommes de Ducro ne s'étaient-ils pas manifestés à l'aéroport ? Ils auraient dû être là. Gérard avait pourtant bien observé les lieux afin de les repérer et de les semer avant qu'ils n'interviennent, mais il n'avait vu personne. Personne pour les arrêter, personne pour les suivre. Ils étaient sortis de l'aéroport comme de simples touristes, sans être inquiétés par quoi que ce soit. Mais Ducro n'allait pas lâcher l'affaire. S'ils n'étaient pas à l'aéroport et, quelle qu'en soit la raison, sûr qu'ils seront à l'orphelinat Brasil infância ! Aléna et lui-même devaient rester sur leurs gardes.

Le 4x4 s'engagea sur une route qui ressemblait étrangement à ce qu'il connaissait du paysage africain : une végétation luxuriante, des bâtiments qui au fil des kilomètres laissaient la place à des cabanes et à des paillotes, du bitume qui se transformait en piste au fur et à mesure que le véhicule se dirigeait vers la forêt. Quelle ressemblance avec le Congo !

L'image de sa première initiation lui revint en mémoire. Le guérisseur, le sorcier, le chaman, toutes ces entités qui se bousculaient derrière les yeux de Dieudonné l'avaient guidé, l'avaient aidé à voyager à travers les corps, les esprits et surtout à travers les racines des arbres. Il avait compris à quel point ces racines étaient puissantes, qu'à travers leurs ramifications c'étaient les esprits qui voyageaient, nos esprits, nos ancêtres, nos vies. Il savait que notre premier ancêtre était un arbre, que nous étions tous le fruit de ces particules végétales, que nous devions les protéger, les respecter, qu'en les soignant c'était nous-mêmes que nous respections.

Une intense douleur le transperça et il tenta d'enlever la pique plantée au niveau de son sternum. Il se contorsionna et finit par comprendre qu'aucun objet réel n'était venu le traverser.

— Tout va bien, monsieur Coutard ? Vous avez un problème ? Vous voulez qu'on s'arrête ? demanda Aléna.

— Ça va, répondit péniblement Gérard, tout va bien, continuez.

— Vous avez mal, ça se voit, qu'est-ce qui vous arrive ?

— Rien, ne vous inquiétez pas.

— Vous vous tordez de douleur et vous êtes tout blanc.

— Un malaise, ça va passer.

— Vous avez exagéré avec les gâteaux pimentés dans l'avion ?

— Laissez tomber.

— Vous ne supportez pas la chaleur ?

— Non, ça va.

— Alors pourquoi transpirez-vous comme un condamné à mort ?

— Ça va peut-être vous surprendre Aléna, mais moi aussi j'ai des problèmes.

— Lesquels ?

Gérard souffla, autant pour évacuer un pic de douleur que pour éluder la question.

— Allez, parlez-moi ! Vous connaissez tout de ma vie, vous pouvez bien me raconter la vôtre, non ?

Gérard resta quelques secondes les yeux dans le vide, se frotta à nouveau les mains puis se tourna vers Aléna :

— Eh bien, j'ai un ami au Congo. Un très cher ami qui s'appelle Dieudonné et qui habite dans un village. Il m'a recueilli alors que j'étais perdu au plus profond d'une grande tristesse. J'ai perdu un fils, il y a longtemps. Un accident. Un bête et banal accident qui a mis un terme prématuré à sa vie et qui m'a plongé dans une dépression noire. J'en suis sorti, grâce à Dieudonné, grâce à tout le village, et depuis, c'est ma famille. Il se trouve qu'au Congo, comme ici d'ailleurs à ce que je vois autour de moi, on coupe des arbres et on trace des routes sans respecter les droits fonciers des populations autochtones. Le village de Dieudonné se trouve pile sur le tracé de la route nord-sud et il sera détruit si je ne trouve pas une solution rapidement.

— Je suis désolée. Je ne savais pas… à vous voir comme ça, on ne s'imagine pas… vous avez l'air tellement sûr de vous, tellement fort.

— Vous ne saviez pas quoi ? Qu'il y a de la souffrance un peu partout ? Que vous n'êtes pas la seule à vous battre contre vos démons ?

Aléna tourna brusquement le volant pour éviter un nid-de-poule. Elle garda le regard concentré sur la route quelques minutes, puis elle reprit :

— Qu'est ce que vous pouvez faire pour empêcher la destruction de votre village ?

— Prouver que la société qui pratique la déforestation a falsifié l'atlas forestier du Congo pour faire croire qu'il n'y avait pas d'habitations là où il était plus commode pour eux de passer.

— Ils ont fait ça ? Ils ont falsifié un document ? Et personne ne dit rien ?

— Aléna, vous ne pouvez pas imaginer le trafic qui entoure la mafia du bois. Il n'y a pas que des petits magouilleurs qui profitent de la faiblesse des gouvernements pour corrompre à tout va. Il y a aussi des bandes organisées, des organisations internationales qui blanchissent leurs activités via le trafic d'arbres et d'importantes sociétés qui brassent des milliards avec l'or vert. La société qui a la charge de pratiquer la déforestation au Congo pour la construction d'une route qui traversera le pays du nord au sud est une des plus grosses sur le marché international. En fait, c'est la seule, elle a réussi à racheter ou à détruire toutes les autres.

— Comment s'appelle-t-elle ?

— La Société des Travaux Forestiers Internationaux.

— Vous vous battez donc contre un géant.

Il n'était en effet pas grand-chose face à ce monstre, mais il savait qu'en se concentrant suffisamment, il pouvait se faire aussi petit et aussi puissant qu'une bactérie capable de décimer un ogre.

Ils roulèrent longtemps en silence sur la piste de terre rouge qui tortillait au sein d'une végétation dense. De temps à autre, ils croisaient des cahutes en bois et en tôle ondulée. Des coqs, des chiens errants et des hommes sur des mobylettes remuaient aux abords de ce qui semblait être des villages. Des gamins en tongs couraient et s'amusaient comme le font tous les enfants du monde. Puis, à nouveau, des arbres gigantesques, de l'eau, le fleuve, des petites pistes, d'autres pistes, une beaucoup plus grande, des étendues herbeuses, avec pour certaines d'entre elles, des traces d'incendies.

Mais comment le feu pouvait-il se répandre dans un endroit aussi humide ? Le fleuve et ses nombreuses ramifications étaient omniprésents. Qui plus est, le volume et la couleur des nuages, associé à la chaleur environnante laissaient deviner que des pluies torrentielles se déversaient régulièrement dans cette région. Non, ces incendies n'étaient pas naturels, on les avait intentionnellement provoqués.

Mais alors qu'Aléna amorçait un virage, un grumier surgit de nulle part et fonça droit sur eux. Aléna braqua violemment sur le côté afin de l'éviter et s'enfonça dans un amas de terre molle. Le camion continua sa course au milieu de la piste sans se soucier de la voiture qu'il venait de bousculer.

— Non, mais, c'est quoi ce fou ? Il a voulu nous écraser ou quoi ? Vous imaginez si un de ces troncs nous était tombé dessus ?

Le camion transportait une quantité importante d'immenses troncs d'arbres. Ici, plus que partout ailleurs, on assassinait la forêt.

Le moteur avait calé. Aléna, furieuse, remit le contact, mais Gérard l'arrêta :

— Regardez, on dirait une stèle là bas, à quelques mètres, vous voyez ? On ne doit pas être les seuls à avoir frôlé l'incident dans ce virage.

— Oui. Et elle est en mauvais état, il manque une partie du haut.

Elle démarra et roula à proximité du bloc de pierre pour lire l'inscription gravée dessus :

José Claudio Ribeiro da Silva E

Maria do espirito Santo da Silva

24 de maio de 2011

— C'était un couple.

— La partie cassée est due à des tirs, on voit bien les impacts de balles. Mais pourquoi faire feu sur une plaque commémorative ? Qu'avaient fait ces gens pour qu'on tire sur eux après leur mort ?

— Bon, en tout cas, nous, on se barre d'ici fissa, répondit Aléna en démarrant la voiture aussi sec.

Elle était transfigurée. Malgré la frayeur due au camion, ses pores irradiaient le bonheur. Elle conduisait comme si elle connaissait les pistes par cœur, elle évitait les nids-de-poule, même ceux que l'on ne parvenait à distinguer qu'au dernier moment, elle klaxonnait dès qu'un chien s'approchant de trop près menaçait de s'engouffrer sous les roues du véhicule, et elle avait à peine relevé les manches de sa chemise. La chaleur ne l'affaiblissait pas.

Gérard vérifia encore une fois l'état du réseau sur son mobile : inexistant. Dépité, il remarqua qu'Aléna avait posé son téléphone sur le côté.

— Excusez-moi Aléna, parvenez-vous à capter un réseau, vous ?

— Je ne sais pas, pourquoi ? Vous avez un coup de fil à passer ? Vous voulez parler à votre chef à propos de votre présence à mes côtés ?

— Non, en fait, je suis inquiet pour ma femme. Elle est toute seule au Congo et je n'arrive pas à la joindre. J'ai peur qu'elle ait des ennuis. Elle avait rendez-vous avec le ministre de la Forêt pour le convaincre de revoir l'atlas forestier et je ne comprends pas pourquoi elle ne répond pas au téléphone.

Aléna indiqua du regard le téléphone et se replongea aussi vite sur la conduite : une série de nids-de-poule avaient de nouveau fait leur apparition et l'obligeaient à slalomer au travers de la piste. Gérard s'empara de l'appareil, mais aucun réseau ne s'affichait, là non plus. Son inquiétude grandissait. Où était Martha ? Que se passait-il ? Était-elle en danger ?

La piste serpenta jusqu'à ce que les boucles se fassent plus larges, et que les lignes s'allongent. Le paysage continuait d'alterner entre végétation dense et étendues herbeuses avec pour certaines des traces d'incendies encore toutes fraîches. Il aperçut au loin un camion sortir d'un espace clôturé. Encore un camion transportant des troncs d'arbres ! Forcément, ils étaient dans une forêt dont l'exploitation n'était un mystère pour personne. C'était pire qu'au Congo. Mais pourquoi avoir construit une palissade en bois dans un endroit aussi reculé et désert ? Qu'y avait-il donc à cacher ?

Le camion roulait dans leur direction et ralentit à leur passage. Le conducteur les regarda, l'œil menaçant. Un œil qui se méfie, qui manigance et qui prépare des méfaits. Un œil qui jauge. Il toisa Aléna comme si elle faisait l'affront de rouler devant lui.

Le chauffeur disparut loin derrière avec son regard insistant, mais Gérard garda en lui l'image de l'homme et de son expression. Alors, il comprit. La manière dont il l'avait regardée trahissait une évidence : il connaissait

Aléna, ou plutôt, il connaissait Camille et il l'avait confondue avec Aléna.

Dans tous les cas, l'homme s'affichait comme un adversaire et Gérard pressentit que, derrière lui, quelques grands puissants se cachaient. Une question inquiétante lui vint soudainement à l'esprit : que risquait Aléna en se rendant dans cette région ? Qu'avait fait Camille qui pourrait mettre en danger Aléna ?

Ils s'approchaient de la ville de Uruarà. La piste se transforma peu à peu en route goudronnée et les cabanes en maisons puis en petits bâtiments. Gérard fut frappé par les couleurs des enseignes : un bazar s'affichait en rouge pétant, la Banco do Brasil en jaune vif, un café en vert bouteille pour laisser la place à un restaurant de sandwichs à emporter qui reprenait les couleurs du ketchup et de la moutarde sur l'intégralité de sa façade. Une église contrastait en offrant un blanc immaculé orné de fines décorations rouge bordeaux.

La route principale qui traversait la ville était d'un calme trompeur. La circulation fluide était bien plus dense qu'il n'y paraissait et ils se faisaient doubler par de nombreuses motocyclettes tout en croisant des 4x4, des pick-ups, des vieilles berlines recouvertes de terre et d'autres cyclomoteurs qui ne s'encombraient pas avec les distances de sécurité. Aléna dut même frôler la devanture d'une droguerie dont les murs étaient peints en vert vif et bleu ciel pour laisser la place à un camion. Gérard aperçut, sortant des yeux du conducteur, le même regard noir qui s'abattait sur Aléna.

Cela ne faisait plus de doute : un danger rôdait autour d'Aléna du fait de sa ressemblance avec Camille. Ils s'arrêtèrent à un feu rouge et il tourna instinctivement la tête vers la terrasse d'un café où étaient assis six hommes. L'un deux les observait. L'expression de son visage, tout d'abord neutre, se transforma en étonnement puis en indignation. L'homme pointa du doigt Aléna en parlant avec véhémence, ce qui provoqua une vive discussion au sein du groupe. L'un d'eux finit même par se lever pour s'avancer vers le 4 x4. Aléna redémarra dès le changement de feu sans prêter attention à l'agitation extérieure ni à l'homme qui s'approchait.

— Aléna, vous aviez quel type de voiture quand vous êtes venue la première fois ici ?

— Je ne sais plus, c'était la voiture de mon guide, un énorme 4x4.

— Vous aviez les vitres ouvertes ? On pouvait voir votre visage ?

— Non, Diego adore la climatisation et il roule fenêtres fermées pour ne pas laisser la chaleur rentrer. Et maintenant que j'y pense, ses vitres étaient teintées, on ne pouvait pas nous voir de l'extérieur. C'est la grande frime ici, les vitres fumées, tout le monde veut en avoir.

— Et vous n'aviez rien remarqué de particulier ? Les gens ne vous regardaient pas bizarrement ?

— Que voulez-vous dire ? Vous trouvez qu'on nous regarde de manière anormale ?

— Je ressens comme une tension palpable. J'ai l'impression qu'on nous connaît, du moins, qu'on connaît Camille, votre sosie.

— Ah bon ? Voyons voir… non, je n'avais rien remarqué de curieux la dernière fois que je suis venue. Bon, il faut dire qu'avec la voiture de Diego, on ne pouvait pas me voir et avec Rosetta… laissez-moi réfléchir… oui, c'est ça, elle m'a emmenée dans un dispensaire encore plus éloigné que l'orphelinat, et d'après mon souvenir, la route était déserte. Et puis, ça me revient maintenant, elle aussi a un 4x4 avec des vitres teintées.

Soudain, il sentit son téléphone vibrer. Il avait reçu un message. La connexion s'était établie.

De : Léopold

Regardez vos mails, je viens de vous envoyer un article à lire absolument.

Il vérifia sa vitesse de connexion et tenta d'ouvrir sa boîte mail. Incroyable, cela fonctionnait. Il cliqua sur le mail de Léopold et parvint à télécharger l'article qui était intitulé : Bioméca : précurseur ou imposteur ?

La lecture de l'article attendra, il devait joindre de toute urgence Simpliste. Il bascula vers la fonction téléphone, mais le réseau se perdit à nouveau.

Satané réseau !

Mais où était sa femme ? Que se passait-il au Congo ? Bon sang, mais pourquoi ce maudit réseau refusait-il de fonctionner ?

Il essaya d'appeler, mais échoua à nouveau. Quel idiot ! Et dire qu'il était coincé dans ce 4x4 alors que sa femme était en danger à l'autre bout du monde.

Gérard se décida à lire l'article qu'il avait téléchargé, malgré les secousses, le stress lié au danger qui planait au-dessus de son épouse et la taille affreusement petite de l'écran de son téléphone.

— On arrive bientôt, l'orphelinat n'est plus qu'à deux kilomètres après cette piste, dit Aléna alors qu'il tentait de calmer son angoisse par la lecture de l'article.

Il datait du mois dernier. Léopold l'avait dégoté dans la revue britannique *Scientifica Avenir* :

Il y a quelques semaines, notre rédaction a reçu une bien étrange lettre que nous tenons aujourd'hui à dévoiler. Son expéditeur a voulu rester anonyme. Il explique vouloir alerter la communauté scientifique d'une possible dérive. Il pointe du doigt la société Bioméca qui, selon lui, aurait ouvert un laboratoire secret au Moyen-Orient afin d'échapper à la législation américaine qui interdit le clonage humain. D'après cette source, ce laboratoire aurait la volonté de créer et de cloner des embryons hybrides humains/autres espèces animales. L'information a été transmise aux inspecteurs fédéraux américains. Si ce laboratoire menait à terme ses recherches, cela poserait bien évidemment des problèmes éthiques profonds sans compter le danger que cela pourrait également engendrer concernant une potentielle utilisation militaire.

Gérard regarda Aléna, éberlué. Il commençait à comprendre.

Il vérifia à nouveau la connexion de son téléphone. Le réseau s'obstinait à rester désespérément muet. Tout à coup, les barres indiquant une connexion réapparurent.

Gérard se dépêcha d'appeler son épouse, mais son téléphone sonna une fois de plus dans le néant. Alors, il composa le numéro de Simpliste qui décrocha immédiatement :

— Patron, on a un problème, là.

— Où est Martha ?

— Là, justement, vraiment, on ne sait pas. Elle n'était pas à l'appartement quand je suis arrivé ce matin.

— Elle est allée à un rendez-vous avec monsieur Boutzalou. Va chez lui, interroge sa famille, ses cousins, ses oncles. Elle est avec lui. Ça a mal tourné, j'en suis sûr !

— Ah ! Vraiment ! Ce n'est pas possible ! Madame Coutard chez les vautours ! Je vais les rôtir, moi, je vais les passer au barbecue ! Je vais la sortir de là, patron, ne vous inquiétez pas.

La conversation s'interrompit. Le réseau avait disparu, une fois de plus. Gérard sentit son estomac se contracter. Il n'arrivait plus à respirer. Il n'aurait jamais dû accepter qu'elle parte seule. C'était de sa faute. Il l'avait mise en danger. Il savait que c'était risqué, il aurait dû l'empêcher d'y aller. Pourquoi n'avait-il pas anticipé que Boutzalou allait s'en prendre à elle ? Il aurait dû le savoir, le sentir ! Était-il vraiment en train de perdre tout son bon sens ?

— Tout va bien, Gérard ? Vous êtes tout pâle, vous ne dites rien. C'était quoi ce coup de fil, vous avez des ennuis ? demanda Aléna inquiètée par l'ombre sombre qui avait envahi son passager. Puis, elle aperçut l'orphelinat et ne put réfréner son excitation : ah ! Regardez là-bas, on arrive ! L'orphelinat est au bout de la piste.

Chapitre 39

À peine avait-elle garé la voiture devant le bâtiment qu'une forme surgit subitement de la droite pour l'emmener à une allure folle.

Un souffle blond. Une tornade athlétique et puissante qui courait et bondissait de manière spectaculaire.

Et dire qu'elle avait passé sa vie à se réfréner alors que cette fille s'exposait sans retenue ! En quelques secondes, ce tourbillon fit voler en éclats les verrous ancrés depuis si longtemps dans ses interdits et l'avait emportée dans une course ahurissante. Aléna ignorait qu'elle était capable de telles prouesses. Finalement, elle ne se connaissait pas. Jusqu'où pouvait-elle aller ?

Ses jambes prenaient appui sur le sol avec une puissance redoutable, elle s'accrochait aux branches pour se fondre encore plus vite dans l'air, jamais elle ne s'était sentie aussi bien. Ses muscles existaient enfin. Robustes, surpuissants, ils hurlaient leur furie d'avoir été anesthésiés si longtemps, ils se libéraient, chauffaient enfin et pulsaient au même rythme que son cœur. Tout était lié : ses organes, sa psyché, la forêt. Pour la première fois, elle se positionnait au-dessus. Elle dominait. Elle n'était plus enfermée dans une petite partie d'un cercle oppressant. Ses sens se réveillaient. Elle distinguait chaque détail de la forêt, mais réalisa que ce n'était pas avec ses yeux. Elle découvrit avec stupéfaction qu'elle possédait des aptitudes nouvelles : chaque vibration, du battement d'ailes d'un insecte aux piaillements d'oiseaux, résonnaient dans ses oreilles jusqu'à former une représentation précise de son environnement, depuis la configuration spatiale de chaque élément jusqu'à leur mouvement et l'anticipation de leur trajectoire. Elle percevait ainsi avec une acuité parfaite mille images d'une situation présente et son glissement vers son évolution, quelques minutes avant qu'elle ne se produise.

Elle regarda celle qui l'avait enlevée : Camille. Son sosie. Sa réplique exacte.

Ainsi, son double existait bel et bien.

Elle portait les cheveux plus courts et ne se maquillait pas, mais elle avait les mêmes yeux verts. C'était donc vrai : ce regard fixe qu'on lui reprochait souvent, Aléna le voyait pour la première fois chez cette femme qui, au lieu de le cacher, l'assumait pleinement.

Son petit nez carré avait la petite bosse sur le dessus de l'arête qu'elle avait toujours trouvée disgracieuse et son menton rond dessinait un ovale qu'elle avait mainte fois observé devant le miroir.

Camille attrapa une des mains d'Aléna et propulsa la jeune femme plusieurs mètres devant. Aléna vola jusqu'à ce que son pied reprenne appui et s'élança à nouveau dans les airs. Comment était-ce possible ? Elle bondissait, surfant sur une vague imaginaire, médusée de se faufiler aussi rapidement parmi les racines apparentes des immenses acajous.

Elle prolongea le mouvement et agrippa elle aussi une des mains de Camille pour la projeter plusieurs mètres plus loin. Malgré la rapidité de leurs déplacements, elles parvenaient à se glisser à travers la végétation dense sans se blesser ni se cogner. Elles se catapultaient et volaient hors du temps et de l'espace, jusqu'au moment où, à l'approche d'un arbre gigantesque, la présence des hommes n'apparut plus que comme une odeur lointaine.

Camille entreprit de grimper sur l'arbre géant. Aléna hésita, mais elle sentit son bras tiré vers le haut. Camille l'entraînait. Elle l'imita : elle s'accrocha aux branches et escalada sans regarder vers le bas. Elle s'aperçut qu'elle n'avait pas peur, que le vertige n'existait pas, qu'elle pouvait courir aussi bien horizontalement que verticalement, qu'elle était capable de se raccrocher à n'importe quel élément : une branche, même une feuille suffisait. Partout, la matière devenait complice. Le plus léger des végétaux se faisait dense et robuste pour la soutenir. Elle savait comment prendre appui sur une brindille gorgée d'air pour rebondir. Sa puissance n'avait pas de limite.

Elles s'arrêtèrent presque au sommet de l'arbre. Les branches qui s'éloignaient du tronc étaient d'une incroyable épaisseur et, à certains endroits, elles formaient de parfaits perchoirs. Elles dominaient la canopée.

Camille n'était pas complètement assise, elle s'était accroupie, prête à s'élancer à l'assaut d'une liane. Elle paraissait si sauvage. Et si libre, aussi. Elle se tourna vers Aléna et lui dit, d'un air contrarié :

— Non, mais t'es complètement cramée de te balader comme ça dans une voiture ouverte ! Tu veux te faire tirer dessus ou quoi ?

— Mais, mais… pourquoi ?

— T'es pas au courant ?

— De quoi ?

— Les bûcherons illégaux. Ils veulent ma peau. Je ne sors jamais à découvert comme tu viens de le faire avec une épave qui n'a même pas de toit ! Tout le monde t'a vue débarquer, tu n'es vraiment pas discrète !

— Je ne savais pas. Je te cherchais. C'est tellement incroyable, comment se fait-il que…..

— Chut, tais-toi, coupa Camille.

Elle se redressa d'un coup et tendit l'oreille à l'affût d'une information particulière. Aléna écouta, elle aussi, mais n'entendit que le chant très présent d'une multitude d'oiseaux. Certains émettaient des sons étranges : des sortes de cris qui partaient d'une sonorité basse pour aboutir, après un crescendo de plusieurs secondes, sur une note aigüe et puissante. D'autres répétaient en boucle des ondes acoustiques qui ressemblaient à des « i ». Elle distingua également une tonalité ronde et mouillée ponctuée par de courts silences. D'autres bruits se faisaient entendre, mais elle ne parvint pas à savoir s'il s'agissait d'oiseaux ou d'animaux.

— Lui, c'est un singe hurleur, lui dit Camille qui avait compris sa question silencieuse.

Elle reprit sa place à côté d'Aléna et continua :

— J'ai cru que c'était encore un incendie, mais ça va, pas de fumée à l'horizon. La déforestation sauvage de la forêt d'Amazonie, t'en as déjà entendu parler ? Bon, eh bien moi, je lutte contre. Entre les bûcherons illégaux et les agriculteurs sauvages, tu vois, je n'ai pas que des amis ici, et je ne me promène jamais dans une bagnole qui a perdu sa carrosserie ! Tu te rends compte, ils auraient pu te tirer comme un vulgaire gibier ! Ça m'aurait fait mal de perdre ma sœur avant même de l'avoir connue.

— Parce que nous sommes sœurs ?

— Beh, oui, en quelque sorte, on peut dire ça. C'est un peu compliqué en fait, même moi je n'ai pas tout pigé. J'ai tiré les vers du nez de Rosetta il y a quelques semaines, mais elle me cache encore des trucs, j'en suis sûre. Ce que je sais, c'est que Tomi et Rosetta ont sacrément merdé. Pfff, j'te jure, je ne sais pas pour toi, mais moi, j'ai comme l'impression d'être une bête de foire. Mais bon, c'est comme ça. Et puis, tu es là, maintenant, c'est le principal. Comme je suis contente de te voir ! On est pareilles toutes les deux, c'est flippant, hein ?

— C'est incroyable. Tu cours souvent comme on vient de le faire ? C'était fantastique, j'ai adoré ça, je ne savais pas que j'en étais capable.

— Ici, dans la forêt, tu peux piquer un sprint autant de fois que tu le veux, personne ne viendra te surprendre. Moi, je le fais tout le temps. C'est notre nature Aléna. Nous ne sommes pas comme les autres, tu le sais bien. Au fait, tu as des poils toi aussi ?

Aléna souleva sa chemise et lui montra son dos.

— Traitement hormonal et épilation définitive à haute dose. Malgré tout, ceux-là persistent.

— Mais pourquoi tu les enlèves ? Laisse-les, ce n'est pas gênant, bien au contraire ! Regarde comme c'est bien fait et c'est tout doux.

Camille remonta son tee-shirt et exhiba un gigantesque pelage.

— Tu as raison. J'ai cru pendant longtemps que je devais cacher tout ça, mais maintenant je ne veux plus. J'ai arrêté tous les médicaments que mon docteur m'imposait.

— Heureusement ! J'espère que tu ne les as pas trop écoutés, tous ces donneurs de leçons. Le problème, Aléna, c'est que tu n'as pas grandi au bon endroit. Une ville, ce n'est pas une place où il fait bon vivre pour des gens comme toi et moi. Tiens, regarde là-bas, si tu observes bien, tu finiras par distinguer des mouvements. Ce sont des Indiens, là, ils marchent entre les arbres. Tu les vois ?

Aléna distingua quelques paillotes lovées entre des arbres à quelques centaines de mètres d'une rivière. Des hommes et des femmes presque nus, ornés de traits rouges dessinés sur le visage et le corps vivaient là. Malgré la distance, Aléna fut frappée par la sérénité de leurs visages. Ils offraient bien plus que de la beauté, ils irradiaient la bienveillance des hommes qui connaissent intimement la forêt.

— Ce sont les Awás, ma famille d'adoption. Je n'aurais jamais tenu le choc sans eux. Ils sont d'une gentillesse sans limites, presque la gentillesse des enfants et ils adoptent tout le monde. Tu vois, moi, c'est à l'âge de huit ans que mes premiers poils ont poussé et que j'ai compris que quelque chose clochait. Mais Rosetta me disait que ce n'était pas grave, qu'il s'agissait d'une maladie génétique sans importance. Et puis, j'ai compris que j'étais vraiment différente le jour où j'ai agressé sexuellement un pensionnaire de l'orphelinat. J'avais quinze ans. Je n'ai pas compris pourquoi j'avais fait ça. Là, j'ai vraiment senti que je partais en vrille, qu'il y avait un truc pas net chez moi. Alors je suis partie dans la forêt, comme ça, toute seule. Ça ne me faisait pas peur, je l'avais déjà fait plusieurs fois, mais jamais plus d'une journée en entier. J'en avais vraiment ma claque. J'ai marché très longtemps et je les ai rencontrés. Ils m'ont adoptée, sans jugement, sans rien demander, juste parce que j'étais là, avec eux et que nous partagions un même espace de vie. Ce sont vraiment des gens extraordinaires. Ils respectent la nature et la vie. Toutes formes de vies. Ils mangent certaines d'entre elles, mais en veillant toujours à prélever uniquement ce dont ils ont besoin. Jamais plus. Ce sont des chasseurs-cueilleurs qui vivent en autarcie et en harmonie avec leur environnement. Avec eux, je peux exister telle que je suis.

— C'est à dire ? Comment existes-tu telle que tu es ?

Camille lui jeta un regard mêlé d'étonnement et d'agacement.

— Mais tu sais bien ! Tu crois que tu aurais pu courir et bondir comme nous venons de le faire devant d'autres personnes sans provoquer d'incident ? Les gens n'aiment pas ce qui leur paraît bizarre et nous faisons partie de la catégorie des déviants, des anormaux, des monstres, quoi !

Camille la fixa droit dans les yeux, s'immisça dans ses pupilles, la scruta durement, puis inspira les pensées de son double.

— Réveille-toi, Aléna ! Nous sommes pareilles toutes les deux et nous ne serons jamais acceptées nulle part, sauf ici. Moi, j'ai eu la chance de rencontrer les Awás, mais toi, comment fais-tu ?

— Je ne sais pas. Je ne fais rien. J'essaie de m'adapter, c'est tout.

— T'adapter à un monde qui n'est pas le tien et qui te rejette ? Tu dois être bien malheureuse.

Elle se retourna à nouveau vers le groupement d'hommes et poursuivit :

— Les Awás ne vont pas t'interner parce que tu cours trop vite. Bien au contraire. Et en plus, avec eux, tu peux chasser.

— Chasser ?

— Évidemment, chasser ! Ça aussi, c'est dans notre nature ! Mais bien sûr, j'imagine que tu n'as jamais pu t'entraîner dans les rues de Paris ! Eux, ils utilisent des flèches empoisonnées. Moi, je mords. Chacun sa méthode.

Le lapin du bois de Boulogne. Les trois hommes assassinés rue Ganneron. Elle aussi avait mordu, goûté la chair, fait craquer les cervicales et les vertèbres. Elle aussi possédait cet instinct de tueur. Elle en avait honte, elle le cachait, mais voilà qu'il jaillissait à présent comme une évidence, un organe vital qui avait besoin de fonctionner, qui possédait une existence propre et autonome. Aléna l'avait mis en sommeil durant toutes ces années. À présent, elle le libérait.

— J'aimerais chasser avec toi, Camille.

— L'occasion va bientôt se présenter, répondit-elle avec un imperceptible sourire qui sonnait comme une vengeance. On va chasser. Je vais te montrer. Ici, tu pourras te libérer. Tu pourras même laisser ton corps s'exprimer librement en période d'accouplement.

— Que veux-tu dire ?

Camille s'adossa contre le tronc puissant de l'acajou géant qui les abritait. Elle replia les jambes afin de s'asseoir en tailleur sans se soucier des trente mètres qui la séparaient du sol. Aléna l'imita. Cet endroit était leur royaume. Elles avaient tout l'espace qu'elles désiraient.

— Les Awás considèrent que c'est un honneur quand je m'accouple avec un des leurs. Ils pensent que l'esprit du jaguar m'habite et qu'il vient donner sa force à l'heureux élu. Je te l'ai dit : ils ne jugent pas, ils respectent toutes les formes de vies, ils sont très évolués. Beaucoup plus que les soi-disant hommes modernes qui détruisent la forêt avec leurs bûcherons illégaux.

Une lueur de rage traversa les yeux de Camille. Tout son corps se contracta et Aléna sentit la fureur qui se dégageait de sa mâchoire. Camille poursuivit, le regard fixe et rempli de haine :

— Les bûcherons. Je te jure, ce sont de vraies pourritures ceux-là. Des assassins. Ils exterminent sans vergogne les Indiens et ils tuent ceux qui les protègent. Et dire qu'ils travaillent pour des multinationales du bois. Tu te rends compte, c'est ça, la civilisation moderne ? Éliminer ceux qui entravent un business illégal ? Cette forêt est protégée. Normalement, personne ne peut venir couper des arbres. Sauf que, les bûcherons illégaux grouillent sans être inquiétés ici ! Ils s'en prennent aux arbres nobles et quand il n'y en a plus, ils continuent avec les autres et puis, ils passent le relais aux agriculteurs sauvages qui provoquent des incendies pour éliminer toutes traces de végétation et cultiver du soja, du maïs ou je ne sais quoi encore. Sauf qu'en détruisant la forêt, ils détruisent les maisons des Indiens. C'est incroyable. Et dire qu'ils continuent de tuer impunément. On a même retrouvé un enfant awá brûlé un jour ! Des ordures, je te dis, des pourritures ! Heureusement que je ne les laisse pas faire. Je fais un petit nettoyage de forêt très régulièrement avec les bûcherons illégaux qui traînent par ici. Crois-moi, avec moi, ils passent de très mauvais moments.

— Qu'est-ce que tu leur fais ?

— Tout dépend de ce qu'eux ont fait. La plupart du temps, je me contente de leur faire peur. Mais il m'arrive, dans certains cas, d'aller au bout. C'est ma récompense, la cerise sur le gâteau. Je me limite à quelques mises à mort par an. Je ne voudrais pas attirer l'attention, il faut tout de même être vigilant et ne pas en tuer trop à la fois pour ne pas éveiller les soupçons. Le grand avantage, ici, c'est que personne ne pense à aller chercher un cadavre à trente mètres au-dessus du sol.

— Et d'où ils viennent ces bûcherons illégaux ? Pourquoi ne les arrête-t'on pas ?

Camille ricana et leva les yeux au ciel.

— L'Ibama est censée les arrêter. Mais bizarrement, ils arrivent toujours après !

— L'Ibama ?

— La police anti-exploitation des ressources naturelles. Ils sont armés de bonne volonté, mais infectés par des taupes. Du coup, quand ils débarquent pour arrêter des bûcherons illégaux, tu peux parier que ces derniers sont déjà partis depuis longtemps. Pareil avec les scieries sauvages. Pourtant, tu les repères facilement avec les palissades qu'ils dressent pour ne pas exposer leur activité aux yeux de tous. Ils sont pourtant tellement visibles. Ne serait-ce qu'avec la fumée qui se dégage de la sciure qu'ils brûlent pour ne pas laisser de preuves ! Toutes ces personnes sont employées par des petites entreprises locales qui ne paient pas de mine, mais qui brassent des fortunes. Ils établissent ensuite de faux papiers pour faire croire que l'abattage provient d'une zone autorisée et puis, au final, ils passent par Guilherme de Parvalho, le Président de l'association des exportateurs de bois. Lui, c'est ma bête noire. Je suis certaine que c'est lui qui commandite les meurtres des activistes. Oui des meurtres, tu as bien entendu, ce type est un meurtrier ! Sœur Marguerite, le couple da Silva et tous les autres ! Tous mes amis ! Tous morts pour vouloir protéger la forêt et les Indiens. Et moi, je suis sur la liste aussi. Je ne supporte pas qu'on fasse du mal aux Awás. Ce sont les gens les plus gentils que je connais. Ils rient de tout, à tout instant, ils n'ont aucune notion du danger qui les menace et pourtant, ils sont en train de disparaître, exterminés par ces fichues multinationales du bois et leurs enjeux financiers ! Ils les exterminent, sournoisement, en brûlant leurs terres, en les empoisonnant, en les sortant de leur univers. On essaie de leur faire croire que le monde moderne leur apportera de la richesse, mais c'est d'une absurdité grotesque ! Ça me rend folle. Du coup, quand j'ai vu ce type tout roux débarqué ce matin, avec son air pervers et ses yeux globuleux, j'ai cru que c'était un homme de Parvalho venu en finir avec moi et j'ai failli le massacrer direct. Finalement, j'ai préféré le capturer vivant. Tu vois l'arbre là-bas, à une centaine de mètres ?

Aléna focalisa son regard dans la direction désignée par Camille et repéra une tache blanche ornée d'une petite goutte rousse cachée dans le feuillage d'un ficus.

— Mais c'est Wilfried Peanut ! Que fait-il là ? Et pourquoi est-il nu ?

— Il y a quelques jours, j'ai surpris des hommes à la peau claire en train de m'espionner. J'ai réagi comme je le fais habituellement : je les ai attrapés, mis à nu et hissés en haut de ces arbres d'où ils n'ont aucun moyen de descendre. C'est trop difficile pour un humain qui n'a jamais pratiqué l'escalade et de surcroît, démuni de ses vêtements. Au début, j'ai pensé qu'il s'agissait d'un nouveau groupe de bûcherons qui me surveillaient pendant que leurs complices abattaient des arbres plus loin. Je les ai laissés mariner quelques jours, le temps qu'ils aient bien faim et bien soif à force de se contenter de la rosée du matin et surtout qu'ils aient bien peur. Ensuite, je les ai relâchés. Mais ce matin, j'étais avec ma mère à l'orphelinat et j'ai vu ce monsieur arriver avec un revolver à la main. Je te l'ai dit, j'ai tout d'abord cru que Guilherme de Parvalho avait décidé de passer à l'action en donnant l'ordre de me liquider. Puis, je me suis dit que ça ne collait pas : si Parvalho était le commanditaire, alors l'homme aurait déjà tiré. Ensuite, j'ai vu qu'un des hommes qui l'accompagnaient avait une seringue. Il voulait me droguer pour me faire ensuite je ne sais quoi. Et ça, tu vois, ça m'a mis dans une rogne terrible.

Les joues de Camille se gonflèrent sous la pression d'un flux d'air qui sortit en raclant sa gorge d'un son grave. Elle marqua un temps de pause et continua :

— Comme si je n'en avais pas assez comme ça. J'ai déjà les bûcherons illégaux sur le dos, il faut en plus que je me coltine les vieux ennemis de mes parents. Je ne sais pas exactement qui sont ces gars-là, mais ils ne nous veulent pas du bien, ça, c'est sûr.

— Quels ennemis ?

— Tomi ne t'a rien dit ?

— Non.

— Pffff, alors Tomi est comme ma mère, il a le goût du secret. Mais quelle bande de lâches ! Ils auraient pu nous mettre au parfum avant que ça nous tombe dessus tout de même ! Bon, alors, comment te le dire ? On n'est pas nées comme il faudrait. On est le fruit d'une expérience qui a eu la mauvaise idée d'aller jusqu'au bout. Oui, une expérience sur la fécondation qui a été réalisée au sein du laboratoire Bioméca. On sort toutes les deux d'une éprouvette et c'est Tatiana et Rosetta qui ont terminé le boulot en nous couvant ! Pas très glamour, tu ne trouves pas ? Rosetta m'a vaguement expliqué que Tomi et elle-même nous ont cachées depuis notre naissance pour que ce labo ne mette pas la main sur nous. Va savoir, ils veulent peut-être nous disséquer ! Bon, du coup, le labo nous a visiblement retrouvées et ça fait encore d'autres bonshommes à neutraliser. Regarde, j'en ai chopé quelques-uns. Tu distingues les trois arbres plus loin ?

— Oui, je les vois, répondit Aléna interloquée par ce qu'elle venait d'entendre.

Dans chacun des arbres désignés par Camille, des formes humaines s'agitaient.

— Il y en a d'autres qui rodent. On va les capturer maintenant. On attaque par le haut. D'abord, on les repère, on se poste au-dessus et on fonce en visant la nuque. Attention tout de même à ne pas écraser les cervicales. On ne va pas les tuer tout de suite. Je veux les faire parler

— Camille, je crois que je vais d'abord aller discuter avec l'homme roux que tu as accroché là-bas.

Camille se retourna et afficha une expression féroce et bestiale.

— Vas-y, Aléna, ma sœur, mon double, fais ce que tu as à faire. Ensuite, on chassera ensemble. On va former une belle équipe toutes les deux.

Chapitre 40

Gérard explora du regard le chemin emprunté par le souffle qui avait entraîné Aléna. Sans comprendre. Il n'était pas certain d'avoir distingué la silhouette. S'agissait-il de Camille ? Qui que ce soit, cet ouragan disposait des mêmes prédispositions physiques qu'Aléna.

Il s'avança comme pour trouver d'autres indices tout en sachant pertinemment que seules quelques feuilles tombées à terre témoigneraient de l'évènement.

Il n'entendit que le vent dans la végétation et la voix d'enfant répétant la leçon d'un professeur. Un bâtiment, plus loin, abritait l'école de l'orphelinat. Il regarda à nouveau son téléphone. Il avait accès à un réseau ! Sûrement grâce à l'orphelinat qui devait posséder un routeur.

Il tenta de joindre Martha, mais le téléphone bascula directement sur la messagerie. Qu'est-ce que cela signifiait ?

Alors, il se décida.

Il appela celui qu'il avait trop fui ces derniers mois, celui qui pouvait l'aider, qui connaissait bien Martha et qui n'allait pas la laisser entre les mains d'un charognard.

— Dieudonné ?

— Tu te décides enfin, répondit le vieil homme ne trahissant aucune émotion malgré la ligne qui grésillait.

Ils s'appelaient depuis deux des plus grandes forêts au monde. Lui, à la lisière de la forêt amazonienne et Dieudonné, dans la forêt primaire du centre de l'Afrique. Il n'était pas étonnant que cette connexion se fasse. Les grands arbres communiquent à travers leurs racines et personne, mis à part Dieudonné et quelques autres grands sorciers, ne pouvait s'imaginer à quel point elles étaient capables de s'aventurer loin dans les territoires inconnus du centre de la Terre.

Gérard s'apprêta à poursuivre, mais Dieudonné le coupa :

— Qu'est-ce qui se passe avec tes yeux, tu vois trouble à présent ? Je suis au courant pour Martha, Simpliste me l'a dit. Je vais l'aider, mais toi, tu dois t'occuper de tes yeux ! Le papa gnou garde toujours un œil sur son petit. J'entends tes vocalises quand tu vas bien et tes meuglements quand tu te perds et je ne vais pas laisser mon initié se faire manger par la panthère ! Alors, on va pas discourir toute la nuit et tu me dis ce qui se passe.

— Je crois que je suis en train de perdre mes dons, Dieudonné.

— À ne pas les travailler, ils se retournent contre toi. Tu ne vois pas Aléna telle qu'elle est, véritablement. Tu t'es contenté d'interpréter. Le petit singe n'a pas envie de sauter dans la rivière sans savoir s'il sait nager, hein ? On n'échappe pas à son destin. Tu crois qu'il allait te négliger ? On n'a pas fini l'initiation, tu dois aller jusqu'au bout ! Tu comprends ? Et ensuite, tout ira bien.

— J'ai foutrement bien compris, Dieudonné, mais dis-moi comment sauver Martha ! Dis-moi comment sauver le village ! Tout part en couille en ce moment Dieudonné, tu ne vois pas ? On plonge tout droit vers une grosse catastrophe !

— Calme-toi, Gérard. Regarde autour de toi, tu ne vois donc pas que les arbres gardent leur dignité ? Ils savent que même si on les abat à l'extérieur, leurs racines continueront de pousser à l'intérieur et ressortiront plus loin. Ce sont eux, les gagnants. Tu es comme eux. Tu repousseras ailleurs. Ne t'inquiète pas. Ton épouse est une courageuse perruche déterminée à aller au bout de ses convictions. Vous n'êtes pas unis par hasard. Tu ne l'as pas mise en danger, vous ne faites qu'accomplir ce qui vous semble juste. Je vais interroger de vieux amis qui connaissent toutes les fripouilles et les âmes torturées de la ville pour la retrouver. Et pour le village, ne t'inquiète pas non plus, j'ai appelé les esprits et les génies de la forêt. Ils vont nous aider. Toi, tu te concentres sur Aléna. Ôte le brouillard qui trouble ta vision et tout te paraîtra clair.

Il raccrocha, laissant Gérard seul face à sa perplexité.

Il n'avait pas fini son initiation, c'était vrai. Il n'avait pas eu envie de le faire. Après tout, c'était un cartésien qui était tombé dans la marmite de ce vieux fou par hasard. Oui, il avait des dons, oui c'était troublant et oui, il avait été terrifié par ce qu'il avait traversé. L'initiation. Les rituels. Il n'avait pas aimé avaler ces drogues préparées à base de plantes, il avait détesté les cauchemars que cela avait engendrés. Comment ne pas devenir fou avec ces images obsédantes ? C'était douloureux, comme s'il s'était préparé à glisser de l'autre côté et à abandonner le monde des vivants.

Rester digne, garder son sang-froid. Réfléchir calmement. Martha était vivante, c'était son socle, sa colonne vertébrale, il ne pouvait vivre sans elle, mais il ne pouvait partir immédiatement pour le Congo : les 24 h de voyage nécessaires pour s'y rendre anéantiraient toute action possible de sa part et il savait à quel point les interventions mises en place dès les premières heures étaient primordiales dans les cas d'enlèvements.

Ne pas agir dans la précipitation et réfléchir à toutes les cordes pouvant être actionnées. Il avait les moyens d'agir. Même de l'autre côté de la planète. La petite bactérie sait qu'il existe toujours une porte ouverte pour atteindre son hôte. Il la trouvera.

Soudain, il entendit :

— Vous êtes venu avec Aléna ?

Il leva les yeux et aperçut une femme. Elle était marquée par les années et l'inquiétude. Elle portait sur ses épaules un fardeau d'une taille démesurée et elle avait besoin de s'alléger. Il s'avança et lui serra la main. Plus loin, un groupe d'enfants accompagné d'une jeune femme passait en chantant une comptine. Rien ne laissait deviner que quelques minutes plus tôt une tornade était venue enlever spectaculairement la conductrice du 4x4 fraîchement arrivée. Et personne ne pouvait distinguer la gigantesque angoisse qui était en train de gonfler dans sa poitrine.

— Rosetta Bowling, je présume ? demanda-t-il, surpris du calme et de la sérénité qui régnait sur ce lieu.

La femme ne répondit pas, occupée à scruter les pupilles de Gérard afin de comprendre pourquoi cet homme habillé d'une chemise à fleurs accompagnait Aléna.

— Je suis Gérard Coutard, détective privé au service de la DGSI. Mais si je suis arrivé jusque là, c'est avant tout pour protéger Aléna. Elle se pose beaucoup de questions, sur vous, sur Camille et sur Bioméca.

— Bien, alors, rentrons, se contenta-t-elle de répondre.

Gérard hésita, les pieds ancrés dans le sol, tenté de rester là, dehors, à ne rien faire d'autre qu'à attendre les nouvelles du Congo. Puis, il se rappela les paroles de Dieudonné :

Toi, tu te concentres sur Aléna. Ôte le brouillard qui trouble ta vision et tout te paraîtra clair.

Il suivit la femme à l'intérieur du bâtiment. Une spacieuse entrée débouchait sur un long couloir au bout duquel Gérard aperçut un vaste réfectoire. Ils bifurquèrent sur la droite et entrèrent dans le bureau de la directrice.

— Asseyez-vous, dit-elle en prenant place derrière son bureau et en reprenant son rôle de dirigeant. Alors, que veut la Direction Générale de la Sécurité Intérieure ?

— Comprendre qui est Aléna.

— Comment voulez-vous que je le sache ?

— Aléna est venue vous voir, il y a quelques mois. Vous la connaissez. Vous connaissez son père également, Tomi, avec qui vous avez travaillé il y a 29 ans dans la société Bioméca.

— Et alors ?

— Et alors vous savez forcément des choses qui pourraient nous éclairer.

— Comme quoi ? Qu'est-ce que vous voulez que je vous dise ! Aléna est venue ici, à l'orphelinat il y a quelques mois et elle a pris des photos pour une série qu'elle voulait faire. Y a rien d'autre à ajouter.

— Et elle a malencontreusement pris en photo Camille. C'est bien ce qui s'est passé ?

Rosetta fronça ses sourcils noirs épais. Son attention s'était perdue sous sa profonde arcade sourcilière et une ombre vint assombrir davantage son regard.

— Bon, maintenant, monsieur Coutard, vous allez arrêter de tourner autour du pot et me dire précisément pourquoi vous êtes là.

— Je vous l'ai dit, madame Bowling, je cherche des réponses. Savez-vous ce que Baretti trafiquait chez Bioméca ?

— Baretti ?

— L'actionnaire principal de Bioméca. Le patron, même s'il se cache derrière des sociétés-écrans. Vous ne le connaissez pas ?

— Non. Et puis, c'était il y a 29 ans, comment voulez-vous que je me souvienne de tout ?

Une ride se creusa au milieu de son front, ses orbites s'enfoncèrent encore plus loin dans son crâne et elle se mit soudainement à hurler :

— On va pas jouer au chat et à la souris encore longtemps, vous pourrez bien me menacer autant que vous voudrez, mais vous ne toucherez pas à Camille !

— Que voulez-vous dire ?

— Le gouvernement français ne la transformera pas en rat de laboratoire, il n'en est pas question ! Vous pourrez fouiller la forêt autant que vous voulez, vous ne la trouverez jamais. Jamais !

— Madame Bowling, je vous ai dit que je travaillais pour la DGSI, mais cela ne veut pas dire que j'accepte de faire tout ce qu'ils veulent. Pour vous dire la vérité, j'ai désobéi. Je devais filer Aléna, pas faire équipe avec elle. J'avais reçu l'ordre de l'empêcher d'embarquer pour le Brésil, mais j'ai décidé de l'accompagner tout de même.

— Pourquoi ?

— Mon boulot c'est d'assembler les bonnes pièces du puzzle, pas d'obéir aveuglement, ni de placer un pied à la place de la tête.

— Mais vous travaillez quand même pour eux. Excusez-moi, mais j'ai du mal à comprendre.

— N'essayez pas de mettre de la logique dans un esprit humain par nature complexe et le mien est particulièrement chaotique. Ce qui est important, c'est que des agents de la sécurité intérieure sont certainement en chemin pour tenter de ramener Aléna même si je sais qu'ils auront toutes les peines du monde à la maîtriser. Il est aussi possible que les hommes de Bioméca soient à l'affût également. Si je suis là, assis devant vous, c'est pour comprendre et trouver une stratégie, dans l'intérêt d'Aléna et de Camille. Elles sont en danger. Ne restez pas seule, Rosetta, vous avez besoin d'aide.

Rosetta écarquilla son œil gauche légèrement plus grand que le droit et trois nouveaux plis se formèrent sur son front. Elle réfléchit quelques secondes puis laissa retomber sa méfiance en lâchant :

— Comme si elle avait besoin de ça… Camille a déjà suffisamment de problèmes avec les trafiquants de bois, il faut en plus que toute cette histoire lui tombe dessus !

Elle inspira profondément sans prêter attention aux tressautements involontaires qui la malmenaient et continua :

— Les hommes de Bioméca sont venus. J'ai eu très peur. Au début, j'ai cru que c'étaient des gars envoyés par le directeur de l'association des exportateurs de bois : monsieur de Parvalho. Camille est tout à fait capable de se défendre, mais on ne peut rien faire contre une balle qui vous prend par surprise. Vous savez, l'exploitation illégale du bois engrange des enjeux financiers énormes et les tueurs à gages sont très performants. Camille est persuadée que c'est Parvalho qui commandite les meurtres des activistes et je pense qu'elle a raison. Comme elle se bat ouvertement pour défendre les Indiens isolés, sa tête est mise à prix. Alors, vous comprenez bien que ça commence à faire beaucoup ! Les bûcherons illégaux, Bioméca, et maintenant, la DGSI, c'est trop !

— Je comprends. Mais vous devez prendre au sérieux les questions posées par la sécurité intérieure, ils sont puissants.

— Je le sais bien. Oh, que oui, je le sais mieux que quiconque. Je les connais, moi, ces gens-là, croyez-moi, je les connais bien, pourquoi croyez-vous que je crève d'angoisse depuis….

Et elle éclata brusquement en sanglots. Des spasmes violents secouèrent sa poitrine, l'empêchant d'articuler des mots qui ressemblaient vaguement à des excuses. De grosses larmes se mirent à couler le long de ses joues. Elle ouvrit un des tiroirs de son bureau et en sortit un paquet de mouchoirs. Elle se moucha, essuya ses joues et inspira profondément en étouffant des hoquets qui venaient d'apparaître. Gérard attendit qu'une accalmie se présente pour lui demander doucement :

— Que s'est-il passé chez Bioméca il y 29 ans ? Qu'avez-vous découvert ?

Elle le regarda, tenta de parler, mais un sanglot lui tordit de nouveau la bouche. Gérard attendit encore un peu et poursuivit :

— Vous avez fait un stage dans cette entreprise. C'est bien là que vous avez croisé Tomi, son épouse Tatiana ainsi que Jérôme Colon, n'est-ce pas ?

Rosetta baissa la tête et murmura :

— Nous faisions plus qu'un stage. Nous étions des chercheurs et nous…

Elle arrêta de parler, muselée par un réflexe bien rodé qui consistait à se taire.

— Allez-y, déballez tout, il n'y a plus rien à cacher maintenant. Tout le monde est sur le pont et la vérité finira bien par éclater.

Elle releva les yeux, mais ne croisa pas le regard de Gérard. Il n'était plus là. Elle avait retrouvé au fond de son ventre le souvenir de sa jeunesse et l'avait fait remonter le long de sa gorge. Elle se souvint. Au début, tout était gai. Ils venaient de finir leurs études, ils avaient la vie devant eux et des projets formidables à mener.

— Bioméca permettait à de jeunes diplômés de se lancer dans la recherche très tôt. Nous étions des passionnés. Nous avions accepté d'intégrer une entité à part de Bioméca qui travaillait sur la fécondation in vitro, le clonage ainsi que sur la génétique. Un milliardaire avait offert deux millions de dollars au laboratoire pour que nous clonions son chien tout en éliminant le gène qui avait rendu malade son berger allemand, à condition de rester discrets et de ne pas divulguer l'information. Quels naïfs nous étions ! Il savait très bien que nous frôlions la légalité. Je suis à présent certaine qu'il avait bien d'autres intentions. Nous avons donc commencé les recherches et nous sommes allés jusqu'au bout : nous avons cloné le chien ! Rendez-vous compte, nous étions en 1987, Dolly, la première brebis clonée a vu le jour en 1997, nous avions 10 ans d'avance ! Puis, ce même milliardaire a remis une grosse somme sur la table pour poursuivre l'aventure et cloner du tissu humain à des fins thérapeutiques. À l'époque, la réglementation n'était pas encore bien développée sur ce sujet, nous étions des précurseurs et en plus, nous travaillions dans le secret.

Elle fit une pause et fixa son regard dans le vide

— N'avez-vous jamais regretté une chose que vous auriez faite dans votre passé ? Une chose stupide que seule une personne immature peut accomplir ? C'était bien ce que nous étions : des immatures, tellement avides d'avancer dans la recherche que nous n'avons pas voulu voir l'autre côté du miroir. Cloner du tissu humain à des fins thérapeutiques peut paraître très honorable comme objectif, et ça l'est, si la technique est mise entre de bonnes mains, mais, sans réglementation précise et au service d'un intérêt douteux, c'est criminel. Nous ne nous étions jamais demandé qui était ce milliardaire tellement généreux et pourquoi il souhaitait avancer sur ce sujet. Nous étions jeunes, prêts à tout, il nous a poussés dans une voie que je n'emprunterais pas aujourd'hui. Il a utilisé notre naïveté pour nous faire faire des expériences sans l'accompagnement nécessaire, c'est-à-dire sans la surveillance d'un groupe de sages. Sans éthique.

— Qui était ce milliardaire ?

— Je ne sais pas. Personne ne savait exactement. Peut-être qu'il s'agissait de l'homme d'affaires dont vous parliez tout à l'heure ?

— Baretti ?

— Oui, c'est ça, Baretti, son nom me dit quelque chose, à présent. En tout cas, je suis certaine d'une chose : son seul objectif était de servir son propre intérêt. L'être humain n'est pas toujours altruiste. Je m'en suis aperçue trop tard. Un jour, notre unité a dû fermer précipitamment, car nous devions être inspectés par le Comité de surveillance fédéral américain qui avait eu vent de nos activités. Tout a été vidé, nettoyé et désinfecté en une journée. Il n'y avait plus aucune trace de notre unité.

— Que vouliez-vous cacher exactement ?

— Et bien, en fait… nous sommes allés au-delà du clonage de tissu humain.

Rosetta fixa pour la première fois Gérard dans les yeux. Le souvenir de sa faute grossissait et prenait une place folle dans la pièce.

— Nous nous sommes aventurés dans le clonage reproductif, c'est-à-dire la création d'êtres humains complets. C'était si simple que nous en avons été bluffés nous-mêmes. Nous avons utilisé la technique de la séparation d'embryon : nous avons récupéré un embryon humain, puis avons attendu qu'il se divise jusqu'à atteindre huit cellules. Ensuite, nous l'avons divisé en quatre groupes de deux cellules, qui ont été insérés dans des ovocytes dont le matériel génétique avait été supprimé. Nous avions ainsi créé quatre clones : A, B, C et D. Le Comité fédéral d'éthique admet la conception d'embryons à des fins de recherche, mais recommande de limiter les expériences au quatorzième jour. Les clones B et D n'étaient plus viables à cette date, par contre les clones A et C vivaient toujours. Nous n'avons pas respecté la règle. Nous n'avons pas détruit les embryons au quatorzième jour, nous les avons gardés.

— A comme Aléna, C comme Camille ?

Rosetta baissa les yeux encore plus loin dans le sol. Gérard pouvait sentir l'acidité qui lui dévorait le ventre. Elle n'avait cessé de culpabiliser depuis ce quatorzième jour.

— Comprenez bien, monsieur Gérard, nous avions accompli une véritable prouesse : cloner des embryons humains et parvenir à les laisser se développer dans des boîtes de Petri. Nous ne pensions pas qu'ils vivraient. Nous étions persuadés que les échanges moléculaires avec la mère étaient nécessaires pour que l'embryon amorce son développement dès les premiers jours de vie. Mais grâce à un milieu de culture que nous avons préparé à base d'acides aminés et de glucose, les embryons se sont développés normalement. Vous réalisez ? On a découvert que ni les échanges avec la mère ni la structure spatiale de l'utérus n'étaient indispensables à l'embryon. Il détient seul l'information nécessaire pendant ses premiers jours de vie. Le quinzième jour, on nous a prévenus que le laboratoire allait fermer en urgence. Alors, fous de nos activités et de nos recherches, nous avons commis l'impensable : nous avons implanté les embryons sur Tatiana et moi-même. Il n'était pas question que nous arrêtions l'expérience après tout ce que nous avions fait. Nous avions réussi, nous voulions savoir jusqu'à quel stade les clones étaient viables. Nous avons procédé à l'implantation, exactement comme pour une fécondation in vitro, sans penser véritablement que cela allait fonctionner. Puis, nous sommes partis aussi vite que possible afin d'emporter avec nous le fruit de nos recherches. Au début, nous avons voulu rester ensemble pour étudier l'évolution des embryons. Dans notre grande inconscience, nous projetions d'utiliser les protocoles de nos tests pour soulever des fonds et créer un laboratoire de recherche en France. Nous nous sommes installés à Pau, une ville tranquille du sud-ouest de la France où personne n'aurait jamais pensé à aller nous chercher et où nous avons pu étudier tranquillement l'évolution des embryons.

Rosetta se leva et s'approcha de la fenêtre. Elle observa l'extérieur, autant pour vérifier que tout allait bien que pour se donner le courage de poursuivre.

— Mais les grossesses sont allées à leurs termes. Nous ne pensions pas que cela arriverait. D'apprentis sorciers, nous allions devenir parents. Il ne s'agissait plus d'étudier un cas de laboratoire, mais d'accueillir un enfant. Nous étions très perturbés. Un mois avant l'accouchement, j'ai décidé de quitter Pau pour m'installer chez ma famille qui habitait Los Angeles. J'ai tout plaqué. J'ai dit à Tomi et Tatiana que j'arrêtais tout, la recherche, les laboratoires, la biologie. Je suis partie en laissant les protocoles de tests à Tomi, je ne voulais plus entendre parler de cette histoire. J'avais peur. Tomi et Tatiana aussi. Nous ne voulions surtout pas que Bioméca apprenne ce que nous avions fait. Nous savions qu'ils étaient prêts à transgresser toutes les règles établies dont celles les plus élémentaires en matière éthique alors, qu'auraient-ils fait en apprenant l'existence de notre expérience secrète ? Nous devions cacher et protéger nos enfants. Nous avons passé un pacte : rester discrets, ne jamais raconter l'histoire, correspondre uniquement par courrier papier afin de les détruire ensuite immédiatement. Cela peut paraître extrême, mais je crois que c'était nécessaire.

— Vous avez sans doute eu raison, Rosetta dit Gérard en pensant à la valise d'Aléna qui était restée dans le 4x4, mais il y a quelque chose que je ne comprends pas : du coup, qui sont les parents biologiques d'Aléna et de Camille ? Je veux dire, d'où venait l'embryon qui a été cloné ?

Rosetta revint s'asseoir et répondit comme essoufflée d'avoir expulsé autant d'incongruités.

— C'était l'embryon de Tatiana et de Tomi. Ils étaient jeunes et produisaient des spermatozoïdes et des ovocytes de très bonne qualité.

— Pourquoi eux ? Pourquoi pas vos ovocytes ou ceux de donneurs anonymes ?

— Vous pensez bien qu'il est déjà très difficile pour un laboratoire officiel de se procurer ce genre de matériel alors, pour nous c'était impensable. Pourquoi Tomi et Tatiana ? C'est venu naturellement. Peut-être parce qu'ils étaient en couple. Je ne pourrais pas vous répondre. Il n'y avait pas de rationalité dans notre démarche globale, il ne fallait pas en chercher ailleurs.

— Camille est-elle au courant de tout ceci ?

— Je lui ai tout avoué il y a quelques semaines quand j'ai senti que le vent tournait. J'ai toujours voulu la protéger. Moins elle en savait, mieux c'était. Mais je ne voulais pas non plus qu'elle apprenne la vérité de la bouche d'une personne de Bioméca venue ici pour tenter de l'emmener. Finalement, j'ai l'impression que ça l'a plutôt soulagée de tout savoir.

— Je pense en effet qu'il est primordial de connaître son passé pour avancer sereinement. Pour elles et surtout pour leurs futurs enfants.

— Monsieur Coutard, Camille et Aléna ne sont pas comme vous et moi, je ne suis pas certaine qu'elles puissent avoir des enfants et, pour tout vous dire, j'espère que non. Tomi et moi-même avons veillé à ce qu'elles portent des stérilets afin d'éviter tout risque de grossesse.

— Pourquoi dites-vous ça ?

Rosetta pâlit et devint subitement blanche.

— Il s'est passé autre chose avec le clonage.

Chapitre 41

Aléna se hissait le long de l'arbre en haut duquel Wilfried Peanut croupissait. Elle s'agrippait aux branches avec l'agilité d'un félin qui se dirige vers sa proie. Plus elle s'élevait et plus elle s'extasiait devant ses mouvements qu'elle exécutait avec un naturel déconcertant. Ses mains agissaient de manière autonome, déconnectées de son cerveau. Ses jambes suivaient, propulsées par ses pieds qui repéraient instinctivement les cavités du tronc pour s'y engouffrer et prendre appui.

C'était évident. Elle avait toujours su le faire. Ses muscles fonctionnaient à la perfection.

Elle allait enfin rencontrer l'homme qu'elle haïssait plus que tout. Elle ne savait pas ce qu'elle allait lui dire ni lui faire, mais elle était déterminée à en savoir plus, à récolter une explication, des excuses, des remords peut-être.

Wilfried Peanut, celui qui avait tué son père de la manière la plus lâche et la plus sordide qui existait, celui qui avait voulu l'enlever, la droguer, celui qui avait définitivement fait basculer sa vie dans le chaos. Ce roux qui dégageait cette abominable odeur de vinaigre et qui avait uriné comme un porc dans son rêve. Elle allait enfin pouvoir le regarder dans les yeux, le dominer, elle, la prédatrice, elle, qui d'un geste pouvait le massacrer.

Elle s'installa sur une branche suffisamment loin pour ne pas être envahie par son odeur.

Il était nu. Camille l'avait intégralement déshabillé, mais au lieu de camoufler ses parties intimes, il les exhibait comme un trophée, comme s'il cherchait à prouver sa supériorité, comme s'il justifiait un droit de possession sur elle. Il était encore plus répugnant que dans son rêve. La chaleur et l'humidité avaient englué ses mèches d'une transpiration visqueuse. Son regard hypocrite était dissimulé derrière deux billes affabulatrices : il essayait de se faire aimable. Aléna y aurait presque cru si elle n'avait pas senti l'odeur de la perversité qui tentait de s'infiltrer dans ses pores.

— Ah, te voilà enfin, Aléna.

Il sourit en dégageant une froideur malintentionnée et, par nervosité ou par habitude, il ricana bêtement. Aléna reconnut la voix. C'était la même que dans son rêve. Elle ne sut pas trop quoi dire, il y avait bien trop de questions douloureuses à soulever. Elle lâcha brutalement :

— On va pouvoir s'expliquer.

Pour toute réponse, Wilfried fit une grimace qu'Aléna ne parvint pas à interpréter immédiatement : il releva sa lèvre supérieure en laissant entrevoir ses dents comme s'il voulait sourire à nouveau, puis il racla sa gorge et alors seulement elle comprit qu'il se préparait à cracher. Elle dut se pousser pour éviter le mollard.

Elle bondit d'un coup et le gifla, sans réfléchir. C'était parti tout seul, sans même qu'elle s'en rende compte,

— Doucement, Aléna, je te visais pas, c'était pas la peine.

Elle revint sur sa branche et lui demanda alors qu'il essuyait du sang qui coulait de sa bouche :

— Maintenant tu vas tout me dire sinon je te brise les os, un par un.

— Impressionnant, j'adore te voir quand tu fais sortir la bête.

Elle ne se retint pas, s'avança et mordit le bras jusqu'à ce que l'os se disloque sous ses dents. Elle entendit l'homme hurler et retourna à sa place.

— T'étais pas obligée ! On n'a plus le droit de faire des compliments maintenant ? cria Wilfried en se tenant le bras.

— Au moins, t'as une bonne raison de grimacer à présent.

— T'es encore plus forte que je ne le pensais, gémit-il.

— Pourquoi est-ce que tu me persécutes ?

— Putain, mais j'ai super mal, là !

Wilfried avait plaqué son bras contre son ventre et essayait de trouver le meilleur moyen de le maintenir en place : avec son autre bras, en s'aidant des genoux, en s'allongeant. À chaque fois qu'il changeait de position, son visage, rougi par la rage, se plissait de douleur. Enfin, il trouva la bonne position et se concentra pour répondre :

— Je ne te persécute pas, Aléna. Je veux juste te parler.

— En me poursuivant ? En voulant me droguer, m'enlever ? Me prends pas pour une imbécile ou je recommence avec l'autre bras.

— Ok, ça va, je vais te dire. Je travaille pour un laboratoire qui a remarqué que tu avais des capacités physiques hors normes et ils aimeraient savoir comment tu arrives à accomplir de telles prouesses. Ils voudraient que tu viennes avec moi, mesurer à quelle vitesse tu cours, à quelle distance tu bondis, prélever un ou deux échantillons de sang pour savoir ce qu'il se passe dans ton organisme et puis, voilà, c'est tout. Tu vois, c'est pas grand-chose, et en plus, ils paient très bien.

— Ce laboratoire c'est Bioméca, soit plus précis Wilfried et me raconte pas de conneries. Qu'est-ce qui s'est passé là-bas ? C'est là que t'as rencontré mon père ?

— Il t'en a parlé ? Ça m'étonne, lui qui dit jamais rien… en même temps, t'es sa fille, c'est normal s'il t'a expliqué tout ça. Mais alors, pourquoi t'as l'air de rien comprendre là ?

— Ne fais pas le malin, menaça Aléna en faisant mine de s'avancer.

— Oui, on a travaillé ensemble. Enfin, lui faisait partie d'un groupe de chercheurs et moi d'un autre. On appartenait à une unité un peu particulière de Bioméca : un labo un peu en retrait et caché dans le désert de Mojaves, tu vois le genre, un endroit où on peut pratiquer des expériences sans être dérangé. L'équipe de ton père avait encore plus le goût du secret que les autres, ils ne voulaient rien dire. Ça énervait tout le monde. Ils faisaient leurs grands airs mystérieux de ceux qui travaillent sur quelque chose d'important, mais ils ne voulaient jamais en parler. Moi je me suis toujours dit que ce n'était pas net tout ça. Surtout quand ils ont décidé de quitter les États-Unis juste après la fermeture de notre petite entité secrète. J'ai toujours su qu'ils cachaient quelque chose.

— Pourquoi as-tu tué Tomi ?

Malgré la blessure, son air de défiance persistait. Il ne baissait pas les armes. Il savait bien, pourtant, qu'il n'avait aucune chance.

— Ah, pauvre Tomi, il a pas été très malin, celui-là. Quand j'ai été nommé directeur de la Recherche et du Développement, j'ai enfin eu accès aux vieux dossiers classés top-secret. Tu penses bien, tout ce qu'on avait fait dans ce labo était interdit. J'ai pu récupérer le dossier et ensuite, j'ai fait des recherches sur lui, Tatiana et Rosetta.

Je les ai tous retrouvés et j'ai été très surpris de constater que de charmantes petites filles étaient nées à quelques jours d'intervalle. Les archives présentes chez Bioméca étaient très succinctes, Tomi avait embarqué tous les protocoles de tests. Je lui ai proposé beaucoup d'argent pour les récupérer, mais il a refusé.

— Tu l'as tué uniquement parce qu'il refusait de te communiquer ces documents ?

— Arrête avec tes grands airs ! Je ne l'ai pas tué. Bon, j'ai peut-être abusé avec la dose. Le produit était plus puissant que je ne l'imaginais. On n'est pas toujours au point avec nos créations, tu en sais quelque chose, hein ? On va dire que c'est un dommage collatéral même si pour toi c'est un peu dur, je l'admets. Tu t'en remettras. Mais Tomi, franchement, il n'aurait pas dû garder tous ces documents avec lui, c'était pas très honnête de sa part.

— S'il y a bien une personne honnête et intègre sur cette terre c'est mon père, ne salis pas sa mémoire, espèce d'enflure !

— Ouais, honnête, intègre, ça me fait bien rire quand j'entends ça ! Elle était où son intégrité quand il t'a clonée, hein ? Tu t'es posé la question ? C'est bien lui qui a été à l'origine de cette expérience, il aurait dû assumer jusqu'au bout. Et puis, monsieur Baretti a financé toute cette opération il y trente ans, c'est normal qu'il récupère les fruits de tout ceci non ? Ces documents lui appartiennent.

— C'est qui ce Baretti ?

— Baretti, l'homme d'affaires. Tu ne connais pas ? demanda Wilfried en levant les yeux au ciel.

— Non.

— Il est plus riche et plus puissant que ton pays, alors fais le bon choix. Il serait absolument enchanté de faire ta connaissance, Aléna. Il te donnera tout ce que tu désires, il est très riche, très puissant et il a besoin de toi. Tu peux tout lui demander. Si tu manœuvres bien, il te mangera dans la main.

— Mais c'est n'importe quoi, t'es vraiment un grand malade ! Tu as tué mon père, tu n'es qu'une déjection humaine, une raclure et tu penses que je vais te suivre pour aller voir ce connard ?

Wilfried voulut changer de position, mais grimaça de douleur. Il continua d'une voix étouffée :

— Excuse-moi, mais vu ton état, je me poserais des questions sur ta capacité à vivre normalement. Je ne suis pas certain que tu arrives à vivre seule, tu devrais vraiment t'en remettre à nous.

— Jamais de la vie.

— On ne te laissera pas le choix.

— Moi non plus je ne vais pas te laisser le choix quand je vais écraser ta face de rat contre tes couilles qui puent la pisse.

— Tu vois bien que tu ne maîtrises pas ton agressivité. Tu ne peux pas rester seule, tu dois être accompagnée. Laisse-nous t'aider. Pour Tomi, on t'aidera aussi à faire ton deuil. C'était une erreur, un dosage qui n'avait pas été fait correctement. Il est parti en douceur, ne t'en fais pas. Il ne faut pas que tu en fasses un drame.

— Et moi je vais faire éclater ton foie comme un vieux furoncle, mais faudra pas que t'en fasses un drame, hein ?

— Si j'étais toi, je me calmerais un peu, ma p'tite. Et je commencerais à analyser froidement la situation.

Qu'est-ce qui t'attend dans le monde exactement ? Tu es une aberration, une erreur de laboratoire, il n'y a pas si longtemps, on exhibait les anomalies comme toi au cirque, ou on les abattait. Tu ne seras jamais acceptée nulle part, tu seras toujours rejetée pour ce que tu es. T'es partie d'une erreur ma pauv' fille, tu ne pensais quand même pas grimper sur le podium de miss univers ? Ah si, peut-être dans la catégorie des monstres ! Pour survivre, tu vas avoir besoin de soutien, d'argent, de beaucoup d'argent et seul monsieur Baretti peut t'en donner assez pour que tu puisses vivre dignement.

Elle entendit subitement un grondement s'approcher. Camille la rejoignait. Puis, elle ressentit des vibrations sortir de l'intérieur de son ventre. Elle grognait, elle aussi, et son râlement se mélangeait à celui de sa sœur.

Atomic

Les vibrations remontèrent dans leurs poumons, leurs gorges ainsi que dans leurs têtes, les transformant en deux bêtes prêtes à bondir et à mordre.

Tonight make it right

Une petite veine se mit à palpiter sur le cou de Wilfried.

Oh your hair is beautiful

Un appel.

Tonight, tonight

Une tentation bien trop provocante.

Oh, uh huh make it magnificent

Elles bondirent et s'acharnèrent sur leur première proie commune.

Atomic

Leur baptême.

Chapitre 42

— Qu'est ce qui s'est passé d'autre, Rosetta ?

La directrice était restée figée dans la même position, sans parler, sans amorcer l'ombre d'un mouvement et sans cligner des yeux, comme si elle s'était perdue au fond de ses souvenirs. Gérard lui répéta encore une fois la question, un peu plus fort :

— Rosetta, qu'est ce qui s'est passé d'autre avec le clonage ?

Elle sursauta, une lueur de conscience revint dans son regard et elle répondit, très lentement :

— Vous avez dû remarquer que les filles possèdent des capacités physiques hors normes ?

Gérard approuva d'un mouvement de tête. La femme était sur le point de percer l'abcès qui pourrissait au fond de ses poumons depuis presque trente ans.

— Ceci n'est pas dû au clonage qui, pratiqué seul, n'est pas censé altérer la structure de l'individu.

Elle demeura encore immobile en menaçant de se transformer à nouveau en statue pétrifiée dans ses peurs et ses regrets puis elle se décida :

— Huit ans après la naissance, j'ai commencé à m'apercevoir que Camille était différente. Elle se recouvrait de poils, possédait une force ahurissante et avait beaucoup de mal à maîtriser son agressivité. Je l'ai écrit à Tomi pour savoir si Aléna présentait les mêmes caractéristiques et il me confirma vouloir amener sa fille chez le docteur Colon pour un diagnostic. On se connaissait bien. Le docteur Colon faisait partie de la section génétique de Bioméca. À l'époque, nous lui fournissions des embryons pour ses travaux. Mais il n'était pas censé s'approcher de l'embryon qui allait être utilisé pour le clonage ! Il y a eu un bug, un problème dans le déroulement de la procédure. Il a manipulé notre embryon sans que nous le sachions. C'est Tomi qui a eu le pressentiment quand les premiers symptômes sont apparus et il est allé consulter Colon au sujet d'Aléna. Son pressentiment s'est révélé être exact.

— Que genre de manipulations faisait-il ?

— Il cherchait à introduire des gènes surperpuissants à l'intérieur d'embryons afin de tester le développement de certaines capacités chez l'homme. Notre laboratoire se cachait non loin du désert de Mojaves, en Californie et dans cette région, du moins à l'époque, on recensait un certain nombre de pumas. Jérôme Colon était fasciné par leurs extraordinaires capacités. Il en a capturé un, a analysé ses gènes, et les a ensuite utilisés pour les incorporer dans des embryons. Il a ainsi manipulé des centaines d'embryons qui étaient tous censés disparaître à la fin des tests. Tous sauf un… qui a ensuite été cloné.

— Le puma, vous parlez bien de l'animal ? demanda Gérard interloqué.

— Oui. Camille et Aléna possèdent une partie des gènes du puma, d'où le fait qu'elles disposent de capacités physiques hors normes. Comme les pumas, elles peuvent courir jusqu'à 70 km/h, elles sont capables de faire des bonds pouvant atteindre quatre à cinq mètres de haut et j'ai déjà vu Camille franchir 10 mètres en longueur d'un bond à partir d'une position fixe. Elles savent aussi grimper aux arbres. Bref, imaginez les conséquences si cette technologie était utilisée par de mauvaises personnes !

C'était devant lui, mais il n'avait pas vu, pas compris, pas entendu. Les grondements d'Aléna venaient du plus profond d'elle-même, de son animalité. La moitié d'elle-même obéissait à des instincts qui n'étaient pas humains. Son corps et son apparence cachaient une bête féroce. Et elle ne le savait pas. Ses problèmes n'étaient pas psychiatriques, elle agissait avec la logique d'un puma : celle d'un prédateur, d'un fauve qui se défend quand on l'attaque et qui chasse quand il a faim.

— C'est effarant, finit-il par lâcher.

— C'est pourquoi nous avons accru notre discrétion. Nous ne nous autorisions que des communications par le biais de courriers papier que nous étions censés détruire après. Pas de coups de fils, pas de emails. Nous faisions en sorte de limiter la publication de photos sur Internet afin d'éviter toute reconnaissance faciale. En revanche, nous suivions les activités de Bioméca afin de vérifier qu'ils n'avaient pas de doutes nous concernant. J'ai commencé à avoir peur le jour où j'ai découvert que Wilfried Peanut avait été nommé directeur de la Recherche et du Développement. Je n'ai jamais aimé cet homme. Il faisait partie de l'équipe qui a pratiqué les clonages, mais il n'était pas apprécié des autres. Il était fourbe, il essayait constamment de monter les uns contre les autres pour se faire valoir ensuite auprès de la direction comme étant l'homme de la situation. Tout ce qui l'intéressait, c'était de progresser dans la hiérarchie. Il ne s'est jamais vraiment intéressé à la recherche, uniquement aux bénéfices qu'il pouvait en tirer. C'est un mauvais. Un pervers qui passait son temps à espionner ses collègues et je pense qu'il s'est douté de quelque chose quand Tatiana et moi avions procédé à l'implantation des embryons. Je sais qu'il est resté toute sa vie dans ce laboratoire et je pense qu'il a attendu la bonne opportunité pour rouvrir ce vieux dossier.

Une sonnerie retentit. Rosetta regarda l'heure : il était midi. L'école s'apprêtait à marquer sa pause déjeuner. Elle reprit :

— Tout a vraiment basculé le jour où j'ai vu Aléna débarquer. J'ai paniqué. Elle est arrivée alors que je m'attendais à voir « Claire Rougegorge », la photographe. Pourquoi était-elle là ? Que m'avait caché Tomi ? Je lui ai écrit une lettre, mais comme je n'avais pas de réponse j'ai fini par lui envoyer un mail. Et comme je n'avais toujours pas de nouvelles, j'ai contacté Jérôme Colon.

— Par quel hasard Aléna est-elle venue jusqu'à vous ?

— C'est Tomi qui s'est débrouillé pour envoyer sa fille ici, mais il n'a pas voulu, ou pas pu, je ne sais pas, me prévenir.

— Pourquoi a-t-il fait ça ?

— Tomi était malade, mais il n'aurait pas dû mourir. D'ailleurs, je n'ai appris son décès que bien plus tard. Il a été empoisonné. Il a refusé de communiquer des documents que Wilfried Peanut lui demandait. Ce salopard l'avait menacé et il est allé au bout. Il l'a assassiné. Quand Tomi s'en est rendu compte, il s'est rapproché de Jérôme Colon qui a fait ce qu'il pouvait, mais que voulez-vous… le mal était fait, Tomi a survécu dix jours avant de succomber. Ensuite, Wilfried s'en est pris à Jérôme qui lui a envoyé des faux documents pour brouiller les pistes. Jérôme m'a prévenue : après lui, j'étais sur la liste et il avait très peur. Il redoutait de prendre la mauvaise décision.

— Quelle décision ?

— Se rendre aux autorités, tout expliquer, demander la protection de la sécurité intérieure, pour lui et pour Aléna.

— C'est ce qu'il a fini par faire, il me semble.

— Oui, et je n'étais pas d'accord. J'ai paniqué. J'ai appelé Aléna pour qu'elle parte, qu'elle fuie.

Maintenant que Tomi n'est plus là, je me sens responsable. Je n'ai pas envie qu'elle termine dans un laboratoire. Moi, j'ai un autre plan : alerter la communauté scientifique, rendre publique l'information pour obliger les autorités américaines chez qui la société est immatriculée à réagir et à arrêter le projet. J'ai déjà commencé : il y a quelques semaines, j'ai envoyé un courrier à une revue scientifique britannique et ils ont publié l'article.

— Je comprends la stratégie, mais cela risque de prendre du temps avant d'aboutir à de réelles arrestations. Nous n'avons pas ce luxe.

Gérard se leva et s'approcha de la fenêtre afin de vérifier que personne ne s'approchait de la voiture. Un groupe d'enfants se dirigeait vers l'entrée de la bâtisse. Il devait récupérer la valise d'Aléna et vérifier que ces fameux dossiers se trouvaient bien à l'intérieur.

— Excusez-moi, je reviens de suite, dit-il sans d'autres explications.

Il sortit du bureau et remonta le couloir qui s'était rempli d'écoliers affamés. Il se fraya un chemin parmi ces petites têtes qui fonçaient en sens inverse vers le réfectoire. Il sortit enfin du bâtiment et plongea dans la chaleur moite de l'équateur.

Il se précipita vers la voiture, ouvrit le coffre et attrapa la valise d'Aléna. Il fouilla avant de tomber sur les fameux dossiers. Parmi eux, il trouva celui qu'il devina être le plus sensible. Dessus était écrit : A. Comme Aléna. Il le prit et retourna dans le bureau de la directrice.

— Voilà quelque chose qui pourra nous servir dans la négociation.

Rosetta, qui commençait à peine à retrouver quelques couleurs aperçut la couverture du dossier et reconnut l'écriture de Tomi.

— Je me doutais bien qu'Aléna avait retrouvé ces documents !

— Rosetta, quels sont les enjeux de ce dossier ? J'ai bien compris que Bioméca ne devait pas le posséder, mais qu'en est-il des autres laboratoires ? Que se passe-t-il si nous communiquons ces documents à la DGSI ?

— Ce type de recherche doit impérativement être encadré par un accompagnement éthique. L'un ne peut exister sans l'autre. Si la communauté scientifique entière a accès à ces documents, l'accompagnement éthique se fera alors obligatoirement. Ces informations doivent être soit détruites, soit rendues intégralement publiques en les confiant à un groupe d'experts internationaux.

— Alors, que doit-on faire ? Détruire ces documents ou les diffuser ?

— Je veux que Bioméca soit dénoncée, condamnée et que les agissements nauséabonds de cette société cessent.

— Quitte à dévoiler au monde entier l'existence de deux femmes-puma ?

— Quitte à expliquer au monde entier les enjeux de ces découvertes sans révéler l'identité des femmes-puma.

— Et avec les services secrets français, qu'est ce qu'on fait ? Ils ne vont pas vous épargner, vous allez devoir négocier. Et d'ailleurs, où sont Camille et Aléna ? Je suis surpris de ne pas avoir déjà vu les agents de la DGSI arriver. Et les hommes de Bioméca ? Vous avez dit que Wilfried était là ce matin, où sont-ils ?

Rosetta esquissa un léger sourire.

— L'avantage d'avoir été génétiquement modifiée avec les caractéristiques d'un puma, outre le fait d'avoir des capacités physiques extraordinaires, c'est que Camille possède également un tempérament de prédateur. Donc, en général, c'est elle qui chasse. Je pense que Wilfried doit être suspendu quelque part au sommet d'un arbre. Espérons qu'il ne soit pas trop amoché. Il est fort à parier que les agents de la sécurité ont connu le même sort.

— Je me doutais bien qu'ils n'allaient pas pouvoir ramener Aléna aussi facilement !

Aléna était un puma qui n'avait pas vécu dans le bon environnement. Elle était condamnée à dompter ses instincts ou à s'installer dans son milieu naturel. Ici ? Avec sa sœur ?

— Elles ne pourront pas rester cachées dans la forêt éternellement, dit Gérard à Rosetta autant qu'à lui-même. Les autorités savent faire plier le plus robuste des arbres. Et puis, il faudra bien qu'elles libèrent les hommes. Il va falloir négocier avec la DGSI.

— Et leur donner carte blanche pour qu'ils transforment ma Camille en rat de laboratoire ? Pas question ! Non, le mieux est qu'elles restent ici, cachées dans la forêt. Camille le fait souvent.

— Une vie d'exil ? Rosetta, ne sous-estimez pas la puissance d'un gouvernement. On doit trouver une ligne de négociation rapidement sinon, ils ne nous laisseront aucun choix. Ils ont les moyens de faire pression, croyez-moi, ils savent comment procéder. Ils s'en prendront à vos proches, à vos intérêts, ils trouveront la faille et ils n'hésiteront pas. Ils sont capables de faire en sorte de couper le financement de l'orphelinat par exemple, ou de passer un accord avec le gouvernement brésilien pour vous refuser le renouvellement de vos visas et vous obliger ainsi à rentrer en France, en découvrant au passage de la drogue dans vos valises et à vous faire passer pour des hors-la-loi, vous et Camille qui se retrouvera alors, curieusement, interceptée et incarcérée dans un endroit discret et éloigné. Non vraiment, Rosetta, il est préférable de trouver un terrain d'entente.

Gérard entendit son téléphone vibrer. Il regarda rapidement et vit le message de Simpliste :

On vient de recevoir un courrier. Allez voir votre boîte mail.

Il ouvrit sa messagerie et aperçut un mail en provenance d'un certain Kiamor. Il ne connaissait pas ce nom, mais savait que derrière se cachait un être malfaisant. Il lut :

Que le courrier ci-joint soit pris pour un avertissement à Mr Gérard COUTARD, un homme sans cœur, sans foi ni loi, qui s'emploie à travers son épouse MARTHA COUTARD à faire souffrir des Congolais, juste pour satisfaire ses ambitions d'enrichissement.

Je suis officier de la sécurité d'état (sous pseudonyme), et je viens vous avertir d'un danger de sécurité personnelle que vous êtes en train de faire courir à votre femme que vous avez laissée lâchement seule.

Soyez attentif à ce courrier, c'est pour votre bien. Il n'est pas trop tard, nous la protégeons encore, mais ressaisissez-vous, et soyez plus humble et plus humain.

Si vous aviez pris un peu de peine pour étudier un peu la sociologie de notre pays, vous auriez su, à temps, que derrière un Congolais il y a souvent un colonel, un général, un ministre, un agent de la Présidence, etc. Mais votre arrogance, vos instincts de colon et vos ambitions d'enrichissement sont trop démesurés pour laisser une place à la lucidité et à l'humanisme.

Des bruits de contestation publique sur votre façon de traiter les employés congolais nous ont poussés à enquêter sur votre personne et tout est prêt pour vous détruire, sauf si vous changez d'attitude.

Alors, si vous cherchez la guerre, vous l'aurez, mais alors la bonne, et toute l'armée française ne suffira pas à vous protéger, parce qu'en un claquement de doigts, votre femme se retrouvera, au mieux dans mon élevage de requins et de cobras et au pire, dans le fleuve avec les crocodiles. À vous de choisir.

Les hostilités avaient officiellement débuté. Ils détenaient Martha et avaient envoyé leur lettre de menaces. Il la relut plusieurs fois. Aucune revendication précise n'était mentionnée. Bien évidemment. Ils ne pouvaient indiquer clairement leur demande au risque de se faire démasquer, mais Gérard savait ce qu'ils désiraient : donner au ministre le nom d'un autre coupable.

Il ne pouvait accéder à cette requête : il n'allait pas faire condamner un innocent pour garantir à ces crapules le maintien de leurs malversations. Et quand bien même il le ferait, rien ne garantissait qu'ils laisseraient la vie sauve à Martha par la suite. Il devait agir vite.

Simpliste n'était pas assez puissant pour faire autorité auprès des personnalités locales. Il fallait qu'il trouve autre chose, qu'il fasse pression sur une personne vraiment influente afin de contrer Boutzalou.

— Tout va bien ? demanda Rosetta surprise de voir le détective stagnant dans une mine déconfite.

— J'ai une proposition à vous faire, Rosetta, une ligne de négociation qui protégera Aléna, Camille et, aussi curieux que cela puisse paraître, mon épouse…

Chapitre 43

Camille marchait calmement, comme si elle méditait au rythme de ses pas. À chacune de ses enjambées, ses pieds alourdis par la puissance musculaire de son corps s'enfonçaient dans le sol. Malgré tout, la force qui se dégageait de ses cuisses lui offrait une démarche terriblement féline.

La densité de la végétation et la chaleur humide ne l'atteignaient pas, bien au contraire. Elle avançait avec assurance et détermination.

Aléna suivait, silencieuse. Elle remarqua que leur allure, qui pouvait paraître tranquille, était en réalité très rapide. Elles filaient à travers la jungle comme si elles en connaissaient les moindres détails.

L'ivresse de leur rencontre et de leur première chasse avait laissé la place à un moment de répit et elles se dirigeaient silencieusement vers l'orphelinat. L'une et l'autre savaient également qu'elles s'avançaient inexorablement vers les non-dits de Rosetta.

Aléna jeta un œil aux jambes de sa sœur. Camille était habillée d'un legging moulant qui laissait apparaître le travail de ses muscles. Pas de doute, elle était bien entraînée. Bien plus qu'elle.

Elle, à qui on avait toujours interdit d'utiliser ses inquiétantes prédispositions corporelles, elle qui n'avait pas fait fonctionner ses muscles comme elle aurait dû et qui maintenant, mourait d'envie de les pousser à leur maximum, de les endurer, de les faire exister et de compenser des années de frustration.

Elle n'en revenait toujours pas de ce dont elle était capable. Elle pouvait bondir sur plusieurs mètres, sans même prendre de l'élan, comme ça, d'un coup, que ce soit horizontalement ou verticalement. Son ouïe et son odorat lui permettaient de détecter la présence d'un animal ou d'un humain sur plusieurs kilomètres. Et elle devinait que d'autres perceptions — qu'elle n'avait pas encore clairement identifiées – existaient. Elle avait ressenti d'imperceptibles vibrations qui la renseignaient non seulement sur la présence d'entités vivantes autour d'elle, mais également sur leur état physique et leurs intentions. Sain, malade, affamé, repu, pacifique, en chasse… En se concentrant, elle pouvait obtenir mentalement une cartographie précise de son environnement. C'était stupéfiant.

Camille rompit le silence :

— Je ne vais pas te présenter tout de suite les Awás. Il faut que tu t'imprègnes de la forêt avant et qu'on soit bien certaines que tu ne sois pas porteuse d'un rhume ou d'un autre virus au moment où tu les rencontreras. Cela pourrait leur être fatal. Ils peuvent mourir d'un simple rhume, ils ne connaissent pas nos microbes. En attendant, tu pourras t'installer chez moi. J'ai une petite maison que ma mère m'a fait construire, à côté de l'orphelinat. J'ai encore tellement de choses à te montrer !

— Il faudra que je passe à l'aéroport pour changer mon billet. Je devais repartir après-demain, mais c'est trop court, je voudrais rester un peu plus longtemps. Camille, j'aimerais beaucoup rencontrer les Awás, mais ce que je désire surtout, c'est parler avec Rosetta. Et puis, il y a ces hommes qu'on a capturés. Qu'est-ce qu'on va en faire ?

— On les laisse mariner et ce soir, j'y retournerai pour leur tirer les vers du nez. Là, t'as pu remarquer qu'ils n'étaient pas très bavards. Ils ne le sont jamais après une capture. Ils ne sont pas habitués à être malmenés comme ça, surtout par une fille ! Ils traversent généralement une phase de sidération au cours de laquelle ils restent muets. Mais ce soir, quand la nuit approchera, qu'ils comprendront où ils sont et qu'ils commenceront à flipper grave, sûr qu'ils se montreront dociles et qu'ils me diront pour qui ils travaillent : Bioméca, Parvalho, ou quelqu'un d'autre. J'aime bien savoir à qui j'ai affaire.

Elles continuèrent de marcher paisiblement plusieurs minutes. Aléna parvenait à entendre la respiration profonde et régulière de Camille. Quel calme. Et quelle force !

Un singe hurleur provoqua la surprise d'une kyrielle d'oiseaux qui s'envolèrent en poussant des cris de stupeur et d'indignation. Le brouhaha se propagea sur la cime des arbres et disparut au loin. Quand la tranquillité relative de la forêt revint, Camille dit :

— Tu t'es bien débrouillée, tout à l'heure pour une fille qui n'avait jamais chassé. Oui, vraiment, tu m'as épatée. Quand je pense à tout ce que nous allons pouvoir faire toutes les deux ! Tu vas voir, tu vas augmenter ta force, tu vas courir encore plus vite, bondir plus loin, tu n'as pas idée de tout ce que tu vas découvrir !

Elle s'arrêta de parler et se concentra sur ses pas. Pensive. Puis, elle continua :

— D'ailleurs, il y a quelque chose qui me démange depuis un moment. J'y réfléchis depuis tout à l'heure en fait et… je pense que nous pouvons le faire. Oui, c'est possible, on pourrait le faire, maintenant ! Tu es suffisamment forte pour me seconder. Toute seule, c'est trop difficile, mais avec toi c'est possible !

— De quoi parles-tu, Camille ?

— Guilherme de Parvalho. Ça me trotte dans la tête depuis longtemps. On pourrait s'introduire dans les locaux de l'association, l'attraper dans son bureau et pendant que l'une guette, l'autre lui règle son compte.

— Mais on va se faire repérer ! Tous les tueurs à gages de la région sont sur les starting-blocks avec toi alors si on débarque à nous deux dans les rues de Belém, ça risque de poser un petit problème, non ?

— T'inquiète pas pour ça, j'ai l'habitude de me déguiser. Perruque, fausses moustaches, maquillage qui va bien, pantalon bouffant et chemise d'homme. Crois-moi, je le fais souvent et ça marche à tous les coups.

— Tu te déguises en homme ?

— Oui, c'est beaucoup plus facile que tu ne le crois. Et un homme, ça passe plus inaperçu dans une ville comme Belém qu'une blonde qui voudrait se rendre dans les locaux de l'association des exportateurs de bois.

— Alors, c'est quoi ton plan ?

— C'est très simple, on va à Belém, on s'infiltre dans les locaux de l'association, et on chope ce salaud de Parvalho. On en profitera au passage pour passer à l'aéroport et changer ton billet.

Aléna marqua un léger temps de réflexion puis répondit :

— D'accord Camille, allons causer avec ce monsieur.

Elles marchèrent jusqu'à la maison de Camille en prenant soin de ne pas se faire remarquer par les éducateurs ou le personnel qui travaillait à l'orphelinat. Elles ne voulaient pas qu'on leur pose de questions sur leurs intentions.

Aléna remarqua que son 4x4 était toujours là. Gérard devait être avec Rosetta, à l'intérieur du bâtiment. Camille demanda :

— Au fait, c'est qui le type avec qui tu étais quand tu es arrivée ?

— Gérard Coutard. Un drôle d'oiseau. Un homme vraiment pas ordinaire. C'est un privé au service de la DGSI, mais il n'est pas comme les autres.

— Comment ça ?

— J'en sais rien, c'est juste une impression. Ce gars me rassure, je ne sais pas pourquoi. Je lui fais confiance.

— Beh, fais gaffe quand même parce que, tu vois, moi, mis à part quelques activistes qui sont vraiment des purs et durs et qui d'ailleurs, se font tous buter par des pourritures comme Parvalho, je ne connais que des filous ou bien des lâches qui finissent par agir comme des filous. Bon, allez viens, je suis garée là-bas, on file avant que quelqu'un ne débarque.

Camille démarra en trombe et roula à une vitesse extrême. Après une demi-heure de route, elle fit une pause devant la stèle que Gérard et Aléna avaient remarquée au moment où le camion avait failli les renverser.

— José Ribeiro et sa femme. Tous les deux assassinés. On a retrouvé les corps dans ce fossé et l'oreille de José avait été sectionnée, certainement pour donner la preuve au commanditaire que le tueur avait bien fait son travail. Ils les ont tués tous les deux. Comme si un seul meurtre ne suffisait pas ! José savait que sa tête avait été mise à prix. Il l'avait même dit lors d'une conférence quelques semaines avant son assassinat. Et en plus, ces ordures continuent de traumatiser leur famille en tirant sur la stèle.

Elle reprit la route et roula sans s'arrêter jusqu'au 50 de la rue Quintino Bocaiùva. La modernité de l'immeuble qui abritait l'association des exportateurs de bois s'affichait comme un affront face aux maisons et aux petits bâtiments voisins tout délabrés. En se garant, Camille répéta les instructions :

— Il y a un bureau d'accueil à l'entrée. Il ne faut surtout pas s'y arrêter. On est obligées de passer devant alors on ne traîne pas, on fait comme si on connaissait bien l'endroit afin que l'hôtesse ne s'aperçoive pas que nous n'avons pas de badge. La plupart des salariés ne le portent pas, donc on ne devrait pas être inquiétées. Tu regardes devant toi, légèrement vers le sol. Surtout, évite de croiser le regard de quelqu'un. Ensuite, on file dans l'escalier qui se situe juste à gauche de l'entrée. On ne prend surtout pas l'ascenseur, trop de rencontres éventuelles. On file jusqu'au onzième étage et là on tombe directement sur le bureau de Parvalho. Quand on sera à l'intérieur de son bureau, tu feras en sorte de bloquer la porte pour que personne ne rentre et en cas de pépins eh bien, on part en courant. C'est bon pour toi ?

— C'est parfait. Allons-y.

Elles s'introduisirent dans l'immeuble et s'engagèrent dans les escaliers comme prévu. Les hôtesses n'avaient même pas levé les yeux sur ces deux hommes habillés comme des patrons de petites sociétés locales qui venaient certainement apporter des certificats d'abattage de bois auprès du service concerné. Il n'y avait personne dans les escaliers et quand elles furent arrivées au onzième étage, Camille ouvrit légèrement la porte donnant sur le couloir pour vérifier que la voie était libre. À cet étage, seuls le patron et sa garde rapprochée étaient censés y circuler.

Une secrétaire sortit des toilettes situées juste en face du bureau de Guilherme de Parvalho. Elle bifurqua sur la gauche et disparut au fond du couloir.

— Parvalho est seul dans son bureau, on peut y aller, dit Camille.

— Comment le sais-tu ?

— Tu ne l'entends pas ?

— Tu peux l'entendre d'ici ?

— Bien sûr. Écoute bien et tu finiras par percevoir ce qu'il se passe dans son bureau, toi aussi. Ah, j'ai tellement de choses à t'apprendre ! Bon, allez, on y va.

Elles sortirent du couloir, s'approchèrent de la porte et l'ouvrirent sans un bruit. À l'intérieur, un homme, assis derrière son bureau, lisait un document sans avoir remarqué l'intrusion. Puis, il leva les yeux et sursauta :

— On peut savoir ce que vous faites là ?

Les joues de Camille s'étaient gonflées de toute la rage accumulée depuis qu'elle protégeait les Awás et elle prononça distinctement sa sentence, en prenant soin d'en décomposer chaque mot :

— Je viens venger le meurtre des enfants Awás, ceux qui ont été retrouvés brûlés sur le bord de la route, je viens venger le meurtre du couple da Silva et de sœur Marguerite. Je viens venger tous ceux que tu bafoues chaque jour. Je viens venger les Indiens, que tu méprises et que tu extermines.

— Mais enfin, je ne sais pas de quoi vous parlez !

— Attrape-lui les mains, Aléna.

Guilherme de Parvalho saisit le téléphone pour donner l'alerte, mais Aléna le fit voler dans les airs d'un bond. Puis, elle attrapa les poignets de l'homme pour les maintenir prisonniers derrière le fauteuil pendant que Camille fonça sur lui, et plaqua sa main sur son cou, l'écrasant contre le dossier du fauteuil. Les lèvres de la jeune femme se mirent à tressauter, dévoilant des dents agressives et de petits mouvements brusques de son menton indiquaient qu'une irrésistible envie de mordre l'envahissait. Elle serra un peu plus la main contre le cou de l'homme qui se mit à s'agiter pour tenter de se dégager. Mais plus il bougeait, plus l'air lui manquait et son visage vira vers le rouge carmin.

Camille voulait le voir souffrir. Elle desserra son appui, laissa passer un peu d'air et, tout en posant un genou entre les jambes de l'homme pour encore mieux caler sa position, appuya de nouveau. Il s'agita de plus belle et s'étouffa un peu plus.

Au loin, la chanson de Blondie faisait vibrer les murs. Aléna entendit le son de la guitare qui prévenait de son approche. Mais avant que le fatidique Atomic ne soit prononcé, Aléna remarqua, posée sur le bureau, une feuille dont l'en-tête lui sauta immédiatement aux yeux : STFI. La Société des Travaux Forestiers Internationaux. La compagnie qui détruisait la forêt et le village de Gérard.

— Attends, ce monsieur a des choses à nous dire.

Camille lâcha son emprise comme si elle se réveillait d'un épisode délirant, mais ses yeux brillaient toujours de haine et d'excitation meurtrière.

Aléna attendit que l'homme respire convenablement et lui dit :

— On sait que vos services trafiquent pour émettre de faux certificats d'abattage en zone autorisée. Pourtant les zones de déforestation légale existent. Pourquoi vouloir piller ce qui est censé être protégé ? Vous n'en avez donc pas assez ?

L'homme, tétanisé, les regarda, l'une après l'autre puis, en reprenant des couleurs dit, d'une voix étouffée par sa gorge abîmée :

— Mais je n'autorise rien du tout ! Ce sont les entreprises locales qui établissent de faux certificats sur le lieu de l'abattage, moi je n'y suis pour rien.

— Mais vous le savez, tout de même, qu'ils trafiquent les documents, et vous ne dites rien. Vous pourriez imposer plus de rigueur, plus de contrôles, interdire la vente quand l'origine est douteuse.

— Ce n'est pas mon rôle, moi je facilite les relations entre les vendeurs et les acheteurs, c'est tout. Ce n'est pas de ma faute si les entreprises trafiquent.

— Et les Awás, ce n'est pas vous non plus ?

— Les qui ?

— Les Awás.

— Connais pas.

— Vous vous fichez de moi ?

— Désolé, je ne connais pas les Awás. Ce sont des Indiens ?

— Évidemment ! Ceux que vous tuez tous les jours !

L'homme, ragaillardi par des poumons de nouveau oxygénés, répondit :

— Je ne tue personne ! Et puis quoi, les Indiens ne sont que quelques centaines et vous voulez qu'ils mettent en péril toute une partie de l'économie locale qui nourrit, à elle seule, six mille personnes ? Moi je n'y suis pour rien, je ne fais que travailler pour l'économie locale. Je fais vivre du monde, qu'est ce que vous croyez ? Ah oui, on veut avoir bonne conscience, parler du devoir de mémoire, mais ces tribus disparaîtront fatalement au fil du temps. C'est inévitable. Je vous entends bien avec votre prétendu devoir humain de protéger une communauté désemparée. Mais je les connais, moi, ces Indiens. J'ai visité une de leurs réserves, un jour, et tout ce que j'ai vu, ce sont de gros 4x4 à l'entrée de leur village. Ils rêvent tous d'avoir une maison, un canapé et une télévision. Les Indiens des États-Unis ou même ceux de Guyane française, ça, ce sont des Indiens de qualité ! Ils ont compris où étaient leurs intérêts et maintenant, ils vivent confortablement. Il est temps de sortir l'Indien de la misère dans laquelle il vit. Vous voyez, moi, au contraire, je suis pour qu'ils évoluent !

— Qu'ils évoluent en leur tirant dessus, en les chassant et en brûlant leurs enfants !

— Je ne suis pas au courant.

— En assassinant ceux qui les protègent.

— C'est de la calomnie.

Oh, oh, Atomic

Aléna rassembla ses dernières pensées cohérentes, jeta un regard complice vers sa sœur, resserra ses mains sur celles de l'homme jusqu'à ce qu'il gémisse de douleur et demanda :

— Le code d'accès de ton ordinateur.

— Quoi ? Quel code ?

Elle serra un peu plus.

— Ok ! Arrêtez ! c'est J v t l t c s 45.

Camille alluma l'ordinateur et saisit le code. La session s'ouvrit. Elle vérifia rapidement que tous les dossiers étaient accessibles. Une mine d'or.

Alors, Aléna entendit un grondement rauque provenir de la gorge de sa sœur. Son corps s'était tendu, contracté sous l'effet de la colère et elle se rapprocha de l'homme. Ses lèvres continuaient de palpiter au rythme de sa furie et elle finit par ouvrir grand la bouche en émettant un bruit qui provenait de très loin dans son ventre. Elle attrapa le cou de son prisonnier et posa le doigt sur une des veines qui palpitait en dessous de l'oreille.

Alena sentit alors de petites décharges électriques parcourir toute la zone qui entourait sa bouche. Son ventre se contracta, ses cuisses se durcirent, ses doigts de pieds poussaient sur le sol, prêt à bondir. Les secousses électriques se répandirent sur toute sa face, puis elle ouvrit, elle aussi, grand la bouche.

Atomic

Elles se déchaînèrent sur l'homme qui fut achevé en quelques secondes.

Chapitre 44

En sortant de la bâtisse, Gérard ne put s'empêcher de scruter le sommet de la canopée, mais il ne distingua aucune forme humaine. Avait-il vraiment bien compris ce que Rosetta lui avait dit ? Camille accrochait-elle vraiment des hommes en haut des arbres ? L'idée lui paraissait aussi loufoque que saugrenue, mais finalement, être une femme-puma ne pouvait qu'engendrer des réactions insolites.

Il fit quelques pas en direction de la forêt et composa le numéro de Léopold. Il avait besoin d'être seul, de se concentrer sur ses actions, car il devait faire vite. Chaque minute passée mettait un peu plus sa femme en danger.

La sonnerie n'en finissait pas de retentir. Enfin, Léopold décrocha.

— Léopold, ça urge, j'ai besoin de toi, branche ton ordi et trouve-moi le numéro IP de l'ordinateur d'un certain Kiamor qui m'a envoyé un mail aujourd'hui.

Gérard entendit un râlement sourd suivi d'un son qui ressemblait étrangement à une toux grasse et enfin la voix de Léopold :

— Là, chef, ça va être difficile.

Au loin, Gérard perçut un cri. Oui c'était bien un cri, comme une femme qui….

— Mais enfin c'est quoi ce raffut Léopold ? Qu'est-ce qui se passe ?

— Je suis à la clinique, Marie est sur le point d'accoucher. Je ne lâche pas l'affaire, je ne vais pas la laisser tomber, pas vrai mon chaton ? Je suis là, respire

Marie, tout va bien, la contraction vient de passer, je sors dans le couloir une minute mon petit chat.

Des bruits de pas, une porte qui claque et la voix de Léopold qui revient :

— Vous aviez raison, chef, j'ai repris ma place, il n'est pas question que mon enfant naisse sans père et que j'abandonne les autres. Alors, excusez-moi, mais là, je ne peux pas rester trop longtemps. En plus, ma belle mère est au fond du couloir. Elle me toise du regard comme un lémurien maniaco-dépressif à qui on aurait piqué ses antidépresseurs. Je l'ai sortie de la salle d'accouchement tout à l'heure. Elle n'a pas apprécié et elle va encore moins aimer quand je lui dirai de prendre ses valises et de nous ficher la paix à la maison. Ne quittez pas, je reviens.

Gérard entendit des voix parler de plus en plus fort, devenir dispute, il crut même distinguer des paroles grossières, presque obscènes puis carrément insultantes. Léopold explosait. Enfin, une voix grave et virile mit fin à la discussion. La sage-femme intervenait. Elle alla même jusqu'à provoquer le tintement exaspérant du téléphone signifiant au détective que la ligne était coupée.

Il allait devoir se passer de Léopold.

Son téléphone sonna. Se pouvait-il que Léopold rappelle dans sa situation ? Il regarda l'écran. C'était Simpliste.

— Dieudonné a trouvé quelque chose. Il a parlé avec l'oncle de Boutzalou qui lui a confirmé que le frère de Boutzalou était un illuminé qui se faisait appeler Kiamor quand il devenait un peu trop… Comment dire… fêlé.

— Il sait où se trouve Martha ?

— L'oncle dit que l'homme n'est pas très malin et qu'il a dû l'emmener dans son quartier à l'est de la ville.

Par contre, il dit aussi qu'il est aussi bête que violent. Il faut faire attention. Je vais aller sillonner le quartier, chef, je vais la retrouver.

— OK, appelle-moi dès que tu as du nouveau. Mais n'interviens pas seul, il est trop dangereux.

Simpliste, Dieudonné, Martha et lui-même faisaient partie d'une grande famille qui n'admettrait pas qu'on ampute l'un de ses membres. Gérard pouvait compter sur son clan, mais seul sur place, Simpliste ne pouvait pas gagner la bataille et Dieudonné était trop vieux pour se battre. Ils avaient besoin de renfort.

Gérard n'avait aucune preuve, rien qui pouvait certifier que l'auteur du mail avait un lien avec Boutzalou. Pas grave. Il convaincra quand même Ducro. De toute façon, il n'avait pas le choix.

Il lança l'appel. Ducro décrocha sans attendre la première sonnerie.

— Vous pouvez me dire ce qu'il se passe, Gérard ?

— J'imagine que vous faites allusion au fait que vous avez certainement dû perdre le contact avec vos hommes ?

— Mais parlez, bon sang ! Ça chauffe ici ! Le big-chef est sur le coup, il veut savoir où vous en êtes.

— Et bien, j'ai une partie de ce que vous voulez : les protocoles des tests que Bioméca cherche désespérément à récupérer.

— Vous pouvez nous faxer tout ça ?

— Ça dépend.

— Comment ça ?

— J'ai besoin de vous.

— Précisez.

— Le consulat français est toujours en poste au Congo ?

— Pourquoi ? Ne me dites pas que vous avez encore des africanités à gérer !

— Ma femme a été enlevée par un certain Kiamor qui a agi sous l'ordre de monsieur Boutzalou. Demandez au consulat de plaider en notre faveur auprès du chef de la police congolaise afin qu'ils nous aident à libérer mon épouse. Elle est détenue quelque part dans le quartier Est. D'ici peu de temps, j'aurai une localisation précise. Je sais que la police congolaise est capable de résoudre l'affaire rapidement. Il suffit d'une descente musclée à l'adresse indiquée pour la libérer. Du moins, je l'espère. Il faut faire vite avant que l'affaire ne dérape. Je vous faxerai les documents quand j'aurai la preuve que ma femme est saine et sauve dans la maison de monsieur le consul.

— Et vous avez laissé votre épouse toute seule là-bas ! Ce n'est pas bien malin ! Je savais qu'il ne fallait pas vous faire confiance.

— Vous pouvez vous mettre votre confiance dans votre grande bouche Ducro et agir fissa ! Vous savez quoi, j'attends votre appel, et peut-être que je vous dirai aussi où se trouvent vos agents.

— Ce n'est pas si simple que ça Coutard, qu'est ce que vous croyez ? Qu'il suffit d'appuyer sur un bouton pour organiser une entente de ce genre avec la police congolaise ? Vous rêvez ! Et en plus, quelle preuve avez-vous ? Et si vous vous trompiez ? Et que la police interroge la mauvaise personne ? Ça la ficherait mal ! Vous vous rendez compte que vous fragilisez les relations diplomatiques avec cette requête ?

— Ah tiens, je sens que je suis en train de perdre la mémoire ! Je ne sais plus où sont vos hommes. Il me semble bien avoir entendu quelqu'un me dire qu'ils avaient été déposés dans un coin inaccessible de la forêt et que sans aide ils ne pourraient pas en sortir, mais…. Impossible de savoir qui me l'a dit ni où ils sont. Ah ! Et puis zut ! C'est pareil avec les documents. Je crois bien que je ne sais plus où ils sont !

— Vous êtes complètement fou. Vous n'imaginez pas les répercussions de vos actes, Gérard. Un tel chantage est inadmissible. Vous allez le payer très cher.

— Si vous saviez comme je m'en fiche. Ma femme est en danger, c'est tout ce qui compte.

Gérard n'entendit pas distinctement ce que Ducro marmonna. Il crut distinguer « face de veau » et « idiot », se dit qu'Aléna n'était pas la seule à subir des tocs verbaux et il en conclut que finalement, la furie du coordinateur de la DGSI était plutôt bon signe. Il poursuivit avant de raccrocher :

— Dépêchez vous, il me semble que vos gars n'apprécient pas vraiment l'endroit où ils se trouvent et dites à monsieur le consul de se rapprocher de mon adjoint : Simpliste Khasi. Je vous envoie ses coordonnées de suite.

Au moment où il raccrocha, il distingua des branches bouger quelques mètres plus loin. Des formes s'allongèrent puis Camille et Aléna apparurent : deux déesses majestueuses et terriblement félines. Quelque chose avait changé chez Aléna.

Elle brillait. Elle avait laissé ses complexes dans la forêt et en était ressortie victorieuse. Deux paires d'yeux verts et hypnotiques le fixaient, des yeux déconnectés du reste du corps, puissants qui avançaient rapidement tout en paraissant immobiles. Des prédateurs fixant une proie. Un réflexe le submergea : une panique intense et violente face à un danger imminent qui lui dictait de fuir en courant immédiatement.

Ces femmes étaient d'une puissance redoutable, elles pouvaient le broyer en quelques secondes, le bringuebaler et le jeter par dessus les arbres, lui déchirer la carotide si elles le souhaitaient.

Deux fauves.

Deux félins à la rencontre d'un oiseau.

Mais que s'était-il passé dans la forêt ?

— Vous devriez laisser vos ailes se déployer, Gérard, vous êtes tellement beau quand vous laissez vos intuitions exister, dit Aléna en le transperçant du regard.

Ils se connaissaient. Ici, ailleurs, dans ce monde, parmi les hommes et parmi tous les autres. Ils possédaient cette même faculté de percevoir différentes réalités de l'existence.

Mais Aléna était un prédateur alors que lui était un oiseau guérisseur.

Pourquoi vouloir être autre chose ? On ne demande pas à une orange d'être un pamplemousse.

Était-elle vraiment capable de s'adapter à la société ? De calmer ses pulsions, de les maîtriser ? On ne dit pas d'un lion qu'il est malveillant. Il est dangereux parce que c'est un fauve qui réagit avec ses instincts de fauve, ce même instinct qui lui permet de vivre dans son environnement et sans lequel il n'aurait aucune chance de survie. Un instinct qui le pousse à tuer.

Quelle partie d'elle-même allait prédominer ? Dans quel sens allait-elle évoluer ? Il ne savait pas, il ne savait plus, trop de choses à gérer, il devait retourner au Congo et sauver Martha.

— Rentrons, murmura Gérard alors que son téléphone sonna.

Simpliste l'appelait.

Il s'éloigna pendant que les deux jeunes femmes se dirigeaient vers l'entrée du bâtiment.

— Je t'écoute, Simpliste, dit Gérard hâtivement.

— Je sais où est Martha, patron. Je suis en embuscade juste devant la maison du frère de Kiamor, dit-il en chuchotant. Elle est enfermée là. Dieudonné est très fort, c'est lui qui a trouvé l'adresse grâce à des cousins et à des connaissances. Les voisins me l'ont formellement confirmé : ils ont vu une femme blanche entrer dans la maison, les poignets attachés.

— Elle va bien ?

— Je ne sais pas, je ne l'ai pas vue directement, mais tout est calme ici et les voisins disent qu'elle avait l'air normale. Pas de cri, pas de mouvement. Par contre, je suis tout seul, là. Mes cousins ne voudront pas aller attaquer de ce côté de la cité. C'est occupé par une ethnie ennemie et s'ils interviennent, ça sera la guerre dans le quartier. Trop dangereux.

— Surtout, ne fais rien pour l'instant. Tu devrais bientôt recevoir l'appel d'un gradé de la police. Dès que c'est le cas, tu me bipes. Ne bouge pas de là, continue de surveiller.

Gérard entra dans le bâtiment et se dirigea vers le bureau de Rosetta. Rien n'était perdu. Sa femme était en vie. Il n'était pas trop tard. Il allait la sortir de là.

Il entendit parler à l'intérieur de la pièce. Les trois femmes s'agitaient.

— Il va bien falloir trouver une solution, disait Rosetta d'une voix enrouée. Ses cordes vocales n'avaient pas récupéré de sa précédente conversation avec Gérard. Oui, il est toujours possible de vous cacher dans la forêt, mais les répercussions risquent d'être assez dommageables tout de même. Il est préférable de collaborer avec la DGSI.

— Mais maman, tu dérailles complètement. Je ne vais pas aller me faire manipuler comme un asticot qu'on plante au bout d'un hameçon pour savoir quel poisson va le mordre ? Et puis quoi encore ? Non, mais tu rêves, là ? Qu'est-ce qui te prend de me dire ça ?

— Ils sont puissants, Camille, ne les sous-estime pas.

— Je vis ici, dans la forêt, je ne vois pas pourquoi je partirais.

— Quels genres de tests veulent-ils faire exactement ? demanda Aléna.

— Je ne sais pas, répondit Rosetta faiblement. Sûrement, mesurer votre force, votre vitesse, regarder comment vos gènes se sont organisés, savoir de quels exploits vous êtes capables… Mais je vais m'assurer de la coopération de la communauté scientifique internationale pour qu'il n'y ait pas de dérive. Et s'il le faut, je viendrai moi-même surveiller les tests.

— Je ne veux plus vivre cachée, lâcha aussitôt Aléna qui s'était levée de sa chaise pour se rapprocher de Camille au moment même où Gérard rentra dans la pièce. J'ai vécu trop longtemps dans l'isolement pour me retrouver, encore une fois, prisonnière d'un endroit. Je suis désolée, Camille, mais je ne peux pas rester ici. Je vais régler cette histoire de tests et ensuite, je serai libre de revenir. Dès que ce sera terminé, dès que je le pourrai, je reviendrai, je te le promets.

Puis, elle se retourna vers Rosetta et Gérard :

— Je suis d'accord pour les tests, avec votre aide, Rosetta.

— Mais enfin, Aléna, c'est chez toi ici ! Reste avec moi, dans la forêt. Ta place est clairement là. Tu n'as pas remarqué à quel point tu étais heureuse tout à l'heure ? Tu n'as rien à faire au milieu d'une ville avec tous ces gens qui n'y comprennent rien !

— Camille, je ne peux pas. Je ne supporte plus de me sentir illégitime. Je ne veux pas vivre cachée. Et puis, je ne peux pas tirer un trait sur tout ce que j'ai construit : la photo, ma vie à Paris. Ça peut te paraître étrange, mais j'aime cette ville. J'ai mon exposition à terminer, j'y suis presque, je travaille dessus depuis tellement longtemps ! Non, je ne suis pas prête à abandonner tout ça.

— Une ville où tu ne peux pas chasser et où les odeurs de sapin te mènent droit vers l'asile ! T'es complètement à côté de la plaque, Aléna. Tu es prête à renoncer à tes instincts pour une expo photo ? Tu préfères vivre une vie misérable plutôt que d'assumer ta différence ? Je ne te comprends pas. En tout cas, moi, je suis telle que je suis et je le resterai. Et je refuse de me soumettre. Je n'irai pas me faire examiner comme une bête sauvage par des scientifiques débiles. Ce sont tous des pourris ! À commencer par toi, Rosetta. Comment as-tu pu envisager, ne serait-ce qu'une minute que j'allais partir d'ici ? Qui plus est, pour m'envoyer dans un labo ? Mais tu es complètement folle ! Tu n'es même pas ma vraie mère ! Je te déteste, tu m'as menti toute ma vie. Tu as détruit ma vie !

Les joues de Camille s'étaient gonflées et son regard courroucé laissait s'échapper sa fureur et son indignation. Elle s'avança vers Rosetta, ses cheveux volaient sous l'effet de son agitation. Elle ouvrit la bouche et exhiba ses canines acérées. Elle agrandit encore plus grand jusqu'à ce que le reste de son visage ne soit plus que des plis de rage. De violents spasmes sortirent de sa gorge, comme si elle essayait de cracher un animal qu'elle aurait gobé en entier. Son visage se transformait. Seuls deux yeux perçants et une gueule ouverte prête à happer et à broyer se démarquaient de cette tête difforme. Rosetta se releva de son siège et recula de quelques pas. Puis, un râle rauque et puissant s'échappa de Camille. Elle déversa sur Rosetta un hurlement gigantesque suivi d'un gémissement aigu.

Camille se retourna vers le bureau, le saisit et l'envoya valdinguer contre le mur, faisant voler en éclat sa carcasse et tout ce qui se trouvait dessus.

Elle s'approcha de nouveau vers Rosetta, cria encore une fois et leva la main. Ses ongles paraissaient avoir poussé, elle allait frapper, elle voulait faire mal. Puis, elle s'immobilisa, soudainement silencieuse. Elle s'était ressaisie.

Alors, elle pivota sur elle-même, s'avança vers la porte et dit à Aléna : « ne deviens pas ta propre ennemie, fais de ta force une alliée, pas une traîtresse. » Et elle sortit, ne laissant aucune trace dans le couloir ni dans le sentier qui menait vers la forêt.

PARTIE 4 — AU NOM DU PÈRE

Chapitre 45

Gérard avait enfilé une paire de chaussettes en la coinçant entre son gros orteil et son doigt de pied afin de maintenir ses tongs en place pendant sa marche. Il faisait froid et la neige menaçait de tomber. Les guirlandes illuminaient les arbres qui bordaient l'artère débordante de voitures et d'agitation pendant cette période si proche de Noël.

Il allait revoir celle qu'il avait quittée un soir du mois de mai sans savoir quelle direction elle avait choisi de prendre. Prédateur ou femme socialement bien intégrée ? Animal ou humain ?

Après sa rencontre avec Camille, Aléna était apparue différente : regard victorieux, allure féline, force sous-jacente. Mais tout était allé bien trop vite pour qu'il se forge une opinion précise : que s'était-il passé dans la forêt avec Camille ? De quel côté avait-elle basculé ?

Il était parti précipitamment pour retrouver sa femme au Congo et sauver le village de Dieudonné. Il avait parlementé avec le ministre de la Forêt, mais les négociations étaient pitoyablement restées dans l'impasse. Le ministre Matonda ne voulait rien savoir, objectant qu'il n'était pas possible de contredire la véracité d'un atlas forestier établi en bonne et due forme et que la Société des Travaux Forestiers Internationaux faisait correctement son travail.

C'est alors qu'un évènement inattendu s'était produit. Un miracle, un cadeau expédié directement par Aléna. En volant l'ordinateur de Guilherme de Parvalho, elle avait déniché, cachés parmi la multitude de dossiers archivés, des documents prouvant irréfutablement que la Société des Travaux Forestiers Internationaux avait falsifié la cartographie de la forêt amazonienne autorisant ainsi l'abattage d'arbres en zones habitées par des Indiens. Elle avait fait parvenir les preuves à Gérard qui alerta alors le Consortium international de lutte contre la criminalité liée aux espèces sauvages. Les experts géographes planchèrent sur les cartes utilisées par la Société des Travaux Forestiers Internationaux et ils découvrirent de nombreuses autres falsifications. Parmi elles : la région du village de Dieudonné. Ils étaient sauvés.

La vie de plusieurs hommes et de femmes avait été épargnée des dégâts liés à la déforestation. Grâce à Aléna.

Il apprit quelques semaines plus tard, alors qu'il s'était abonné à tous les journaux locaux de la région de Belém, que les enquêteurs cherchaient toujours des explications sur le mystère qui accompagnait l'assassinat du Président de l'association des exportateurs de bois du Brésil. Il avait été retrouvé, gisant dans une mare de sang, le corps recouvert de plaies qui semblaient être de fines et profondes morsures, comme s'il avait été attaqué par des jaguars. Les enquêteurs se demandaient même si les tueurs n'utilisaient pas une nouvelle méthode qui consistait à utiliser ces animaux sauvages et excessivement dangereux pour attaquer et éliminer leurs cibles.

Un flocon virevolta doucement devant lui. Il releva les yeux et en vit un autre. C'était beau. La nuit scintillait de milliers de taches blanches comme autant de vies différentes. Toutes méritaient de briller et de voler au vent. Toutes méritaient d'exister.

Il avait laissé Aléna sous la protection de Rosetta, mais quelque chose était resté coincé au niveau de son œsophage, une épine qui continuait de le torturer, une de celles qu'on enlève avec une pince à épiler sur une marionnette. Il n'avait pas fini. Il souffrirait tant qu'Aléna ne serait pas définitivement secourue.

Pourtant, tout avait été mis en place pour qu'elle ne commette pas l'irréparable : une équipe de scientifiques l'étudiait sous la direction de Rosetta. Elle se savait surveillée et n'avait d'autres choix que de maintenir la bête endormie. Du moins, il l'espérait.

C'était curieux. Certains souvenirs s'obstinaient à demeurer flous alors que ce n'était pas si loin : son départ du Brésil, ses vols successifs pour retrouver Martha, et puis, le soulagement. Les rires et les pleurs, les embrassades, le contact de la peau et de la chair toujours en vie. La promesse de ne plus jamais se quitter. Des mains qu'on ne lâche pas. L'opération pour extraire la balle qui s'était logée dans l'épaule de Martha au moment de son sauvetage. Enfin, la réparation.

Il avait affronté ses peurs et était parti dans la forêt avec Dieudonné. Le dernier rituel l'avait entraîné dans des rêves effrayants, des cauchemars inimaginables et il avait traversé la fièvre, le sentiment d'être partout et nulle part à la fois, de tout voir, tout comprendre, de ressentir la peur et l'amour des uns, la perversité et la bienveillance des autres. Il en était ressorti vivant, lui aussi. Et beaucoup plus fort. Il avait appris les derniers secrets des plantes et des arbres, il savait comment préparer les boissons sacrées et il était maintenant capable d'initier lui-même un futur membre de la confrérie. À la fin, Gérard comprit que le soulagement de Dieudonné résidait surtout dans le fait que la descendance était assurée.

La galerie Art and Photo's située boulevard Voltaire n'était plus qu'à une centaine de mètres devant lui. Il distingua les lumières qui annonçaient l'évènement. À 18 h, il faisait déjà nuit à Paris au mois de décembre.

Sur la devanture, il admira l'immense affiche représentant le visage d'une femme appartenant au peuple awá avec l'intitulé : « 100 femmes à travers le monde, une exposition de Claire Rougegorge ».

À l'intérieur, une foule déjà compacte s'entassait. Des immenses photos ornaient les murs et les parois installées en travers de la pièce. Des visages. Des femmes de tous âges, belles, graves, dignes. Des femmes qui portent le monde dans leur regard, des femmes abîmées par des lois qui les asservissent. Des femmes qui ont quand même choisi de sourire à leurs enfants. Gérard dut faire un effort pour se détacher de ces belles âmes en souffrance capturées par Aléna.

Le niveau sonore s'élevait. Des musiciens installés dans le coin de la pièce préparaient leurs instruments. La soirée s'annonçait festive et musicale.

Gérard aperçut Aléna, habillée d'une longue robe noire moulante. Elle ne montra aucun signe d'étonnement et s'avança vers lui, le regard vert toujours fixe. Elle lui adressa un sourire. Aucune lueur guerrière ne s'échappait d'elle.

— Gérard, quelle bonne surprise ! Je n'avais pas de nouvelles ! dit-elle en l'entraînant dehors, malgré le froid et son décolleté plongeant.

— Bonjour, Aléna, vous êtes magnifique, je suis ravi de vous voir.

— J'ai appris pour votre femme. Comment se porte-t-elle ?

— Elle va beaucoup mieux, merci. Heureusement, la balle n'a pas fait de dégâts, mais elle est quand même restée hospitalisée longtemps.

— Si j'avais su qu'elle risquait aussi gros alors que vous étiez avec nous à Belém ! Rosetta m'a tout raconté. Elle a été touchée par une balle perdue lors de l'assaut ?

— Oui, enfin, moi je pense qu'elle n'a pas bien entendu les instructions, car elle est partie en courant en croyant avoir entendu « courez chez vous » alors que l'officier affirme avoir crié « couchez-vous ». De toute façon, on ne peut jamais savoir comment ce genre d'opération tourne. Mais elle est en vie, c'est le principal. Vous n'avez pas froid comme ça ?

Il ne neigeait plus, mais le sol givré s'était teinté d'un éclairage fluorescent.

— Non, je n'ai jamais froid.

— Aléna, il y a quelque chose que je n'arrive pas à comprendre.

— Quoi donc ?

— On n'a jamais retrouvé Wilfried Peanut ni ses hommes au Brésil. Leur jet privé est reparti vide de ses occupants et le service d'immigration brésilien n'a pas enregistré de sortie du territoire les concernant. Vous avez une idée sur la question ?

— Non, je ne sais pas.

— Est-ce que vous les avez vus dans la forêt au Brésil ?

— Non. Je n'ai rien vu.

— Aléna, je te suis infiniment reconnaissant et redevable pour les documents que tu m'as envoyés. Mon village a été sauvé grâce à toi. Mais il faut que je comprenne ce qu'il se passe. J'ai lu dans la presse qu'on avait retrouvé le corps de Guilherme de Parvalho, mort dans d'étranges circonstances, comme si on lui avait planté des centaines de dents dans la chair et curieusement, il avait la nuque brisée, lui aussi, comme les hommes de la rue Ganneron, tu te souviens ?

— Je ne suis pas au courant. Et puis, vous n'allez pas me mettre sur le dos tous les meurtres de la planète, non ?

— Non Aléna, bien sûr que non, mais il est important de savoir quelle est ta véritable nature. Pas pour t'enfermer. Mais pour te libérer, trouver le bon environnement pour toi. Il est des vengeances qu'il ne vaut mieux pas commettre, du moins, pas en tuant. Qu'est-ce qui s'est passé avec Wilfried ? Il est mort ?

— Qu'est-ce que ça peut bien vous faire ? Votre village est sauvé, Martha aussi alors, fichez-moi la paix maintenant !

— Je ne peux pas.

— Pourquoi ?

— Je dois te protéger.

— De quoi ?

— De toi, des autres…

— Mais pourquoi ? Bioméca a été passée au peigne fin par les institutions de contrôle américaines, un mandat d'arrêt a même été lancé contre Baretti, mais bon sang, qu'est-ce que vous me voulez à la fin ?

— Quelqu'un m'a demandé de veiller sur toi. Quelqu'un qui t'aime beaucoup et cette requête ne cessera de me triturer les organes tant que tu ne seras pas sauvée.

Aléna se souvint subitement du petit papier blanc posé à côté de la coupelle en verre de Murano, dans l'appartement de Tomi. Le genre de prospectus que Tomi mettait généralement à la poubelle avant même de rentrer chez lui et qui trônait sur le buffet quand elle était venue.

— C'est une blague ?

— Absolument pas.

Aléna baissa les yeux en tentant de maîtriser l'émotion qui avait instantanément fait grossir son cœur jusqu'à ce que les battements se cognent contre son ventre. Elle eut envie de pleurer. Des grosses larmes, chaudes et abondantes.

— Il m'a dit de te dire qu'il t'aimait.

Elle s'approcha lentement, essuya ses larmes et posa délicatement la tête contre son épaule. Il l'accueillit, l'enlaça de ses longues ailes, l'enveloppa de son affection, comme si c'était son enfant, n'importe quel enfant, petit ou grand, blond ou brun, blanc ou noir, il acceptait toutes les âmes.

Elle recula, se frotta les yeux et Gérard lui dit doucement :

— Je suis désolé de te demander ça, Aléna, mais je suis certain qu'au final tu comprendras pourquoi c'est important. Ce n'est pas un reproche, encore moins un jugement, mais j'ai besoin de savoir : arrives-tu à museler tes pulsions maintenant que tu as goûté le sang ?

— Vous voyez bien ! Est-ce que j'ai l'air d'une femme dangereuse ? Tout est en ordre. Je maîtrise. Et Rosetta est là pour m'aider. Ne vous inquiétez pas pour moi, je vais très bien et d'ailleurs, Rosetta pourra vous le confirmer.

Elle avait chassé son désarroi et se dominait à nouveau. Elle dit, d'un ton faussement enjoué :

— Ah, mais justement, la voilà qui arrive ! Vous savez, elle est incroyable cette femme, quelle poigne ! Elle dirige la cellule scientifique chargée de m'étudier avec une main de fer. Avec elle, je ne risque pas d'être maltraitée !

Gérard entendit le batteur tester son matériel. Le son se propageait bien au-delà de la salle d'exposition et venait se perdre jusque sur le trottoir. Aléna avait organisé l'inauguration de son exposition comme une fête qui s'annonçait, pour Gérard, un peu trop bruyante.

Rosetta s'approcha avec la démarche chaloupée des femmes qui ont vécu longtemps sous les tropiques. Enveloppée dans un volumineux manteau blanc, elle s'exclama :

— Gérard ! Quel plaisir de vous voir ! J'espère que votre femme va mieux, la pauvre, on a été tellement surprises quand on a appris pour elle.

— Elle va bien, je vous remercie, Rosetta. Elle se repose à la maison en ce moment.

— Je n'avais pas compris qu'elle était autant en danger. Sinon, j'aurais attendu un peu avant de rendre publics les protocoles de tests que vous avez faxés à la DGSI, au moins jusqu'au dénouement complet de sa libération. Tout s'est bien déroulé, au moins ?

— À peu près. Ma femme va bien, c'est le principal, et puis, en arrêtant l'individu qui l'avait enlevée, la police congolaise a mis la main sur un trafic d'armes important. Monsieur le consul a été personnellement remercié par le chef de la Police et les relations diplomatiques n'en ont été que meilleures. On va dire que tout s'est bien terminé. Par contre, j'ai été surpris par l'article paru la semaine dernière dans Science et partage. Vous l'avez vu ?

— « Qui sont les filles Puma ? » Heureusement, ce n'était pas en première de couverture.

— D'où vient la fuite à votre avis ?

Une chanteuse testa son micro. Le son résonna : un, deux, un, deux, trois et le batteur annonça avec fracas l'ouverture du premier morceau, une chanson actuelle que Gérard ne connaissait pas. Rosetta dut parler plus fort pour poursuivre.

— Vous savez, il y a pas mal de monde qui travaille autour des tests pratiqués sur Aléna. Forcément, au bout d'un moment, ça fuite. Mais on a pris des mesures. Ça ne devrait pas se reproduire.

— Je vous trouve bien optimiste. Tant que l'information reste confinée au sein de la communauté scientifique, l'identité d'Aléna reste protégée, mais si jamais cela faisait le buzz dans la presse populaire, elle pourrait dire adieu à sa tranquillité.

— Je sais bien, Gérard. Mais je persiste à penser que du moment que les filles restent discrètes sur leurs capacités, tout ira bien.

— Pourquoi LES filles ? Vous avez des nouvelles de Camille ?

— Oui, elle est revenue à Belém. Elle m'a téléphoné depuis l'orphelinat.

— Ah bon ? Je l'ignorais. Comment va-t-elle ?

— Très bien. Vous savez, elle est coutumière du fait, ce n'est pas la première fois qu'elle disparaît comme ça, plusieurs mois dans la forêt. En fait, cela lui arrive assez régulièrement. Elle va chez les Awás et reste avec eux jusqu'à ce qu'un jour elle décide de réapparaître. Tiens, justement, là voilà qui arrive.

— Comment ça, Camille est à Paris ? demanda Gérard éberlué.

— Oui, elle a voulu venir pour mon exposition qui met à l'honneur une femme awá, dit Aléna. On ne pensait pas qu'elle parviendrait à prendre l'avion toute seule – elle a peur qu'il tombe —, mais elle l'a fait ! Elle a débarqué hier soir.

— Je vous avoue que j'aurais préféré qu'elle ne vienne pas, dit Rosetta en se rapprochant de Gérard pour parler à voix basse malgré la musique, elle est beaucoup plus sauvage qu'Aléna et c'est une vraie tête de mule. Mais quand elle a décidé de quelque chose, il n'y a rien à faire.

Le groupe entama son deuxième morceau. Le rythme était beaucoup plus lent et la chanteuse, au lieu de clamer son désespoir d'une voix tonitruante, murmurait des mots d'amour. Ils purent tous redescendre de leur ton haut perché pour parler normalement.

Camille s'approcha, l'air contrarié. Elle avait enfoui les mains dans les poches d'une doudoune qui apparaissait superflue posée sur elle et elle marchait comme un enfant qui aurait été injustement grondé.

Au fur et à mesure qu'elle avançait, Gérard entendait grossir le grognement qui s'échappait de ses membres. Elle ne cherchait même pas à les camoufler. Elle était survoltée. Une bête sauvage en pleine ville. Un danger immédiat pour elle, pour les autres et pour Aléna qui risquait d'être entraînée dans le monde animal avec elle.

— Tu es venue à pied depuis l'hôtel ? demanda Rosetta.

— Oh, ça va, l'hôtel n'est qu'à cinq kilomètres, pas la peine de t'affoler ! répondit Camille l'œil perçant. Puis, se tournant vers Gérard : je suis contente de vous voir ! Je ne vous demande pas des nouvelles de votre femme, je sais qu'elle est vivante, c'est le principal. Je comprends maintenant pourquoi vous filez en Afrique dès que vous le pouvez. C'est horrible ici ! Je n'ai qu'une envie, c'est de ficher le camp ! Vous avez vu le nombre de voitures ? Ils sont complètement fous ! Ils ne laissent passer personne et ils s'insultent, c'est n'importe quoi ! Bon, alors, on va la voir cette exposition ? On gèle ici !

La chanson d'amour se termina et des applaudissements enthousiastes prirent le relais. Les invités semblaient tous connaître et apprécier ce morceau. Encore un que Gérard découvrait.

Au moment où ils s'apprêtèrent à rentrer, Gérard aperçut une forme blanche s'agiter de l'autre côté du boulevard. Il s'avança, ne parvenant pas à mettre une explication sur cette image puis, il comprit : un homme nu marchait d'un pas rapide en essayant de masquer ses parties génitales à l'aide de ses mains. Gérard se retourna et interrogea Camille du regard, interloqué par ce qu'il venait de voir. La jeune femme haussa les épaules, leva les yeux au ciel, et répondit, offusquée :

— Vous avez des arbres vraiment trop petits ici.

Les applaudissements cessèrent et des notes inquiétantes s'échappèrent d'une guitare basse suivies immédiatement après d'un battement de caisse claire. Le rythme était rapide, intense, et pourtant il taisait son envie d'exploser, il se contenait, augmentait lentement, puissamment, il attendait le bon moment pour lâcher toute son énergie.

Atomic

La voix de la chanteuse se confondit avec le bruit préoccupant qui se dégageait d'Aléna : un mélange de bourdonnements, de râles, et de grognements grossissait avec la musique.

Atomic

La bête se réveillait. Au contact de sa sœur, elle ne parvenait pas à maintenir son animalité endormie. Ses instincts n'attendaient qu'un déclencheur pour se réveiller. Ils avaient toujours été là et ils le seront à jamais. Aléna avait goûté le sang. C'était une prédatrice qui parvenait à simuler un semblant de vie normale, mais qui demeurait une meurtrière en puissance.

Oh, tonight

Camille prit Aléna par le bras et l'entraîna à l'intérieur de la salle d'exposition. Les deux félins marchaient au même rythme, à la même allure, en dégageant une force mêlée d'agilité que la plupart des âmes masculines prenaient pour de la sensualité.

Uh huh make me tonight

Leurs yeux hypnotiques scrutaient l'environnement afin d'y déceler une belle proie. Ceux qui se retrouvaient sur leur passage en concluaient que leur ressemblance était déconcertante, qu'elles dégageaient une énergie électrique, qu'elles étaient envoûtantes. Ils avaient envie de se retrouver sous le magnétisme de leur regard, de se laisser séduire, de se laisser dominer.

Oh, uh huh make it magnificent

Ils ne se rendaient pas compte qu'en réalité, elles chassaient, qu'ils étaient des proies et qu'ils risquaient de se retrouver la nuque brisée et la gorge perforée par des crocs puissants.

— Vous avez entendu ? demanda Gérard à l'adresse de Rosetta

— Entendu quoi ?

— Il faut faire vite, sinon, il va y avoir un massacre d'ici peu de temps.

En rentrant dans la salle, Gérard s'aperçut que la chanteuse ressemblait étonnamment à Blondie. Aléna se trouvait quelques mètres plus loin, elle discutait avec un homme, une coupe de champagne à la main. Des étincelles s'échappaient de ses yeux.

Atomic

Il l'empoigna et l'entraîna vers une porte qui débouchait sur des toilettes et plus loin, un local vide.

— Tu penses que je n'ai rien vu ? Ton puma là, il est en train de grossir, on n'entend plus que lui ! C'est comme ça que tu le maîtrises ?

— Du calme, pas la peine de s'énerver ! C'est vrai que ça vibre un peu, mais enfin, ce n'est pas la fin du monde ! Et puis Camille est là pour la soirée, vous n'allez pas gâcher ma fête tout de même !

— Aléna, tu ne peux pas renier ce que tu es véritablement et je n'ai pas envie qu'on vous abatte après le massacre d'innocents.

Elle le foudroya du regard. Cet homme savait être aussi réconfortant qu'agaçant. Là, maintenant, tout de suite, il était de trop. Elle hésita. L'attraper par la gorge, en finir avec cet oiseau insolent ou l'ignorer, tout simplement ?

Uh huh make me tonight

— Nous ne sommes pas des tueuses. Nous réglons simplement quelques cas d'injustices et il n'y a aucune raison pour que nous nous attaquions à des gens ici.

— Tout à l'heure j'ai vu un homme tout nu descendre d'un marronnier sur l'avenue de la République. Ce n'est pas ce que j'appelle régler un cas d'injustice. Pourquoi Camille s'en est-elle prise a lui ?

Aléna leva les yeux au ciel et répondit

— Allez savoir, sûrement un mufle. Ce n'était pas méchant, en tout cas. Une petite leçon, rien de plus.

— Et pour Guilherme de Parvalho et Wilfried Peanut, c'était une petite leçon aussi ? Tu sais bien qu'on ne peut pas tuer impunément, Aléna, ce n'est pas possible.

— Arrêtez un peu avec ça ! Vous savez bien que ça n'a rien à voir ! Et puis, Wilfried a tué mon père, il n'aurait pas hésité à continuer avec Rosetta ou Jérôme ! Et qui sait quels autres méfaits il a commis ?

— Eh bien justement, Aléna, je ne le sais pas et personne ne le saura jamais parce que toi, tu as décidé de l'éliminer. Je comprends ta fureur, mais ce n'était pas à toi de le tuer. On aurait dû l'arrêter, l'interroger et délivrer d'autres victimes du secret de ses méfaits. Plus personne ne peut le faire à présent. Pareil pour de Parvalho. Tu crois qu'en le tuant tu vas résoudre le problème de l'extermination des Indiens ? Ce n'est pas de la justice, Aléna, c'est de la vengeance. Et toi, où vas-tu t'arrêter ? Ce soir ou demain, tu te chargeras de régler son compte à une ordure que tu jugeras juste d'abattre, mais un jour tu ne prendras même plus cette peine.

Il s'arrêta de parler, surpris du silence qui s'était emparé de l'espace. Alors il continua, plus bas :

— Ne fais pas semblant, Aléna. Tu es une prédatrice. Si tu veux chasser, ne le fais pas dans le monde des hommes. Alors, écoute-moi bien, ça me crève le cœur de te dire ça, j'aurais sincèrement aimé trouver une autre solution, mais je n'ai pas le choix. Demain, je vais aller voir la presse et je leur communiquerai ta photo, ton identité avec l'information selon laquelle tu es la fille puma. Dans quelques jours, tous les journaux publieront en première de couverture un article sur toi et sur Camille avec vos photos. Qui sont les filles puma ? Tu as 48h pour partir et te cacher au sein de la forêt amazonienne avec Camille. Les scientifiques ont eu le temps de t'examiner, la pression est moins forte et il n'y aura pas de représailles sur Rosetta si tu disparais. Alors je ne veux plus te voir ici.

Atomic

— Mais enfin Gérard qu'est ce qui vous prend ? Vous oubliez que c'est moi qui ai délivré les hommes de la sécurité intérieure du haut de leurs arbres au Brésil. J'aurais très bien pu les laisser sur place et les laisser pourrir là. J'œuvre pour le bien, pour la bonne cause, je suis comme vous !

— Non Aléna, tu te trompes. Je ne suis pas un prédateur, je n'ai pas d'instinct meurtrier. Tu as la soirée pour réfléchir et demain tu prends le premier avion pour le Brésil. Tu seras beaucoup moins dangereuse dans la forêt avec Camille. Au moins, là-bas, tu pourras chasser autre chose que des humains.

— Et si je restais quand même ici ? Ce n'est pas un ou deux journalistes qui vont m'effrayer !

— Les hommes ont toujours eu peur des gens différents, Aléna, tu le sais bien. Tu seras traquée, harcelée et traitée comme un monstre. Et puis, au moindre écart, à la moindre attaque, et cela arrivera fatalement, tu te rendras compte qu'on t'a prise en photo, filmée, dénoncée et l'aventure s'arrêtera là. Prison, centre scientifique sous contrôle judiciaire, je n'aimerais pas être à ta place si cela devait se produire.

— C'est vraiment dégueulasse ce que vous faites, Gérard.

— Je te protège Aléna, je n'ai jamais cessé de te protéger.

Chapitre 46

Les longues et sombres semaines de l'hiver avaient enveloppé Gérard d'une couche d'anxiété piquante, mais en ce jour de mai, quelques rayons de soleil s'étaient enfin décidés à réchauffer sa peau.

Il n'était pas retourné au Congo après les évènements. Martha avait mis du temps à se remettre de ses blessures et, contrairement à ce qu'il s'était figuré, la DGSI continuait à lui confier des affaires.

Malgré ses méthodes non conventionnelles et sa propension à ne pas écouter les ordres, il demeurait un atout précieux pour la sécurité intérieure.

Allongé sur le canapé, il laissait les faisceaux solaires se projeter sur son visage, au gré du vent qui jouait avec les nuages. À chaque fois que le contact se prolongeait, il s'envolait vers son jardin secret, un endroit où Aléna, Martha et tous les autres rebondissaient sur des bulles colorées, un lieu où le corps était compact et liquide à la fois, dur et souple, transformable et secondaire. Un monde où résidaient librement toutes les âmes qui avaient un jour croisé sa route, celles qui étaient parties dans l'autre monde et celles qui étaient restées, celles qui étaient passées rapidement, et celles qui l'accompagnaient encore dans sa vie terrestre. Des âmes aussi différentes que singulières.

On toqua à la porte. Pas de doute, le rythme de la frappe était celui de Léopold, toujours discret, mais efficace. Il arrivait avant les autres pour la réunion d'équipe, une pile de pochettes coincées dans ses bras.

— Entre, Léopold, et installe-toi, tu es le premier.

Son adjoint s'avança et déposa ses dossiers sur la table de réunion. La fatigue alourdissait son cou et il passa machinalement une main sur sa nuque pour libérer la tension. Il s'assied et Pappy vint immédiatement se frotter contre ses jambes en ondulant et en plaquant son corps le long de ses chevilles. Léopold n'osa le contrarier et ne bougea pas, surpris du ronronnement affirmé de l'animal.

— C'était l'anniversaire du petit Maxime hier, non ? Un an déjà, comme le temps passe vite !

— Ah, oui, c'était très bien, et merci encore pour votre cadeau. Vous n'auriez pas dû, c'est beaucoup trop !

— C'est avec plaisir, Léopold. J'espère que Marie va bien. Cinq enfants, ça fait beaucoup !

— Elle est un peu fatiguée, mais Maxime fait ses nuits maintenant, alors, on commence à respirer.

— Comment se sont passées les retrouvailles avec ta belle-mère ?

— Elle a été douce comme un agneau ! Faut dire qu'après un an de brouille, on était tous disposés à faire la paix. Et puis, elle n'avait jamais vu Maxime alors, c'était bien.

Léopold s'étira et s'assit lentement. Après la naissance de Maxime, des cernes s'étaient installés sous ses yeux. Mais au lieu de s'effacer progressivement, ils s'étaient insidieusement incrustés dans sa peau jusqu'à s'intégrer complètement dans son corps et son esprit. Une ombre bleue ornait désormais son regard. Il avait changé. Il était plus dense, plus lourd, plus grave aussi. L'atmosphère qui se dégageait de lui s'étalait bien au-delà de sa sphère personnelle. Il occupait l'espace d'une nouvelle autorité.

— Sinon, j'ai trouvé ça au courrier de ce matin. Il y en a une pour vous et une pour moi. Les enveloppes sont curieuses.

Gérard se leva et saisit l'enveloppe que Léopold lui tendait.

Elle n'était pas de taille classique, carrée, plutôt grande et de qualité supérieure. Elle changeait de couleur quand on la faisait bouger : de blanc, elle passait à la couleur argent puis de doré à jaune, en scintillant comme si elle était recouverte de paillettes.

Gérard ouvrit et découvrit un carton accompagné d'une lettre. Il s'empara du carton et le lut pendant que Léopold dépliait une lettre écrite à l'encre jaune moutarde.

Nous vous invitons à découvrir le SPA ACALEMINALLE.

Unique au monde, il permet de se ressourcer loin de tout média social en offrant une coupure totale avec le monde stressant du multimédia.

Les objets numériques apportés par les curistes seront soigneusement conservés à l'entrée de notre institut garantissant ainsi un repos absolu et une déconnexion totale. Pas de téléphone, pas d'ordinateur, pas d'appareil photo, pas de tablette, aucun objet multimédia n'est autorisé au sein du SPA.

L'emplacement exact de ce lieu paradisiaque et haut de gamme est tenu secret afin de garantir l'anonymat des curistes. En outre, pour bénéficier d'un séjour, il est nécessaire d'être coopté. Nous garantissons un séjour sans paparazzis, nous sommes donc extrêmement vigilants sur le choix des curistes et nous nous réservons le droit de refuser une demande de séjour.

Laissez-vous aller dans le luxe, calme et volupté et

retrouvez toutes les sensations que vous avez perdues et oubliées à cause de la connectivité. Retrouvez-vous !

Pour seul contact, un numéro de téléphone figurait au bas du carton.

Le SPA ACALEMINALLE. L'anagramme d'Aléna et de Camille.

Gérard sortit la lettre de l'enveloppe et lut :

Très cher Gérard,

Comme vous pouvez le constater, je ne vous en veux pas et j'aimerais sincèrement vous offrir une semaine dans l'établissement que nous venons de créer, Camille et moi.

Vous vous souvenez certainement de notre accident d'ascenseur ? Et bien, comme dit le proverbe, à quelque chose malheur est bon, et les indemnités que j'ai reçues ont permis de financer une partie de l'établissement.

J'avoue, je vous ai aimé, adoré, détesté puis haï et j'ai réalisé, au bout du compte, que vous m'aviez sauvé plus d'une fois, vous, mon homme oiseau, mon protecteur aux ailes blanches.

J'aimerais revoir l'homme étrange qui m'a protégée de ses belles plumes sans que je m'en aperçoive.

Ne vous inquiétez pas, avec Camille, nous gérons parfaitement bien notre particularité. Nous avons établi notre institut dans la forêt amazonienne, non loin de l'orphelinat de Rosetta d'où nous pouvons vivre notre animalité. Mais nous appartenons aussi à l'espèce humaine, et nous avons besoin, surtout moi, je dois l'avouer, d'une vie sociale. Ce SPA, très spécial, qui offre une désintoxication avec le multimédia nous garantit, à nous aussi, notre anonymat.

Je vous l'ai dit, je ne vous en veux plus d'avoir révélé notre identité à la presse. J'ai compris à quel point cela m'avait sauvée.

Bien affectueusement,

Aléna.

Il n'était pas naïf. Il savait bien que des meurtres inexpliqués avaient déjà provoqué l'étonnement de la presse locale, à Belém. Depuis qu'Aléna était partie, il vérifiait régulièrement, via ses réseaux et grâce aux informations qu'il récoltait sur Internet, qu'Aléna et Camille ne transformaient pas la région en champs de bataille. Elles étaient censées se limiter à la chasse aux animaux sauvages, pas d'humains.

Malgré tout, il avait déjà identifié deux meurtres signés par les femmes puma. Deux individus réputés être de vrais salopards qui s'amusaient à enlever, violer, torturer et tuer des enfants indiens. Personne ne déplorait leur mort, simplement, les journalistes étaient surpris de la manière dont ils avaient été tués, comme s'ils avaient croisé le chemin d'un animal sauvage. Comme pour le meurtre de Guilherme de Parvalho. Certains disaient même que c'était l'esprit des Indiens assassinés qui revenait sous la forme d'une panthère pour se venger.

Bien sûr ce n'était pas l'idéal. Elles continuaient de tuer des hommes et il ne pouvait le cautionner, même si elles s'attaquaient aux pires raclures de l'humanité. Gérard déglutit en s'apercevant que sa gorge s'était serrée.

Malgré tout, elle avait réussi. Elle avait trouvé son chemin, elle était au bon endroit, entourée des bonnes personnes et dans un environnement qui lui était favorable. Après tout, personne ne déplorera jamais la mort d'un tueur et d'un violeur d'enfants. Elle pouvait vivre sa vie, sa drôle de vie de femme-puma, unique et singulière. Il releva les yeux vers Léopold et eut la mauvaise surprise de le découvrir blême. La lettre était tombée à ses pieds et plus rien ne s'échappait de son corps. Il s'était mis en boule, la tête enfouie entre ses mains en gémissant des mots incompréhensibles.

Gérard attrapa rapidement la lettre et déchiffra en quelques secondes l'écriture fine et nerveuse d'Aléna. Il comprit alors le trouble de Léopold et murmura :

— Aléna a donné naissance à un petit garçon. Un petit Léandro.

Léopold ne répondit pas. Il continuait de gémir silencieusement, il se parlait à lui-même, il évaluait les divers scénarios possibles du reste de sa vie.

— Tu es donc le papa d'un sixième enfant. Elle dit qu'elle n'attend rien de toi, mais qu'elle voulait seulement te faire part de la nouvelle, te prévenir.

Il secoua la tête de gauche à droite en répétant plusieurs fois :

— Non, ce n'est pas possible, ah non, ce n'est pas possible.

— Tu peux choisir d'ignorer cette information et de continuer ta vie sans y penser.

— Impossible, non ce n'est pas possible.

— Ou alors, tu décides de prendre cet enfant sous ton aile.

Il s'arrêta de bouger, se redressa et planta son regard bleu dans les yeux de Gérard :

— Comment pouvez-vous penser un seul instant que je vais abandonner Léandro ? Marie va me détester, il faudra que je me batte, que je la convainque, qu'elle accepte de subir cette épreuve. Encore une. Mais tant que nous serons vivants, nous assumerons, car, Gérard, dites-moi, à quoi ressemblerait l'humanité si on ne prenait pas sous nos ailes les êtres les plus fragiles ?

— Bien sûr Léopold, bien sûr, je sais que tu sauras déployer des ailes assez grandes pour le protéger.

Oui, il le savait, il l'avait toujours su, Léopold était celui qu'il attendait. L'ombre bleue de son regard était celle d'un homme oiseau, un beau, un vrai, un qui fera le job jusqu'au bout, un qui ne se posera pas de questions quand il s'agira de protéger et de sauver un individu même s'il est différent, même s'il est étrange, inquiétant ou repoussant. Oui, il le savait, il l'avait su en l'engageant trois ans auparavant, Léopold avait le profil idéal.

Un jour, ils se retrouveront au pied d'un arbre géant, ils creuseront entre les racines, ils respireront les particules de terres et de végétaux, ils discuteront longtemps avec Dieudonné et tous ceux qui connaissaient le secret des hommes oiseaux, ils prendront des nouvelles des anciens et de ceux qui combattent encore. Alors, le jeune homme boira une décoction d'herbes et de racines africaines préparée par un vieux fou. Et ce vieux fou, ce sera Gérard.

— Ce qui m'inquiète, en fait, c'est pour la suite, dit Léopold

— C'est à dire ?

— Quand on vieillira, quand on sera trop vieux, quand tout ceci nous échappera, que Léandro aura des enfants lui aussi et qu'on ne pourra pas veiller sur tout le monde… qu'est-ce qui va se passer ?

— Ne t'inquiète pas Léopold, les hommes oiseaux ne sont pas prêts de s'éteindre. Et tant qu'ils existeront, les pumas seront en sécurité.

Remerciements

Je remercie chaleureusement ceux qui ont sans protester lu et relu les nombreuses versions d'*Une fille en danger*. Merci de ne pas avoir cillé quand, après m'avoir rapporté vos remarques et croyant enfin en avoir terminé avec les relectures, vous réalisiez, dépités, que je m'acharnais, encore une fois, à tout réécrire.

Merci pour votre patience et votre soutien. Merci à Michel, mon père, fidèle lecteur et correcteur impitoyable, à Bernard, mon oncle, ce champion d'orthographe hors pair, à ma sœur Estelle qui m'offre son soutien inconditionnel à chaque nouveau roman, à ma mère Marie-Michèle lectrice redoutable qui a l'étonnante faculté de révéler sans détour tout ce qui est mauvais dans le manuscrit, à ma cousine Aurore, qui m'a rapportée une analyse fine et structurante, à mon ami Anton, scénariste sans concession et animateur de séminaires de scénariste stimulants, à tous les lecteurs et bêta-lecteurs qui m'ont aidée et sans qui ce roman n'en serait pas là, et bien sûr, à Jean, mon mari, mon homme oiseau rien qu'à moi, celui qui a rendu tout ceci possible.

NOTE DE L'AUTEUR

Pour écrire ce roman, je me suis basée sur des faits réels que j'ai, bien entendu, déformés, amplifiés et librement interprétés.

Je reste fascinée par la réalité qui, comme le dit si bien le dicton, dépasse fréquemment la fiction. Dans certains cas, cette réalité est d'une telle invraisemblance que si je me contentais de la raconter sans le filtre du roman, on la taxerait d'improbable…

Pour la question du clonage, j'ai lu le très complet dossier de l'université de Fribourg – Faculté des sciences : Génie Génétique et Clonage et qui est librement consultable sur leur site Internet (www.unifr.ch/biochem/index.php?id=196)

La génétique demande un véritable accompagnement éthique et de nombreuses conférences traitent de ce sujet, notamment la passionnante conférence du CPPES (Cycle Pluridisciplinaire d'Études Supérieures) de Geneviève Almouzni, Directrice de Recherche à l'Institut Curie, Directrice de Recherche du CNRS : Génétique et Gén-éthique : Pile ou face ? Disponible sur YouTube (www.youtube.com/watch?v=T-_I5I8f1kc)

Dans un article publié par Julie Saulnier dans l'Express (23/04/09), la journaliste informe qu'un certain docteur Zavos affirme avoir créé des embryons hybrides humains-vaches…. Allez savoir si ce qu'il dit est vrai, mais quand je vous dis que la réalité dépasse la fiction ! L'article est disponible sur le site de l'Express (http://www.lexpress.fr/actualite/sciences/je-peux-cloner-un-etre-humain_755941.html)

Le magasine Sciences et Avenir est également une source d'informations précieuse. Ce magazine a le mérite d'expliquer aux non scientifiques (que je suis) et donc de manière accessible des faits scientifiques. Certains articles m'ont aidée à comprendre le processus du clonage et de la fécondation in vitro :

— Le clonage humain devient réalité. Publié le 25/07/2014 par Hervé Ratel sur le site de Sciences et Avenir (https://www.sciencesetavenir.fr/sante/le-clonage-humain-devient-realite_27651)

— Des chercheurs repoussent la limite de la fécondation in vitro. Publié le 06/05/2016 sur le site de Sciences et Avenir (https://www.sciencesetavenir.fr/sante/grossesse/des-chercheurs-repoussent-la-limite-de-la-fecondation-in-vitro_30532)

Pour comprendre l'état d'esprit d'une personne souffrant de troubles anxieux généralisés et de tous ces maux terribles qui gâchent la vie de trop nombreuses personnes, j'ai écouté plusieurs émissions radio passionnantes dont, celle disponible en replay sur France Culture et qui aborde une forme d'autisme : le syndrome d'Asperger. Sur les docks par Irène Omélianenko, le 06/06/2016 : Journal d'Aspergirl (www.franceculture.fr/emissions/sur-les-docks/journal-d-aspergirl)

Les Awás sont l'un des derniers groupes de chasseurs-cueilleurs du Brésil. Il n'existe plus que quelques centaines d'individus et certains n'ont jamais eu aucun contact avec le monde extérieur. Leurs territoires sont la cible des bûcherons qui pratiquent une déforestation intensive et illégale les exposant aux maladies et à la violence. Survival International, mouvement mondial de défense des droits des peuples indigènes, considère que le peuple Awá est la tribu la plus menacée au monde.

(https://www.survivalinternational.fr/uncontactedtribes)

Je vous invite à regarder le magnifique film de Laurent Richard disponible sur YouTube (une production Premières Lignes avec la participation de France Télévisions) : Indiens d'Amazonie, le dernier combat. Ce documentaire m'a autant bouleversée que révoltée (https://www.youtube.com/watch?v=ArojXfUemG0)

J'ai ainsi découvert l'existence de l'or vert et de l'immense mafia qui tournait autour. Des articles dénichés sur le site du Monde m'ont apporté un éclairage supplémentaire :

— *Le commerce mondial, moteur de la déforestation illégale*, publié par Laurence Caramel le 11/09/2014 sur le site Le Monde (http://www.lemonde.fr/planete/article/2014/09/11/la-destruction-illegale-des-forets-tropicales-alimente-les-echanges-agricoles-mondiaux_4485957_3244.html)

— Le trafic du bois tropical sape la lutte contre la déforestation, publié par Laurence Caramel le 27/09/2012 sur le site Le Monde (http://www.lemonde.fr/planete/article/2012/09/27/le-trafic-du-bois-tropical-sape-la-lutte-contre-la-deforestation_1766699_3244.html)

Le thème des sorciers africains a été décrit de manière plus approfondie dans mon dernier roman : *Le sorcier blanc*. Pour découvrir ce vaste sujet, je vous encourage à lire le magnifique livre *Les yeux de ma chèvre* de Eric de Rosny.

Et enfin, juste pour le plaisir :

« science sans conscience n'est que ruine de l'âme »

Lettre de Gargantua à Pantagruel », François Rabelais, 1532

Dernier clin d'œil

Pourquoi la rue Ganneron dans le 18e arrondissement de Paris ? Peut être parce qu'un soir, il y a très longtemps, une jeune femme s'est fait voler son sac à main à l'arraché dans cette rue alors qu'elle s'apprêtait à rejoindre des amis pour aller danser et qu'elle s'est ensuite barricadée chez elle pendant des jours avec un sentiment de vulnérabilité extrême.

Peut-être que depuis, cette personne a gardé au fond d'elle l'idée d'une révolte contre la lâcheté et l'ignominie qui caractérise certains individus. Peut-être aussi qu'elle a été bien plus heurtée par ce passant qui, au loin, s'est arrêté sans intervenir. Peut-être qu'elle a réalisé que les deux assaillants n'étaient finalement pas les plus odieux de la scène.

Ce passant, au loin, qui a regardé sans bouger. Cet homme qui n'a pas osé s'approcher, et qui a ensuite affiché une moue mêlée de peur, de culpabilité et de répugnance, comme si en quelques secondes, la victime était devenue responsable de sa propre agression. Comme si c'était elle le danger et qu'elle allait le contaminer. Cet homme qui s'affichait comme une personne élégante et distinguée avec des ongles manucurés.

Les deux voleurs étaient partis, elle avait compris qu'il s'agissait de très jeunes garçons. Ils portaient des vêtements usés, trop petits, miteux, du genre qu'on récupère dans les poubelles de la croix-rouge parce qu'on n'a même pas un euro pour les acheter. Elle devina qu'ils se battaient contre la misère et elle se rappela qu'ils avaient pris soin d'amortir sa chute en la faisant tomber.

Le passant s'était enfin approché. Il ne l'aida pas à se relever. Il ne voulait pas la toucher. Elle remarqua ses chaussures bien cirées et sa veste impeccable. Il hésita à prêter son téléphone afin qu'elle prévienne ses proches pour qu'on vienne la chercher. Il était surpris qu'elle connaisse par cœur le numéro et vérifia qu'il ne s'agissait pas d'un numéro étranger. Il récupéra son téléphone, sembla soulagé, vérifia une dernière fois le numéro composé et partit au plus vite, la laissant sur le trottoir, déboussolée, sans rien, sans affaires, sans un ticket de métro, sans penser une seule seconde qu'il aurait pu l'accompagner au commissariat le plus proche. Peut-être qu'elle a décelé ce jour-là une fêlure dans certains visages, une obscénité, aussi insidieuse que pernicieuse cachée derrière les traits de gens tout à fait convenables.

Peut-être que cet homme était roux.

Ou peut-être pas.

Peut-être que j'ai inventé tout ça.

Du même auteur :

L'élément 119

Le sorcier blanc

www.ingramcontent.com/pod-product-compliance
Lightning Source LLC
LaVergne TN
LVHW042349190726
843493LV00005B/959